# DERIVA

LETICIA WIERZCHOWSKI

# DERIVA

Planeta

Copyright © Leticia Wierzchowski, 2022
Copyright © Editora Planeta do Brasil, 2022
Todos os direitos reservados.

*Preparação:* Ligia Alves
*Revisão:* Fernanda Guerriero Antunes e Renato Ritto
*Projeto gráfico e diagramação:* Márcia Matos
*Design de capa:* Fabio Oliveira
*Intervenção artística (bordado) em capa:* Aline Brant
*Fotografia de capa:* Victoria Davies/Trevillion Images
*Ilustrações de miolo:* Freepik

Dados Internacionais de Catalogação na Publicação (CIP)
Angélica Ilacqua CRB-8/7057

Wierzchowski, Leticia
 Deriva / Leticia Wierzchowski. - São Paulo: Planeta do Brasil, 2022.
 288 p.

 ISBN 978-65-5535-802-5

 1. Ficção brasileira I. Título

22-2880 CDD B869.3

Índice para catálogo sistemático:
1. Ficção brasileira

Ao escolher este livro, você está apoiando o manejo responsável das florestas do mundo

2022
Todos os direitos desta edição reservados à
EDITORA PLANETA DO BRASIL LTDA.
Rua Bela Cintra, 986 – 4º andar
01415-002 – Consolação
São Paulo-SP
www.planetadelivros.com.br
faleconosco@editoraplaneta.com.br

Para o Chico, que sabe como são os deuses e as sereias.

*"As heras de outras eras água pedra*
*E passa devagar memória antiga*
*Com brisa madressilva e primavera*
*E o desejo da jovem noite nua*
*Música passando pelas veias*
*E a sombra da folhagem nas paredes*
*Descalço o passo sobre os musgos verdes*
*E a noite transparente e distraída*
*Com seu sabor de rosa densa e breve*
*Onde me lembro amor de ter morrido*
*– Sangue feroz do tempo possuído."*

Sophia de Mello Breyner Andresen

# Parte 1

**ELA CHEGOU NO ANO** daquela grande umidade.

Cecília lembraria para sempre. Tinha sido mesmo um inverno terrível. As paredes de La Duiva escorriam água como se chorassem um morto muito querido. Chovia por semanas sem que um único raio de sol viesse iluminar o mundo e todos pareciam esperar alguma coisa, embora lhes fosse impossível dizer o quê.

Santiago, o filho que Tiberius trouxera da Espanha, tinha sete anos naquele inverno. O pobre garoto ficava na janela por tardes inteiras olhando a chuva no mar. Ele vira alguns invernos duros em Almeria, mas La Duiva parecia pertencer a um mundo totalmente diferente, aquoso e cheio de longos silêncios, um mundo encantado e misterioso. Ele quase podia ouvir as coisas que a chuva contava, como vozes sussurradas de segredos. Santiago afinava o ouvido, pescando, entre o vento e a chuva, antigas conversas, risos, suspiros perdidos no tempo e encerrados entre os tijolos da casa dos Godoy.

Mas ele era esperto o bastante para não contar aquilo para ninguém. O garoto ouvia vozes e achava isso normal. Durante um tempo – sim, ele sabia – Tiberius, seu pai, também vislumbrara o futuro. Tivera sonhos sobre o porvir e adivinhara a morte de Orfeu, o seu irmão preferido. Cada lágrima, cada ferida e cada beijo do seu tio Orfeu haviam sido sonhados por Tiberius.

Um dia, o pai perdera os seus dons premonitórios. Sem que Santiago pudesse sabê-lo, naquela mesma data, as vozes começaram a soprar nos seus ouvidos. Mas eram vozes fracas, indistintas como a brisa que vinha da praia. Somente quando chegara a La Duiva, na casa onde o pai nascera e crescera, foi que Santiago conseguira entender melhor aquelas vozes. De forma que, aos sete anos, ele já tinha um segredo guardado a sete chaves.

Ela deve tê-lo chamado antes de todos, creio eu.

Porque Santiago estava lá na praia na exata hora em que ela chegou. Mas contarei isso mais tarde.


Naquele inverno chuvoso que parecia não ter fim, Cecília observou o neto com atenção. Às vezes quase podia ler seus pequenos lábios rosados. Sentado à janela, o menino falava sozinho. Aquilo a inquietava um pouco... Mas Cecília tivera muitos filhos e aprendera com eles a aceitar as pequenas estranhezas de cada um. As seis sementes do seu ventre tinham nascido tão diversas entre si!

Porém, aqueles longos invernos em La Duiva haviam marcado a fogo todos os Godoy. Fora mesmo num inverno que Flora começara a escrever o seu romance. Tinha sido num inverno que Orfeu fizera os seus primeiros desenhos; ela podia se lembrar perfeitamente do menino moreno rabiscando no seu caderno, num enlevo concentrado. O inverno também trouxera nas suas fímbrias úmidas os sonhos premonitórios do seu filho caçula. E tinha sido num inverno que Orfeu e Julius partiram da ilha às escondidas para viver o seu amor de segredo.

Cecília temia os invernos. Envolvida com seus afazeres rotineiros, enquanto a chuva caía lá fora e a cerração baixa e densa escondia o mar, ela pensava no quanto Santiago era parecido com Tiberius. Calmo como o pai. Loiro, tinha aqueles traços delicados, o sorriso macio, os olhos bondosos. Às vezes, quando o fitava, o tempo parecia ter andado para trás, era como se ela visse seu próprio filho ainda menino.

Santiago deixava-se ficar ali, perto da grande janela da sala, a testa encostada no vidro, apenas esperando. Como se ele fosse mais paciente do que a chuva. Os cabelos loiros do garoto, desfeitos, captavam a pouca luminosidade, brilhando em espasmos cambiantes como o mar para além do promontório.

Quando acabava seus trabalhos, Cecília sentava-se ao lado do neto com um livro e lia para ele. Sentia-se feliz de novo, descobrira novos gostos, cozinhava com alegria para o filho e o neto. Uma nova vida começara em La Duiva depois de tantos anos de espera – os anos em que Cecília ficara ali sozinha, esperando que algum dos seus filhos voltasse daquela diáspora amorosa que os perdera pelo mundo. Sentada ali, ela olhava aquela criança. Era tão parecido com o pai! Mas havia algo de misterioso nele também, laivos da mulher que o gerara e que ficara na Europa. Às vezes, quando o menino ria, também surgia nele um pouco de Orfeu, como se o divertido fauno que colorira sua vida voltasse da morte, agora escondido nos sorrisos do sobrinho.

De fato, Santiago e seu pai eram tudo o que Cecília Godoy tinha.

Ela sabia que seu filho Lucas nunca mais voltaria para casa, ele estava perdido para sempre. Quanto a Eva, a gêmea de Flora também lhe dera um neto. Mas eles nunca vinham vê-la. Eva virara as costas para La Duiva e para o seu passado. Talvez um dia o menino...

Cecília suspirou, tocando os cabelos de Santiago:

— Talvez... — ela disse baixinho.

— Talvez o quê, vovó? — perguntou o garoto, desviando por um instante o rosto da imensidão lá fora, onde o mar era um segredo pulsante escondido na neblina.

— Talvez pare de chover amanhã — respondeu Cecília.

Ele riu como se aquilo fosse uma espécie de piada. La Duiva parecia prestes a ser engolida pela água. O ar era denso e coalhado de umidade. O mar, com suas vagas de chumbo, avançava pela areia, faminto, seus cavalos de água fustigando os molhes com uma fúria havia muito esquecida por aquelas bandas.

Na época de Don Evandro, quando ainda era mocinha, Cecília vira muitos invernos tormentosos. Tempestades que amanheciam em cólera, enchendo a praia com os restos dos navios naufragados, quando os homens trabalhavam com faina redobrada, corajosos como deuses, lutando contra o vento e as ondas para salvar cargas e marinheiros. Por vezes, algum afogado vinha dar naquelas areias, enrolado em algas verdes, os cabelos desfeitos enredados de conchas peroladas, parecendo uma oferenda devolvida pelo mar.

Mas, depois que Ivan assumira o farol e a empresa de salvamento do pai, houvera um tempo de invernos mais mansos, como se Ivan fosse uma espécie de Poseidon feito homem e tivesse poderes sobre os vagalhões e as tormentas.

Cecília vivia ali havia décadas, ela sabia mais do que ninguém que o mar era uma espécie de livro que podia contar muitas histórias. Sentada ao lado do neto, quando a tarde escorria para a noite, ela dizia-lhe baixinho:

— Ouça a voz do mar, Santiago... Ele fala com você.

O menino ficava muito atento e, então, respondia de súbito:

— Elas estão rindo, vovó.

— Elas quem? — indagava Cecília. — As ondas do mar estão rindo?

— Não — dizia o menino. — Elas.

*Elas. As vozes.*

Isto ele não dizia. Nem Cecília perguntava. Ela tinha aprendido a respeitar os mistérios infantis. Pensava, por vezes, em comentar com Tiberius as estranhas conversas que mantinha com Santiago naquelas tardes invernais. Mas sempre desistia.

Tiberius, de fato, estava muito mudado. Vivia uma segunda existência, e era quase impossível acreditar que antigamente seu filho mais novo olhava mais para as constelações do que para as pessoas.

Depois do seu longo exílio europeu, época da qual Cecília sabia muito pouco, Tiberius voltara decidido a reerguer La Duiva das cinzas. Parecia um outro Ivan, mais loiro, mais magro, rejuvenescido e incansável. Transformara-se num homem de ação. Viera disposto a levar adiante o nome dos Godoy. Dos seus antigos tempos de segredos e premonições, nada lhe ficara. A não ser, pensava Cecília com um meio sorriso, aquele menino.

Santiago.

Quando ela chegara em La Duiva, depois de todos aqueles meses de tempestade, Santiago era quem a esperava na praia.

Como se soubesse.

**DOIS ANOS ANTES DAQUELE INVERNO** de chuva infindável, Tiberius Godoy, o caçula dos filhos de Cecília e Ivan, retornara a La Duiva como se ele fosse a própria vida.

O farol, cuja administração, depois da morte do esposo, Cecília repassara à Marinha, fora recuperado por Tiberius. Ele também reabrira a empresa de salvamentos marítimos – os Godoy renasciam como a própria Fênix. Tiberius tinha muitos outros planos para o futuro, e a sua energia incansável impressionava Cecília.

A notícia tinha corrido por todo o litoral até muito depois de Oedivetnom, passando por ilhas, estuários e praias: Tiberius Godoy reassumia os negócios paternos e La Duiva voltava finalmente ao mapa dos navegadores.

O caçula dos Godoy deve ter se espantado muito com o estado da propriedade e da grande casa branca ao pé do promontório. Tudo parecia envolto numa espécie de encantamento maléfico, e a decrepitude do ancoradouro onde desembarcara com seu filho era apenas um cartão de visitas do resto da ilha.

A antiga casa e o jardim estavam praticamente abandonados, as sarças cresciam entre os roseirais de que outrora Cecília cuidara com o zelo de uma Ceres. As janelas não se encaixavam em suas aberturas, as gelosias tinham apodrecido como frutas, o telhado apresentava rombos e chovia no quarto que antes tinha pertencido às gêmeas. O velho depósito onde Ernest lera sobre os amores de Bovary e sobre a furiosa caça à baleia assassina estava desabando silenciosamente, tomado pelo mato e pela areia. Uma camada de pó cobria todos os móveis.

Durante anos, Cecília permanecera na casa sozinha, colecionara invernos e verões sem se importar com os estragos do tempo. Tratava a ilha como se toda ela fosse um imenso jazigo, e seus olhos só conseguiam ver o passado.

Mas Tiberius tinha voltado.

De certa forma, Cecília esperara por ele. Eram unidos por pressentimentos e, distantes, sonhavam um com o outro. O retorno do caçula, depois de anos de peregrinação, parecera-lhe quase impossível. Então, ela recebera a carta. Tiberius tomaria um avião. Depois disso, um barco. E, por fim, Tobias o traria até La Duiva.

A ele e ao menino.

Sim, havia um menino e ele se chamava Santiago.

Cecília provara o gosto daquele nome e sentira uma imensa alegria. Não tinha como recuperar a casa, o quintal, o celeiro e o jardim em ruínas, mas cortou os cabelos, tingiu os fios cheios de cãs, e toda ela rejuvenesceu como se fosse Penélope ao saber que seu Odisseu estava finalmente em Ítaca.

O mais moço dos meninos Godoy voltara transformado. Tobias, o primeiro dos habitantes da região a ver e conversar com Tiberius, dissera depois, na vila, que ele se parecia finalmente com Ivan. Havia nos seus olhos um novo brilho, uma ebulição que beirava a euforia. E, enquanto o barquinho de Tobias atravessava o mar sereno até a pequena ilha da qual Tiberius partira num alvorecer amarelado havia anos, o caçula dos Godoy jurava para si mesmo que levaria La Duiva de volta aos seus bons tempos.

Depois de gastar alguns dias narrando à mãe os trechos passíveis de serem contados das suas aventuras pelo mundo, Tiberius puxou de um bloco e fez uma lista dos trabalhos que pretendia realizar, e quanto haveria de gastar, e como haveria de obrá-los.

— Aprendi muita coisa lá fora — disse a Cecília. — Sou um homem fazedor hoje em dia. Nada de sonhos, nada mais de intuições.

Ela olhou-o profundamente. Tinha certeza de que seu filho já não era o mesmo que partira anos antes. Os olhos de Tiberius agora exibiam um brilho nebuloso de tristezas escondidas, mas ele estava forte e parecia saudável. E tudo isso – acrescido à chegada de Santiago – era mais do que Cecília poderia almejar. De modo que ela aquiesceu, satisfeita de sacrificar as suas tardes silenciosas em favor do trabalho que Tiberius tencionava levar a cabo, enchendo a casa de pedreiros, cal e confusão.

A primeira coisa que Tiberius fez foi reformar o depósito onde Ernest vivera e onde a própria Cecília tinha aprendido a ler, decodificando as aventuras de Teseu e a generosa poesia de Lorca. Decidido a reerguer La Duiva das sombras do passado, fez um empréstimo num banco em Oedivetnom, dando parte do terreno da ilha como garantia. Com isso, iniciou a obra, contratando três pedreiros. Contratou também um braço direito, um marinheiro que fora conhecido de seu pai. O marinheiro chamava-se Angus.

Angus andava pelos trinta anos e já tinha estado muitas vezes em La Duiva. Era nativo de Datitla e, em antigos tempos, despertara o jovem Orfeu para a sua verdadeira natureza numa tarde roubada ao conserto de um barco, escondidos ambos atrás das dunas para além do molhe, entre beijos, desenhos e sussurros.

Mas Angus era forte e saudável, ao contrário de Orfeu e seu amor, Julius. A terrível doença que levara Orfeu passara ao largo do seu destino, como um barco mais interessado no mar aberto. Angus era calado, tenaz e trabalhador; dos seus antigos amores, guardava completo segredo. E foi só muito depois que Cecília conseguiu arrancar dele a confidência de que, por uma breve primavera, amara Orfeu com todas as ganas da sua alma de maresia.

Depois de algumas semanas de projetos, cálculos e preparativos, quando Tobias vinha diariamente descarregar material para a obra no pequeno ancoradouro soleado, a casa e o depósito entraram em polvorosa. Fustigado pelos ventos da transformação, Tiberius decidiu reformar também os antigos quartos cheirando a mofo, a sala com as paredes desenhadas pela umidade e a enorme varanda na qual, anos antes, numa tarde azul de dezembro, Julius Templeman aparecera diante dos Godoy vestido com as suas incongruentes roupas londrinas sob o escaldante sol de verão, procurando por Flora, a escritora.

Almeria, a terra ancestral de Ivan, apagara de Tiberius os seus poderes premonitórios. Ele tinha aprendido por lá ofícios que deixariam o seu pai orgulhoso: tal o rei Odisseu, sabia carpintejar qualquer coisa e até mesmo construir um pequeno barco. Como se tivesse crescido na oficina, lidava perfeitamente com as mais complicadas ferramentas. Aparava, media, cortava, consertava, era infatigável na lida.

Por vezes, Cecília pensava onde o filho teria escondido, durante todos aqueles anos de ver estrelas e analisar constelações, tamanho talento para a vida prática. Era como se um outro Tiberius o tivesse esperado em alguma parte do caminho, roubando o lugar do garoto sonhador e intuitivo, mudando completamente a segunda parte da sua existência.

Munido dessas novas qualidades, Tiberius Godoy liderou uma furiosa batalha contra a decrepitude, arrastando atrás de si os peões amealhados na península. A família aprendeu a conviver com os estrondos, o martelar, o pó e a cal que embranqueciam os caminhos do jardim, afastavam os pássaros dos ninhos e apagavam o suave marulhar das ondas.

Todo esse barulho deve ter despertado os velhos fantasmas...

E os novos também.

Você sabe, a casa era mesmo um repositório do passado, pois quem vivera em La Duiva jamais poderia deixá-la, mesmo que assim o quisesse. Até o pobre e desconsolado professor Julius Templeman, que não levava nas veias o sangue de navegadores e faroleiros dos Godoy, voltara para a ilha depois de morto, enredando-se nas cortinas que cobriam as janelas azuis da casa, vagando pelos caminhos, no alto do promontório de pedras, volejando entre as sarças da grande escada escavada na pedra, para sempre envenenado de amor por aquela ilha azul.

Os fantasmas desconsolados com a obra vagaram durante algum tempo, arrastando-se silenciosamente pela ilha. Eram sombras que apagavam o dia, como nuvens a encobrir momentaneamente o sol.

Cecília os pressentia, nada mais do que um sopro, o eco de uma voz perdida na memória, de repente brotando das folhas de uma árvore ou sussurrada pela chuva. Mas era Santiago quem os escutava de verdade. Quase podia vê-los. Um vulto de cabelos castanhos que lhe sorria do corredor era Flora, a escritora... O jovem moreno que caminhava entre as pedras do molhe, Orfeu.

Santiago sentava-se sob o farol e podia ouvir a voz de Ernest atravessando a fronteira dos mundos, entretido com algum texto de Tolstói. O garoto não tinha medo absolutamente, e, mesmo que não conhecesse Tolstói, tinha já entendimento para apreciar suas palavras e a beleza das frases ditas pela antiga voz de Ernest.

De fato, Santiago apreciava os fantasmas. Via as gaivotas que seguiam Orfeu como cães alados e deixava-lhes as migalhas do lanche preparado pela avó. Até mesmo Julieta, a que não andava, agora podia descer até a praia, pois depois de morta tinha asas nos pés e catava conchas assoviando uma cantiga de ninar.

Tudo isso distraía muito o menino. Ele ainda não tinha amigos na vila ou na península, e a vida em La Duiva podia ser bastante solitária. Mas, é claro, isso foi antes de as obras começarem a todo vapor. E antes da chuva também, que atrapalhou as obras e alongou o sofrimento dos vivos e dos mortos.

Quando as paredes do antigo quarto de Flora foram postas abaixo pelas picaretas, seu espectro postou-se ali por dias a fio, olhando a faina turbulenta dos homens sem entender aonde eles queriam chegar. Naquele quarto, Flora tinha escrito o seu livro, ali tinham brotado os personagens da sua história, ali o destino engendrara, em frases e parágrafos, a vinda de Julius desde a Europa e a tragédia de amor de Orfeu.

Ali, ali, ali.

Cada tijolo guardava o sal daquela história, e o bom espírito de Flora quedou-se desconsolado com o desmanche do velho aposento. Ela chorou por dias e noites, mas seu pranto silente só era percebido por Santiago.

O menino tinha o bom senso de não dizer nada disso ao seu pai. Outrora, na sua própria infância de premonições e encantamentos, Tiberius fizera o mesmo com Ivan – a vida é de fato um eterno repetir-se e todos os rios vão dar no mar. Sem que ninguém notasse, antes de ir dormir, Santiago deixava leite e biscoitos num canto, perto da pilha de tijolos ou ao lado do misturador de argamassa. Assim, usando os mesmos agrados com os quais a avó o acalentava, Santiago acalmou os fantasmas de La Duiva.

Tiberius, outrora tão afim às coisas do invisível, nada notava. Ia e vinha pelo corredor com suas plantas e anotações, e nunca deu a menor mostra de ouvir os queixumes do passado. O tempo na Europa mudara-o para sempre. Cecília lamentava que pusessem abaixo aqueles recantos do seu passado mais feliz, mas entendia que o futuro passava através das transformações engendradas pelo filho caçula.

Certa tarde, porém, estando a chuva a chover como de costume, e Tiberius perdido pelos lados da vila por conta de um compromisso no banco, Cecília aproximou-se dos peões que erguiam a nova parede e perguntou ao mais jovem:

— Sabe quem dormia aí neste quarto que vocês derrubaram?

— Não, senhora — respondeu o rapaz.

A voz dele soou forte, ecoando pela peça vazia, e Cecília sentiu que se arrepiavam os pelos do seu corpo. A voz do jovem era a voz de um deus, uma entidade que a mandava olhar para a frente e esquecer o passado de uma vez por todas.

Nervosa, Cecília empertigou-se e respondeu-lhe:

— Não sou a mulher de Lot!

Oh, pobre alma! O rapaz não entendeu patavinas, deve ter pensado que a boa Cecília, ainda elegante e bem-composta, já começava a caducar. Segurando a sua picareta, o peão perguntou sem nenhum resquício de deboche:

— A mulher de Lot dormia aqui?

Cecília segurou um sorriso e respondeu:

— Não... Quem dormia aqui era a minha filha Flora. Mas ela já morreu. Foi uma excelente escritora, tinha muito talento.

À menção da palavra *morte*, o jovem pedreiro encolheu-se como se o tivessem tocado com ferro quente. A morte sempre assusta, como se não fizesse parte fundamental desta vida. Além do mais, a história do suicídio de Flora correra as ilhas e chegara até Oedivetnom: a bela gêmea Godoy que tomara veneno depois de jogar as páginas do seu manuscrito do alto do penhasco em La Duiva. Talvez o rapaz tivesse ouvido falar dessa história...

Cecília tocou seu braço e devolveu-lhe um sorriso tranquilizador, dizendo que ele não devia temer a morte. Era tão jovem e viril! Se Orfeu estivesse ali, teria-o desenhado com certeza.

— Esqueça tudo o que eu disse — Cecília pediu, por fim. — Você está apenas fazendo o seu trabalho. É que a saudade nos acossa às vezes como um desses cães que surgem do nada nos terrenos baldios.

— A morte é muito triste, senhora — disse o peão.

— Enquanto os outros se lembrarem de nós, estaremos vivos ainda — arguiu Cecília. — Agora vou preparar o almoço, pois Tiberius chegará em breve. Está chovendo forte, ele virá antes que a maré suba.

E então ela sumiu para os lados da cozinha sem olhar para trás.

No barco, sob a chuva forte, Tiberius pensava nas mudanças da sua vida. A chuva era boa porque o liberava da tarefa de falar com Tobias, o barqueiro. Iam os dois homens em silêncio, olhando o mar revolto e o céu plúmbeo. Os pingos que caíam do céu escorriam calmamente pelas abas da sua pesada capa de lona.

Depois de uma ausência de seis anos, Tiberius decidira transformar La Duiva num lar tão seguro para seu filho como o fora na sua própria infância, quando Ivan cuidava de tudo com seu pulso de ferro. Santiago já sofrera demais, Cecília também já tinha penado muito. Ele mesmo, nos tempos em que via o futuro, peregrinando pelo mundo atrás de Orfeu e de Julius, tivera seu próprio quinhão de desesperos. Os sonhos sempre atrasados que o levavam a lugares por onde Orfeu passara, mas já não estava mais. As bebedeiras para apagar esses sonhos, seu amor por Zoe, e os anos em que orbitara em torno daquele angustioso desengano, cuidando do filho como se fosse dois – tudo isso ficara para trás.

Não sentia saudade dos seus dons mediúnicos, que agora considerava uma maldição. A planilha de obras, de orçamentos, os serviços de salvamento marítimo que estava prestes a recriar, a contratação dos ajudantes, a eterna chuva daquele inverno interminável, tudo isso podia ser palpado e contado e medido e pesado. A vida era assim agora, táctil e exata, compreensível. Para Tiberius, a sua porção de improvável fora vencida com extrema dificuldade, para sempre.

Ele fincara os pés no chão de La Duiva como se fossem raízes, nunca mais deixaria a ilha. Era a sina dos Godoy, gerações e gerações de marinheiros que tinham varado rios e oceanos e, um dia, vieram dar naquela terra, virando as costas para o mar. Ainda havia os faróis e faroleiros como seu avô, Don Evandro. Os faróis eram a liberdade que os Godoy ancorados se permitiam.

O mesmo acontecera com Tiberius – partira levado pelos sonhos premonitórios e pelas obrigações familiares às quais estava atado. Conhecera a Europa, o amor, a doença, a loucura e a morte. Estava farto de ser estrangeiro, farto de amanheceres desconhecidos, farto da poeira das estradas. Agora entendia o seu tataravô, o velho baixo e fanfarrão pintado ao lado da jovem de olhos verdes num quadro no corredor da casa paterna – La Duiva era um destino em si.

E era também o seu destino.

Tobias manobrou o barco com mestria, seguindo em direção ao pequeno ancoradouro na ponta da ilha, perto dos molhes. Ao fundo, no alto do promontório envolvo em névoa e umidade, Tiberius viu o grande corpo da casa descolorido pela chuva, difuso como se pairasse no ar.

Andara meio mundo, mas agora estava de volta. De volta para ficar. Talvez, pensou ele, erguendo-se para ajudar Tobias com a atracagem, talvez Santiago também partisse um dia. Havia todo um mundo para além daquela praia de areias batidas pela chuva, para além do oceano cujas ondas cresciam, gordas de água, céu e mar misturados numa única angústia. Se o filho quisesse ir embora, ele teria de aceitar. Afinal, para todo caminho de ida, sempre haveria um caminho de volta.

Tiberius pulou para a terra e começou a descarregar as compras. Ao longe, vindo do farol, surgiu Angus trazendo um carrinho de mão. Alto e calado, ele movia-se sob a chuva, carregando os sacos de material e as ferramentas que Tiberius comprara na vila. Por um instante, mais como uma memória do que um daqueles sopros que o acometiam antigamente, Tiberius viu Angus muito jovem naquele mesmo ancoradouro, calças de sarja arregaçadas, sorrindo para Orfeu. Sabia que Angus tinha sido amante do irmão. Sentiu por ele um afeto silencioso, tocou-lhe o ombro com delicadeza:

— Tudo bem por aqui, Angus?

O outro virou-se, um meio sorriso em seu rosto esculpido como pedra. Apenas os olhos negros, pequenos feito azeitonas, brilhavam:

— Tudo bem, Tiberius. Mas não parou de chover um instante o dia todo.

O céu cinzento pesava, exausto de tanta água vertida, quase tocando a superfície do mar. A areia da praia estava dura, lisa como uma quadra de tênis. Soprava um vento fraco.

— Vai anoitecer em breve — disse Tobias, tirando do barco a última saca. — Preciso partir. Adeus, meninos.

Tiberius apertou a mão que o velho barqueiro lhe oferecia. Depois, viu-o subir para o barco com um pulo, como um velho gato ainda ágil, e manobrar até a saída dos molhes, desaparecendo sob a chuva que engrossava.

Virou-se e chamou:

— Vamos, Angus.

Os dois seguiram na direção da casa. Tiberius, encolhido sob a capa de chuva gelada, pensava em Orfeu. O antigo fauno, que embelezara La Duiva com seus poemas, com seus desenhos cheios de colorido e o vinho sedutor das suas histórias, ainda estava por ali. Às vezes, quase podia sentir a sua presença. Como agora, sob a chuva... Orfeu sempre gostara das grandes chuvaradas, como gostava do sol às três da tarde na praia matizada de ouro.

Quando chegaram mais perto da casa, Angus tomou o caminho do depósito já reformado. Precisava guardar as compras. Tiberius subiu os degraus que levavam à varanda. O dia enchia-se de sombras como se a noite caísse pelas beiradas da casa, apressadamente.

Tiberius viu uma luz acender-se na sala e reconheceu o delicado vulto de Santiago perto da janela, distraído com um livro. Desde a reforma do quarto de Flora, seu filho encantara-se com os livros guardados lá. Tiberius sorriu, pensando na irmã e também em Ernest. As heranças eram como frutos maduros, pesando nos galhos do tempo. Santiago, em La Duiva, colhia-os um a um. Trazê-lo para casa tinha sido mesmo a coisa mais acertada que fizera. E, com um suspiro, abriu a grande porta de madeira. Estava ensopado até a alma.

Entrou na casa, sentindo o calor que emanava da lareira acesa, tirou a capa, as botas. Santiago apareceu com seu livro sob o braço:

— A vovó está fazendo o jantar.

Ele sorriu para o filho, abraçando-o. Então aquilo era uma casa, uma família! Tinha se esquecido, nos anos em que vagara atrás de Orfeu, atrás de si mesmo, do que era La Duiva. Olhou o garoto. Ele parecia mais crescido. Dos seus belos olhos emanava um brilho satisfeito. Pairava um cheiro fresco no ar, um cheiro levemente acre de cimento ainda úmido. Mas a porta que levava aos quartos em obras estava fechada, e a sala, perfeitamente limpa. Cecília, sua mãe, agora vivia em guerra contra o pó.

— O que você fez por aqui hoje? — ele perguntou ao filho, finalmente.

O menino revirou os olhos:

— Não para nunca de chover.

— Então ficou com a vovó? — ele quis saber. — Lendo?

Santiago pensou em dizer ao pai que tinha estado com todos. Com todos eles, os fantasmas. Podia vê-los passando pelo jardim ensopado: eles volitavam até o farol, andavam por entre as sarças acossadas pela chuva, olhavam o oceano como se esperassem alguma embarcação, metiam-se entre as roseiras sem flor. Os fantasmas pareciam esperar o verão, assim como ele o esperava.

— Santi? — A voz de Tiberius roubou-o do seu devaneio. — Santi — insistiu o pai. — Você ficou o dia todo com a vovó Cecília?

Estavam parados no meio da sala aquecida, o fogo crepitando na lareira. Santiago viu a pilha de roupas molhadas perto da porta, a capa de chuva amarela escorrendo água no chão.

Sorriu para o homem adulto, um sorriso vago, e respondeu:

— Ah, sim... Fiquei com a vovó. Eu li livros e fiz desenhos.

Tiberius piscou um olho para o garoto. Tão, tão parecido com ele mesmo nos seus tempos de criança, perdido a olhar estrelas, enxergando coisas que ninguém via... Sentiu um incômodo no peito.

— Gostaria que você fosse à escola — disse, baixinho. — Ano que vem, vou matriculá-lo.

Tiberius queria a todo custo tirar o menino daquele mundo de premonições que outrora o acalentara. Ele pensou com alívio na matemática, na gramática, na geografia. Quando o filho completasse sete anos, poderia entrar na escola local. Estaria salvo então. Salvo das magias de La Duiva.

Mas Santiago olhou o pai e, fazendo um muxoxo, respondeu:

— Eu não quero ir à escola, papai. Tudo o que preciso aprender está aqui. Temos o farol, os barcos, o mar, o sol e a chuva. Você e Angus podem me ensinar tudo isso, por favor!

Tiberius afagou-lhe os cabelos loiros e fez uma cara séria:

— A escola é importante, você vai estudar. Eu e Angus vamos ensinar essas coisas todas nas suas horas livres.

Santiago devolveu-lhe um sorriso triste:

— Quando eu vou à escola? Ainda falta muito?

— Ano que vem — sentenciou Tiberius. — Depois da primavera e depois do verão.

— Ah — gemeu o garoto. — Mas então ela já terá chegado...

Tiberius arregalou os olhos. Um frio de gelo trespassou-lhe as costelas:

— Ela quem, Santi?

O menino caiu em si. Sabia que ela viria. Tinha sonhado com ela saindo do mar, os cabelos castanhos, pesados de água. Mas não podia dizer nada ao pai... Sacudiu a cabeça pequena, agarrou-se ao livro que trazia consigo como um náufrago a um pedaço de madeira, e retrucou:

— Ah, não é nada! A vovó está lá na cozinha, esperando por você.

E escapou-se para perto do fogo, deixando Tiberius atônito, parado no meio da sala.

Sangue não era água, foi o que ele pensou. Mas, se tivesse sorte, ainda poderia cooptar o menino para a vida real e palpável, fazendo Santiago gostar da escola, da matemática, dos barcos e das marés – todas coisas previsíveis, lógicas e terrenas.

Tiberius ouviu os ruídos de Cecília na cozinha e foi até lá. Sua mãe estava ocupada empanando bifes. Ela deu um beijo distraído em seu rosto ainda úmido de chuva, perguntando se tinha sido boa a viagem, apesar do mau tempo.

— Por aqui correu tudo bem — disse Cecília. Então, viu a angústia pairando nos olhos do filho e quis saber: — O que houve, Tiberius?

Tiberius desconversou:

— Nada, mamãe. Estou apenas cansado. Vou trocar de roupa para o jantar.

Não tinha coragem de dizer à mãe que Santiago talvez tivesse herdado suas premonições, muito embora pudesse intuir que aquilo seria um motivo de orgulho para Cecília.

Foi para o seu quarto em silêncio, lavou o rosto, trocou a camisa, vestiu um pulôver e botas limpas. Mas, todo o tempo, só ficou pensando em quem, pelo amor de Deus, era "ela", a pessoa cuja chegada Santiago previra sem sequer saber que estava enxergando um sopro do futuro.

**A PRAIA ERA O ÚNICO** lugar da ilha intocado pela ânsia transformadora de Tiberius. Durante o tempo da chuva, Cecília e o neto espiavam-na pela janela. Varrida pelo vento, batida pelas águas, a pequena enseada exibia uma beleza lúgubre que fazia doer o peito. Mas a última coisa que se podia dizer dela naqueles meses de inverno era que era convidativa.

— Você vai ver, um dia o calor voltará — dizia Cecília. — E, com ele, a beleza de La Duiva.

Ela falava coisas assim para o neto com um profundo ardor. Era como se estivesse tentando convencer a si mesma. Santiago ouvia-a, interessado. O garotinho tinha visto a beleza. Ela era azul e dourada, macia e morna. Areia fina sob os pés, pedra quente de tocar com a mão, concha brilhante e retorcida, água e sal e peixes e rosas que enchiam o ar com um cheiro pungente e mágico, fazendo-o se lembrar da mãe – aquela mulher cujas feições começavam a se embaralhar na sua memória, que sempre se atrasava e servia-lhe a comida requentada com um sorriso distraído no rosto.

Fazia quase dois anos que Santiago não a via, e isso era praticamente um terço da sua vida. Como era mesmo o nome dela? Zoe. Santiago provou as letras com cuidado, apenas três letrinhas que queriam escorregar pela sua boca e desaparecer... *Z-o-e*. Um nome quente como as pedras do grande molhe nos verões que sua avó evocava entre suspiros.

Sentado perto da janela, encarapitado no sofá que o pai já anunciava trocar por um novo (ele queria mudar tudo, dizia Cecília, como se o mundo pudesse ser simplesmente virado do avesso!), Santiago tentava recordar-se da praia como a vira no dia da sua chegada.

— Eu lembro, vovó — ele anunciou, finalmente.

Cecília sorriu para o menino:

— Quando a chuva parar, então desceremos à praia.

Santiago voltou o rosto para a janela embaçada. Mais uma vez, ela lhe veio à mente. Ele a tinha visto, ou sonhara que a vira – pois ela não tinha chegado, já que nem o pai nem Angus tinham comentado qualquer coisa. Quando ela chegasse, todos saberiam. Não havia muita gente na ilha; e também não havia muitas formas de esconder um segredo ali. Se cerrasse as pálpebras por um instante, poderia vê-la saindo da espuma das ondas. Seus olhos brilhantes como o broche que a vovó guardava numa caixa de veludo. Seus cabelos da cor do mastro dos navios.

Mas ele não disse nada.

Ainda se lembrava da inquietação do pai no dia anterior. Tiberius ficara olhando-o com cara de bobo, como quando Zoe não voltara mais, lá na Espanha. No dia seguinte, com a tia Eulália ao seu lado fazendo cara de séria, o pai anunciara-lhe que a mamãe tinha ido embora com um amigo, e que eles dois voltariam em breve para La Duiva, já que a ilha era a casa deles, afinal de contas.

Seu pai tinha sido um menino diferente, ele mesmo lhe contara. Via coisas. Podia espiar o futuro por sobre o muro dos dias, como uma criança que, na ponta dos pés, olha o quintal do vizinho. Aquilo não fora uma coisa muito boa, dissera-lhe Tiberius no avião que os trouxera de volta para La Duiva. Não tinha sido bom saber das coisas sem que ele pudesse evitá-las, e os olhos do pai encheram-se de lágrimas ao falar aquelas palavras todas, como se ele fosse um menino grande demais.

Assim, Santiago esperou pacientemente que a chuva fosse chover em outro lugar. Na sua memória infantil, nunca o tempo se arrastara com tamanha lerdeza, mas Cecília acalmou-o contando que, nos anos em que estivera sozinha em La Duiva, tecendo seu eterno tricô no qual atribuíra uma cor para cada pessoa da família, o tempo gastara-se com uma parcimônia muito, mas muito mais inquietante.

— Os dias eram longos como um pesadelo. Eu conversava com o farol e com as flores.

Quando Tiberius recebeu da Marinha a autorização para recomeçar os salvamentos marítimos que tinham tornado os Godoy conhecidos em toda a costa oriental da América do Sul, finalmente parou de chover.

Foi como um sinal de bom agouro. Fora mesmo o inverno mais chuvoso das últimas décadas, e o mundo custou a secar. Mas a coragem austral aos poucos fez o seu trabalho: depois de semanas de céu plúmbeo, de nuvens velozes sopradas por um vento que açoitava a pele e fazia cantar as venezianas da casa no alto do promontório, o sol foi recuperando terreno naquela guerra infindável. Seus raios avançaram paulatinamente sobre os canteiros de rosas afogadas, aquecendo o bulbo das sementes enterradas nos charcos. O sol acordou as mudas e fez brotar suas folhas, secou as telhas cobertas de musgo; no calor macio da sua presença cintilante, as velhas tábuas do caminho que levava à escada na pedra estalavam de contentamento. Em poucas semanas, o jardim oferecia seus brotos à primavera, Cecília já podava suas roseiras e abria as janelas a fim de arejar os cômodos úmidos.

Tiberius aproveitou o fim da chuva para atacar a antiga oficina. Crescera ali, vendo Ivan costurar o ventre dos barcos estropiados pelas pedras do litoral uruguaio. Como os pedreiros mudaram-se para a oficina, a confusão finalmente abandonou a casa, não sem que antes as paredes fossem todas caiadas, e as janelas, reazuladas. O sofá onde Santiago sonhara por semanas com o verão foi levado para as dependências de Angus, e um outro, mais novo e menos confortável, tomou o seu lugar.

Cecília não interferia em nada – seu domínio eram a cozinha e o enorme quarto que dividira com Ivan durante todos os anos do seu casamento –, mas lamentou algumas transformações com a serenidade de sempre. Quando Tiberius se mudou, levando os seus peões e as sacas de cimento para os lados da oficina nos fundos do farol, Cecília executou uma minuciosa faxina, recolocando seus velhos objetos nas estantes e os livros que Flora herdara de Ernest na prateleira de madeira de lei que ficava perto da lareira.

— Pronto — disse para Santiago. — A casa recuperou a sua paz. Podemos descer para a praia finalmente.

O garoto olhou a vista que a janela descortinava e sorriu.

Lá fora, o mar cintilava na tarde. A areia, seca novamente depois de meses de aguaceiro, era dourada e refletia a luz primaveril. Cecília juntou algumas coisas numa cesta de piquenique, pegou um cobertor e o chapéu de palha e desceu com o neto a íngreme escada talhada na pedra – a escada que, anos antes, Julius também descera para se encontrar com Orfeu.

O menino perguntava muitas coisas. Por que as sarças espetavam os dedos? Por que a ilha era tão pequena? Por que os Godoy tinham vindo da Espanha em sucessivas levas, como um dia viera seu tataravô e, meses atrás, o seu próprio pai? Haveria diferença entre um Godoy nascido em La Duiva e aqueles que, como ele, tinham nascido na Espanha?

Cecília respondia-lhe todas as questões com a paciência que, outrora, Ernest tivera com Ivan. As coisas eram assim, dizia. Os Godoy haviam assentado âncora em La Duiva havia mais de duzentos anos, e todos aqueles que partiam acabavam voltando para casa. Menos os que morriam, ela acrescentou, com uma ponta de pesar na voz.

— E tia Eva? E tio Lucas? — quis saber o menino. — Eles voltarão?

— Sim — respondeu Cecília. — Tenho certeza de que voltarão um dia. Assim como seu pai voltou.

Santiago pisou a areia morna e sorriu. As ondas, com sua espuma branca, desmanchavam-se placidamente na areia. Os tios voltariam certamente. Quem não gostaria de estar ali numa tarde como aquela? Ele olhou a avó, que caminhava ao seu lado, levando o cesto de palha na curva do braço. Cecília era bonita com seus cabelos loiros riscados de prata, os olhos luminosos e doces.

Depois, como um passarinho liberto da gaiola, o menino foi correr na praia. Enfiou-se entre as ondas, ignorando o ar ainda fresco da primavera incipiente. Mais tarde, subiu os molhes e viu o corpo alto e esguio do farol contra o céu de um azul tão puro, tão limpo, que parecia ter recebido uma demão de tinta como as janelas da casa.

Santiago sentou-se entre as pedras e começou a contar os pássaros que passavam no céu, as gaivotas gordas que mergulhavam lá no fundo, pescadoras aladas. Como seria viver sendo um pássaro? O que pensava um peixe? Seus olhos perderam-se na imensidão marinha, na massa de água azul-platinada que ondulava até o horizonte. Sentiu um gosto salgado na boca. Perto da ponta dos molhes, as ondas quebravam com força e os pingos de espuma branca davam piruetas no ar. Era como se aquelas ondas quisessem acordar as pedras gigantes, depositadas ali por algum Godoy havia muitos e muitos anos, um daqueles vários Godoy que tinham nascido e morrido em La Duiva.

Santiago viu as pedras pontiagudas do molhe, o azul, o sopro morno do sol que o secava e aquecia a ilha inteira, e então quase pôde vê-la...

Quase.

Era como se a intuísse.

Ela saindo das ondas soprada por alguma força invisível, materializada em plena tarde como uma flor que subitamente desabrocha.

Não que ele pensasse assim, não que tivesse consciência da sua intuição – era apenas um menino de seis anos. Santiago apenas estava ali, em meio às pedras que avançavam para dentro do mar como um braço mineral sob a luz das três da tarde. A alguns metros, sua avó espalhava frutas e sanduíches sobre o cobertor que ajeitara na areia.

Então, a imagem voltou aos seus olhos, e ele balbuciou:

— Coral.

Aquilo era um nome. Ele sabia.

E sua voz perdeu-se na tarde e ganhou o céu.

Ao longe, o garoto podia ouvir o soar dos martelos, lembrando-o de que a obra do pai seguia na sua faina, longe da mansidão da praia. Mas Santiago tinha dito o nome, embora ninguém o tivesse escutado. E, como uma chave que encaixa perfeitamente na fechadura para a qual foi feita, a mágica já estava criada.

# ORFEU.

Os deuses, eles viviam aqui...

Ainda vivem na verdade. Desde a orla do mar, tecem os nossos destinos como penélopes luxuriosas, rodeados pelas moiras que, com a sua temível tesoura, cortam o fio das vidas mortais. Ah, esses deuses... Sem piedade, nos insuflam o amor ou o ódio, o vírus da vingança, a doença da ambição, a violenta infecção das paixões sensuais, dos sonhos impossíveis, do nosso desejo nunca satisfeito de eternidade.

Os deuses podem ser bons e maus. Creio que algum deles foi justo o suficiente para permitir que a minha morte seja vivida aqui em La Duiva, e não no inferno ou no céu. Aqui existo, misturado à areia, às rochas, aquecendo-me no calor da parede mineral do promontório quando o sol vai alto, rolando nas ondas quando a tarde anda pelo meio e o mundo mergulha em sua quietude azul.

Embora eu tivesse rogado, sem nenhum orgulho, que me permitissem – depois daquela noite de agoniosa febre em que tudo finalmente terminou – voltar à ilha dos meus dias mais saudosos, nunca imaginei que seria fácil assim...

Foi como virar a página de um livro, e aqui estava eu. O tempo dos mortos é diferente.

A minha morte me trouxe de volta ao lugar de onde nunca deveria ter saído, e agora estou em paz.

Agora posso contar.

A anêmona, a rocha, o búzio para cá me trouxeram. O sal marinho refundou-me. Transformei-me em não coisa, em praia. Quando Santiago caminha pela areia, é como se pisasse em minha própria pele. Ouço seus pensamentos voláteis, risonhos – os pensamentos de um menino (e um menino, qualquer um deles, está mais perto dos deuses do que os homens).

Ouço, portanto, os arrulhos da sua mente infantil e os compreendo. Até mesmo sopro-lhe palavras... Eu sempre fui brincalhão! Falo de algas e de peixes, de segredos escondidos em conchas por anos e anos, como uma criança em um útero, falo dos mistérios que passeiam pelas ondas...

Creio que a vinda de Santiago tenha feito renascer esta ilha. Porque La Duiva, agredida pela morte de Flora, de Ivan e de Julieta, maltratada pela partida súbita de Lucas, de Eva e a minha também (o que fez com que Tiberius também tivesse de sair para o mundo além-mar quando a mãe pediu que ele me resgatasse), fenecia de doença mortal. Sim, a volta de meu irmão, trazendo pelo braço o seu menino dourado, foi como uma medicina certeira. A infecção que já durava anos começou a ceder e La Duiva voltou a respirar, viva outra vez.

Os deuses suspiraram aliviados – pois os deuses, saibam todos, não têm o domínio completo desses seus títeres humanos. Assolados por paixões, devastados pela mágoa, inundados pela ambição ou pelo desejo de algo ou de alguém, os homens escapam ao controle divino. E foi isso que, creio, aconteceu aqui em La Duiva.

A chegada de Santiago, a nova vida que veio palpitar aqui na praia, que habita a casa no promontório, foi um recomeço não apenas para os Godoy, mas para a ilha também.

O garotinho tem alguma coisa, eu ainda não descobri o quê. Mas ele é especial. Tenho-o vigiado de perto, tão de perto quanto posso. Santiago veio porque aqui é o seu lugar, e, como se uma peça fundamental fosse encaixada no lugar correto de uma engrenagem mágica, a coisa toda começou a girar outra vez.

A roda do tempo.

A roldana dos mistérios que se fundem e se explicam. Tudo de secreto que habita sob a pele da realidade e que os homens costumam chamar de "coincidências". Ah, pobres homens...

Depois de alguns anos de abandono, quando a praia era apenas a praia, e a casa, lá em cima, envelhecia a olhos vistos sob as intempéries, os deuses voltaram a La Duiva. Eles voltaram sem avisos.

Os deuses gostam de La Duiva. Caminham pela areia quando o sol das três da tarde doura o mundo. Antes eu os pressentia, agora... Ah, agora posso vê-los, enormes e prateados, sua pele de luz, seu longo eixo vertebral sinuoso, seus olhos, bocas, pernas e sexos de escamas reluzentes. Eles brincam com os homens. Deixam aqui pequenos presentes, sopram ideias como sopraram no ouvido de Flora as histórias que ela escreveu. (Minha querida Flora... Não estava nos planos a sua morte, não estava mesmo. Às vezes, eu já disse, alguns de nós escapam aos deuses.)

Embora pressinta a presença de Flora aqui na ilha, não posso vê-la. Quanto a Ivan, meu pai, eu o sinto perfeitamente. Poseidon, o velho trovão da minha infância. Ele vem na chuva. Todos estes meses de chuva nada mais eram do que ele. A água caindo do céu, penetrando o chão e a terra, encharcando as árvores, as sarças, embebedando o ancoradouro, o farol... Tudo obra de Ivan.

Tiberius, nestes meses de umidade e de temporais, transformou-se. Ele não chegou aqui tão cartesiano, tenho certeza. Mas virou um pouco o nosso pai, como se a chuva o tivesse contaminado dos antigos hábitos de Ivan, das convicções, claras como um mapa, que sempre guiaram a sua vida.

Eu posso entender Tiberius... O seu dom sempre foi demais para ele. Durante toda a sua adolescência, arrastou consigo o fardo de ver em sonhos o futuro como quem leva um nariz de palhaço ou um defeito congênito. Depois, na juventude, quando se tornou um homem esguio e loiro de uma beleza suave, tão parecido com a nossa mãe, Tiberius como que se endireitou. Então, já estava forte o suficiente para lidar com os seus sonhos premonitórios.

Até que ele ganhou o mundo atrás de mim.

A doença que me consumiu enrolou suas gavinhas na alma do meu irmão, e Tiberius nunca mais foi o mesmo. Nunca mais... As coisas sucedidas sempre deixam marcas no futuro – nada é apenas o que é. Tudo também é o que virá a ser, num eterno desenrolar de fatos que dão origem a outros, grávidos de um futuro sempre em mutação.

Tiberius quase se entregou. A bebida, o amor maldito que sentiu por Zoe, a solidão e a culpa pela minha morte – que ele não conseguiu deter – o envenenaram durante um longo tempo. Cecília nunca desistiu do seu menino predileto, mas, creio, suas esperanças andaram por um fio. Tiberius quase não pensava mais em voltar. Então, como vocês sabem, ele subitamente decidiu-se. Voltou e trouxe Santiago com ele. La Duiva e a família revitalizaram-se. Em pouco tempo, tudo mudou por aqui. Agora, Tiberius é tão parecido com o nosso pai como duas folhas em branco. Quando ergue os olhos para o céu, é em busca de sinais de chuva, nunca para olhar constelações ou perseguir estrelas. Talvez ele esteja certo ao final. Talvez a estirpe dos Godoy só sobreviva com alguém capitaneando-lhes o destino. Porque nosso sangue sempre engendrou seres etéreos, aqui e ali eles pontilham a família como limões numa árvore de laranjas.

Agora é a vez de Santiago.

Eu já disse que ele é diferente. Tem dons divinatórios, mas ainda é mais do que isso.

**O FAROL ARDIA NA NOITE.** Tiberius olhou-o da boca da praia, depois começou a descer lentamente a escada que levava à areia, a escada escalavrada na pedra, o seu caminho para o mar. A brisa fria dançava nos seus cabelos. Dos velhos hábitos, os cabelos um pouco compridos tinham ficado. Nem ele mesmo sabia por que mudara tanto. Como uma cobra que troca de pele, era outro de repente.

Tiberius pisou a areia fria. Estava descalço. Sempre gostara de andar na praia tarde da noite. Mesmo quando fazia frio, era bom estar ali. Nessas caminhadas, organizava seus pensamentos mais recônditos.

Finalmente, a chuva tinha ido embora. Semanas de chuva, como se o céu pranteasse algum morto muito querido. Levantou o rosto e viu as estrelas que se derramavam em aparente desordem. *O caminho de luz*. Sabia o nome de quase todas, conhecia suas histórias como se elas fossem pessoas da família. Desde sempre, o céu imutável tinha sido o seu refúgio. Não renegava o seu passado, apenas o temia. Havia tantas coisas, tantas lacunas que Tiberius jamais poderia preencher.

Agora que estava em casa outra vez, começava, lentamente, a reconciliar-se com as suas memórias. O pai, Flora, Orfeu... De tudo, o que mais lhe doía era Orfeu. Em vão, buscara-o por meses, trilhara a Europa e parte da África. Lembrava-se daquele tempo como quem volta a uma vigília febril: lapsos, frases, lugares desencaixados, dor, angústia e uma sensação de ebriedade torturante, um mal-estar profundo.

Ele aspirou o ar noturno e picante. Olhou o farol cintilando na noite como se ele mesmo fosse um barco em busca de referências da costa. Ainda havia muita coisa a ser feita dentro e fora dele.

E havia Zoe.

A ferida aberta, a ferida que sempre doía.

Sobre Zoe, ele não tinha coragem de falar com ninguém, nem com Cecília. Dizia seu nome ao filho às vezes. Dizia-o com leveza, Zoe era uma memória que queria manter viva em Santiago. Não a Zoe verdadeira, é claro, com seus ataques de fúria, as suas escapadelas noturnas, o seu desleixo para com o filho. Mas uma outra Zoe, mais asséptica e boa, que ele ia construindo aos poucos, conscientemente, na cabeça do seu menino. Uma espécie de bengala para a realidade, uma mãe ficcional perdida no tempo e na Europa.

Fazia aquilo naturalmente. Seu coração pensava o tempo todo. Era assim desde que Santiago nascera. Ele soubera, ainda no hospital, que deveria ser pai e mãe daquele menino. Zoe, deitada na cama, levemente assombrada pela beleza dourada da criança, parecia a mesma de sempre. Não, ela não mudara com a maternidade: tinha carregado aquela barriga com furioso enfado. Às vezes – em momentos raros – parecia quase feliz. Mas esse sentimento se desfazia tão rapidamente quanto uma pedra de gelo ao sol do verão de Almeria.

Então, Tiberius entendera. O menino seria assunto dele. Só dele. E seu coração começara a pensar, e seu cérebro, a sentir. As coisas inverteram-se subitamente. Já não tinha mais premonições – nunca chegara a desconfiar, é claro, de que os seus dons tinham escoado, como água de um volume a outro, para o menino que quase nunca chorava, que dormia quieto (mesmo quando Zoe se esquecia de amamentá-lo) no pequeno berço de madeira feito pelo próprio Tiberius nas horas vagas do seu trabalho de faz-tudo na pensão.

Seguiu pela areia em passadas largas, despretensiosas. Um golpe de vento mais forte, salgado, arrepiou a sua pele. Tiberius chegou ao molhe. Viu as altas pedras, pontiagudas, angulosas, contra a luz argêntea da noite. O farol luzia de tempos em tempos. A identidade luminosa do farol, seu ritmo constante, conhecido por ele desde a mais tenra infância, parecia acalmar as suas angústias mais profundas.

Sentia-se só. Talvez tivesse sido solitário desde pequeno... Aquela lacuna instransponível entre ele e os outros. Por isso gostava de vir à praia tarde da noite. Como se aquele palco de areia e água fosse a casa da sua solidão. Ali, tudo era simples. Conchas e areia, céu e mar. A sua solidão encaixava-se na serenidade da faixa de praia deserta.

Sentou-se numa pedra plana, como fizera em tantas outras madrugadas, e colocou as pernas em posição de lótus. Uma frase que Orfeu lhe escrevera naquela última carta nasceu dos seus lábios, viva como se a tivesse lido naquele momento. *A solidão é como uma chuva, ergue-se do mar ao encontro das noites.* Isso era Rilke. E era a vida costurada com palavras. Era isso que ele sentia ali naquela praia. Orfeu era muito intuitivo, sempre fora.

Tiberius abriu um sorriso, encostou-se mais nas pedras, buscando acomodar as costas, ergueu os olhos para o céu e se deixou perder nas estrelas. Sempre teria o céu, e o céu lhe trazia paz.

Ficou quieto ali por certo tempo; em algum lugar da casa lá no alto, o ponteiro de um relógio andava mansamente. Passava da meia-noite, e só o mar cantava em meio ao silêncio da ilha. Tiberius sentiu então um rumorejar novo, como uma presença que se aproximava. Era o vento, o forte vento das madrugadas, que se levantava do mar como se tivesse sido acordado de repente. O vento despertava e subia a encosta, indo acariciar as sarças do caminho que levava à grande casa branca plantada lá em cima.

Tiberius ergueu-se. O vento trouxera o frio. Tirou um agasalho que levava amarrado à cintura e vestiu-o. Melhor voltar para casa e dormir. Acordaria cedo na manhã seguinte. A obra no estaleiro estava quase terminada. Receberiam o primeiro barco para o conserto depois de tantos anos – desde que Ivan, seu pai, morrera sem avisos. O primeiro barco vinha como outros tantos tinham vindo durante os anos ao longo dos quais Tiberius se transformara de menino em homem.

Ele sentiu certo orgulho ao pensar nisso, um calor no rosto, como um rubor. De modo estranho, parecia buscar a aprovação póstuma de Ivan. Seria tarde demais? Para seu pai, sim... Mas não para Santiago, seu filho.

O vento forte começou a levantar areia ao seu redor. Ele seguiu pela praia, contornando o farol até a escada na pedra. Lá em cima, a casa cintilava contra o céu noturno. Olhar a casa, a velha casa de uma vida inteira, agora pintada e consertada em cada detalhe, encheu seu peito de satisfação.

Seus olhos já pesavam de sono quando subiu os primeiros degraus, sentindo sob os pés a pedra morna do calor do dia. As sarças moviam-se ao seu redor, agitadas pelo vento, arrulhando como pássaros.

## ORFEU.

Angus usava o dormitório ao lado do pequeno estaleiro.

Sozinho com o mar, o bom Angus.

Ele veio dar em La Duiva depois da minha morte; embora, no começo, Angus não tenha acreditado. Tanto fogo... Era o que ele pensava de mim, esquecendo-se de que o fogo consome a si mesmo até se extinguir.

Angus preferia a água. Ele tinha sido, desde sempre, um homem do mar. E ele tinha gostado do quarto que Tiberius lhe entregara – no velho depósito reformado, havia uma janela para o oceano e Angus podia ver as ondas, bravias como potros.

Era um homem quieto, mas apreciava as palavras. Muito humilde, aprendera a ler com um vizinho em Datitla, e, assim, Angus era um marinheiro que lia. Alguém como o velho Ernest, que ensinara minha mãe a ler – a vida dá as suas voltas, vocês sabem...

O último navio em que Angus viajara estava no fundo do mar. Meu pai o tinha resgatado, mas, antes desse acidente, durante anos, Angus viera até La Duiva com os barcos da região. Tinha vivido muitas tormentas anteriores, mas o coração elétrico da tempestade que quase o engolira ainda habitava seus sonhos.

Nas madrugadas, Angus sentia que as funduras oceânicas o chamavam. Por isso, um dia, deixou de navegar.

Virou pescador.

Ficou meses pescando perto da linha da praia, onde se sentia seguro. Então, o mar deixou de ser o seu centro geodésico. Isso foi quando eu morri. A notícia da minha morte chegou, com algum atraso, às praias de Datitla...

Tínhamos nos conhecido anos antes aqui na ilha. Ainda me lembro daquela tarde quando o mundo parecia perfeito, e a praia, o Olimpo... Ele veio como um deus até mim, tão bonito como um sopro de magia. As calças de sarja, o dorso nu, bronzeado. Era jovem e cheio de vida, silencioso como o destino. Aquela tarde ficou em mim para sempre. Gaivotas gritavam no céu como cães alados, o areal brilhava feito ouro, e nos amamos em pleno vento.

Angus e eu.

Durante alguns meses, nossos encontros foram tudo. Mas a vida tem os seus mistérios; então a engrenagem do destino girou e Julius chegou a La Duiva... Angus era um homem discreto e desapareceu com a lua cheia. Guardou de mim muitas coisas, até o meu amor pelos poemas de Sophia de Mello Breyner Andresen.

Ele não era letrado, era um homem como as marés, natural e profundo como a noite. Mas a poesia tem dessas coisas, arrebata irremediavelmente as almas sensíveis. Angus amou Sophia e as suas palavras. Longe daqui, vivendo de pescas em Datitla, foi muitas vezes até a grande biblioteca em Oedivetnom. Lá, vagava pelos corredores silentes, pensando que uma biblioteca era como uma praia. O silêncio que lá havia... Angus leu e leu.

Ele se apaixonou por Sophia. Encheu cadernos com os seus poemas. Quando voltou à sua praia, nas noites quietas ou durante a viração, antes do sono ou nas longas horas brancas de insônia, mergulhava naqueles mundos cheios de cavernas, navios e sereias. Ali naqueles versos, Angus era feliz.

Ali, estávamos. Eu e ele.

*Espantando meu olhar com teus cabelos. Espantando meu olhar com teus cavalos.*

Angus repetia os poemas que eu dissera.

Memórias.

Quando teve certeza da minha morte, Angus não chorou. Disse uns poemas. Algum tempo depois, na época em que meu irmão, enfim, refez o caminho que o levara de La Duiva, Angus foi o primeiro a dar aqui. Ele não queria o fim dos Godoy e veio ajudar Tiberius a reerguer o que meu pai tinha construído. Parecia a pessoa perfeita para ajudar Tiberius. E, assim, Angus ficou.

Angus trouxe seus cadernos, suas lembranças e o único desenho que eu lhe fiz. Voltar a La Duiva parecia-lhe tão certo como puxar a linha quando um peixe fisgava o anzol. Era, para ele, o tempo de um recomeço. Tiberius também recomeçava, e os dois se deram bem.

*O tempo... Com seu fuso, sua faca e seus novelos.*

Angus dizia os poemas dela como os fiéis recitam a Bíblia. Ele sabia que o tempo fiava a si próprio. Alguns meses depois, quando a chuva cedeu lugar à primavera e "ela" veio dar na praia, Angus dormia um sono sem sonhos. Acordou no dia seguinte com aquela estranha notícia. Alguma coisa nele se inquietou, alguma coisa o fez pensar nos seus cadernos de poemas manuscritos.

Mas havia trabalho na oficina e o farol necessitava dos seus cuidados.

Angus deve ter intuído, mas ele era telúrico demais para acreditar que as palavras copiadas naquelas páginas, as palavras escritas por Sophia, aqueles peixes da madrugada, poderiam mesmo ganhar vida.

**UMA JANELA BATEU NA** noite.

Santiago sentou-se na cama e abriu os olhos. O quarto estava mergulhado no escuro com exceção do quadrado luminoso da janela, que derramava no piso um rastro de luar. Santiago sentiu que o seu sono tinha ido embora. Seus olhos límpidos dançaram pelo quarto que ele ocupava sozinho. A avó dormia na peça ao lado e seu ressonar confundia-se com o barulho do oceano lá embaixo.

Santiago sabia que o pai gostava de descer à praia tarde da noite. Os adultos tinham lá as suas manias. Estaria Tiberius lá embaixo? Ele pensou um pouco e resolveu descer também. Pela janela, a noite era prateada e azul, e Santiago não gostava de ficar no seu quarto depois que perdia o sono.

Calçou os tênis, achando engraçado o conjunto que faziam com o pijama de flanela. Agora, as suas roupas eram passadas a ferro e rescendiam a lavanda. Na Espanha, suas coisas eram malcuidadas porque Zoe parecia nunca ter tempo para nada, trabalhava no bar até quase o alvorecer e depois dormia a maior parte do dia. O garoto pensou na mãe e seu coração infantil bateu mais forte – um sopro de saudade como uma rajada de vento, que logo serenou.

Ele era feliz em La Duiva.

De posse dessa certeza – de que era feliz ali –, Santiago ganhou o corredor silencioso. Sentiu o ar fresco que vinha das janelas abertas da sala. Uma delas batia ritmadamente, agitada pelo vento noturno. Tinha sido ela que o acordara. Santiago arrumou a janela, prendendo o trinco no seu fecho para que não despertasse Cecília também. Sabia que os mais velhos tinham um sono leve. Um sono como teia de aranha, dizia a avó.

O menino seguiu pela sala às escuras. A luz das estrelas desenhava retângulos luminosos no chão, e ele achou aquilo muito bonito e pensou nos seus lápis de cor. Com algum esforço, abriu o trinco pesado e antigo da porta de folha dupla e saiu para a varanda onde, anos antes, Flora escrevera seus poemas e onde também conhecera Julius Templeman numa abrasante tarde de dezembro.

A madrugada ia alta e fazia frio – não um frio cortante, mas o ar tinha um toque gélido que fez o garoto se arrepiar. A flanela do seu pijama era macia, mas insuficiente. Ele pensou em buscar um casaco, dos vários que a avó mantinha organizados no roupeiro limpíssimo, mas alguma coisa o chamava à praia, alguma coisa como um ímã.

Não, não era possível voltar.

*Não sozinho*, foi o que ele pensou, e esse pensamento não lhe soou estranho.

Cercado de intuições, ouvindo as vozes do passado cruzando-se na noite, vozes que vinham de outros tempos, vozes de Ivan, de Flora, de Julius e de Orfeu, Santiago respirou fundo e venceu a larga varanda de tábuas úmidas de sereno. Seus pés pequenos e rápidos caminhavam com decisão, contornando a varanda e descendo pela saída lateral.

Ele chegou ao jardim de sarças e viu as flores silvestres brilhando sob a azulada luz noturna. Sentiu um frio na barriga quando começou a descer os degraus da grande escada escalavrada na encosta. Era como estar num barco, quase em contato direto com a enorme e pacífica massa de água marinha. Como quando chegara a La Duiva com o pai, o coração pesado de incertezas e uma nova, estranha semente de alegria querendo brotar nos seus olhos de menino.

Com cuidado, Santiago venceu a escadaria e finalmente sentiu a maciez da areia sob a sola dos seus tênis. Ao chegar à praia, entendeu que o pai não estava mais ali, que tinha voltado para casa, e que ambos não se tinham cruzado por muito pouco. Não era para ser... Não era. Seguiu pela praia até a beira da água. Ele tinha de estar ali, a certeza crescia no seu espírito, tomava seu corpo, aquecendo-o apesar do frio úmido e salgado.

Santiago caminhou até bem perto do farol, lá na ponta da praia, onde os molhes separavam a pequena enseada do mar aberto, da praia agreste proibida por Cecília. O velho farol repintado por Tiberius, Angus e seus peões luzia em branco e vermelho como um daqueles doces natalinos que Santiago chupava em Almeria – o farol era um doce enorme, com a sua ponta luminosa que apagava momentaneamente as estrelas.

Com cuidado, ele escalou as pedras do molhe. Eram grandes, cinzentas e pontiagudas. A avó ensinara-o a temer aquelas pedras pachorrentas. Eva quase furara um olho ali em criança, Orfeu torcera o pé numa brincadeira e passara boa parte de um verão com uma tala, desenhando na varanda, sem poder tomar banho de mar. Havia pedras até maiores do que ele, e outras menores, menos angulosas, quase gentis ao toque.

Santiago era um menino magro e ágil. Ele se movia com uma graça felina e talvez tivesse herdado certos ares de Eva; mas é claro que, se essa história estivesse sendo escrita por Flora, tal detalhe seria criteriosamente deixado de lado, vocês podem imaginar. O que importa é que o menino chegou ileso à última pedra do molhe. Santiago já tinha subido ali inúmeras vezes.

Do alto, o mar estourava sem muita violência, respingando-lhe o pijama e umedecendo suas mãos e seu rosto como se viesse brincar com ele. O frio parecia maior, mas também a beleza azul-acinzentada do oceano, que agora o enfeitiçava como se o chamasse.

*Shass, shass, shass.*

Santiago fechou os olhos por um instante como Angus tinha lhe ensinado, *sinta as ondas como um coração batendo. Sinta a pulsação do mar.*

Ele sentia.

Mas, junto com o coração marinho que latejava, um outro palpitar chegou aos seus ouvidos. *Shass, shass, shass.*

Santiago abriu os olhos para a noite. Como se pudesse localizar o ruído perfeitamente, focou seu olhar num ponto distante uns cento e cinquenta metros da costa. Lá, uma espuma branca parecia nascer de si mesma como uma onda que não se propagasse, uma estranha borbulha.

Ele olhou melhor, tal qual um capitão em uma zona de recifes. E então viu que o marejar estranho movia-se lentamente, avançando em direção à praia. Não era uma onda, talvez fosse um peixe, talvez um náufrago que tentasse alcançar a areia.

Santiago sentiu o coração bater mais forte. Pensou em subir ao farol e dar o sinal sonoro, cuja alavanca ficava na torre de comando. Mas, de fato, nunca mexera na torre de comando e provavelmente a porta do farol estava trancada. Angus levava a chave no cinto. Não era coisa para meninos, tinha lhe dito o pai.

Ele queria a ajuda de um adulto, mas estava sozinho e não poderia deixar o seu ponto de observação. A espuma vinha em direção à costa e parecia aproximar-se, agora com alguma velocidade, rolando na massa cinzenta do oceano.

E foi então que ele viu.

Era ela.

Santiago ainda não sabia.

É para os meninos que os milagres acontecem... Foi por isso que ela veio, certamente. Veio para Tiberius – em algum lugar isso estava escrito. Mas veio – ela veio – por ele, através dele. Santiago foi a ponte. Os olhos certos para o milagre.


Alguns instantes depois (aquele pulsar do tempo tinha parecido ao menino uma eternidade), a espuma movente chegou aos pés do molhe, à esquerda do ponto onde o garotinho estava.

Santiago podia ver perfeitamente – tinha herdado do pai uns olhos de marinheiro acostumados às estrelas. E o que ele viu, pasmo e ao mesmo tempo calmo, como se fosse normal aquilo acontecer ali em La Duiva, entre tantas outras pequenas praias e ilhas e enseadas, foi uma moça surgir das espumas, uma moça pálida como o leite, suavemente nua na noite ventosa, com seus longos cabelos castanho-claros caídos em pesadas mechas empapadas de mar sobre suas costas lisas, delicadas.

Ela caminhou devagar até a areia, como se provasse a nova firmeza do chão, um pouco trôpega. Abraçou seu corpo, escondendo as duas aréolas escuras e tapando o volume dos seios, não por vergonha, mas por causa do frio – muito embora ambos os sentimentos fossem completamente novos para ela: vergonha e frio.

De onde estava, Santiago viu quando a moça virou o rosto em sua direção como se o buscasse, como se soubesse que ele estava exatamente ali, no alto da maior pedra, os cabelos loiros dançando ao vento, com seu pijama de flanela listrada.

E então ela ergueu o braço bem no alto da cabeça, seus olhos – de um tom de algas escurecidas pelo tempo – reluziram de alegria, e sua mãozinha, branca e miúda, fez um gesto no ar como uma pomba que batesse as asas por um único instante.

Santiago abriu um sorriso, entendendo que a moça olhava para ele, que o chamava. E acenou também. Da sua boca, escapou um nome:

— Coral.

Foi o que ele disse.

Disse como se soubesse. Disse com a calma definitiva de um menino que vê a água e diz *água*.

Depois disso, sentindo a premência de receber aquela mulher delgada e nua que saíra do mar sob o brilho comovente das estrelas, o garotinho desceu as pedras com agilidade, pulando-as de uma em uma. E correu até a areia, correu velozmente, pois ela devia estar com frio.

O vento tinha aumentado outra vez, fazendo as ondas espumarem, e esses respingos luziam sobre o corpo da moça, o seu corpo branco e nu e liso, como se fossem pequenos, minúsculos brilhantes inquietos.

Santiago nem pensou em acordar a avó. Para as crianças, tudo é mágico, mas ele podia entender que tinha presenciado uma coisa diferente. Não, ele jamais vira um naufrágio, o inverno que ali passara fora generoso em chuvas e tempestades, mas nenhum barco arrebentara-se nos perigosos recifes que ficavam lá adiante, nenhum barco chocara-se contra as negras pedras traiçoeiras.

Ele sabia – enquanto corria até a moça, *Coral, Coral*, o nome o cutucava como uma mãozinha inquieta – que ela não era uma náufraga, uma pobre coitada que o mar cuspira ali. Santiago sabia que ela tinha vindo do mar.

Acelerou ainda um pouco a corrida, e finalmente parou diante dela. A moça, tão bonita com seus imensos olhos, sorria-lhe. O vento dava voltas pela praia, aumentando o frio, e, no horizonte, uma luz começava a nascer timidamente, arrastando atrás de si a alvorada.

— Oi... — foi o que ele disse, estendendo o braço para tocar-lhe a mãozinha fria, molhada de mar. — Você deve estar com frio, Coral.

— Eu gostaria de uma coisa como esta que você está usando — ela respondeu.

— Um pijama — completou Santiago. — Posso arranjar um lá na casa.

E indicou-lhe o alto do promontório, onde a noite ainda se encarapitava, pontilhada de estrelas. A moça viu a casa branca como um peixe sem escamas, viu o avarandado largo, o caminho que contornava o morro até a praia. Não sei o que pensou, agiria às vezes como uma velha muito sábia e, noutras, como uma criança recém-nascida para o mundo.

O que sei é que ela segurou a mão do menino que tinha vindo recebê-la e disse simplesmente:

— Vamos então. Estou com frio e com sono.

Seguiram os dois pela praia, apressados, o espetáculo do dia se fazendo às suas costas. Santiago pensou em chamar Angus, talvez fosse melhor... O marinheiro saberia ajudar Coral, pois talvez ela tivesse se perdido de algum barco não muito longe dali.

Resolveu perguntar:

— Você veio de um barco? Caiu na água e veio dar aqui?

Ela sacudiu a cabeça, seus longos cabelos castanhos começavam a secar por causa do vento, avolumando-se aos poucos, descendo em ondas pelas suas costas.

— Eu vim do mar — ela disse.

— Coral é o seu nome?

Ela olhou Santiago com um brilho no fundo dos olhos de um castanho-escuro e musgoso. E então aquiesceu, repetindo o nome como se o provasse pela primeira vez:

— Coral... — Ela abriu um sorriso: — E agora vamos correr. Estou com muito frio.

Santiago riu alto.

Assim, ambos se puseram a correr, subindo os degraus do promontório de dois em dois, esquecidas todas as recomendações de Cecília, os pés úmidos e escorregadios brincando no lusco-fusco do amanhecer naquelas pedras perigosas.

Santiago ainda considerava as possibilidades... Melhor entrarem quietinhos no seu quarto. Não tinha um pijama que coubesse nela – ela era bem maior do que ele, e tinha um corpo angulosamente delicado, de mulher recém-crescida.

Mas Santiago pensou que poderia cobri-la com os seus cobertores e talvez buscar alguns biscoitos na cozinha, até mesmo um copo de leite. Aquela estava sendo uma noite maravilhosa, às vezes a insônia podia ser mais linda do que o sonho. E seria bom ter companhia em La Duiva.

Não, meus caros, ele ainda não tinha entendido que Coral era uma mulher, embora parecesse tão infantil na sua nudez perolada, no seu sorriso doce. De qualquer modo, o garoto não estava de todo errado e eles seriam grandes amigos.

Entraram na casa às escuras. O dia nascia lá longe, um espetáculo sem plateia. Coral olhou a sala como se nunca tivesse visto nada igual. Nada havia ali de espantoso: um punhado de cadeiras, mesas, livros, a lareira apagada, o relógio sobre a lareira, o sofá perto do janelão da varanda, velhos tapetes, a estante, pequenos objetos dispersos, um quadro de cores suaves. Era uma casa comum, confortável e afetuosa, mas a moça parecia ver algo de extraordinário.

Santiago olhou-a e perguntou:

— Você gosta?

— É lindo! — exclamou ela.

Ele riu baixinho. Nunca tivera muitos amigos e ainda não fora à escola na vila. Pegou na mão fria da garota e lhe disse:

— Então venha. Psiu... Não faça barulho. Vou levar você ao meu quarto.

Seguiram pelo corredor, com o menino trazendo a garota nua pela mão. Eles deixavam pequenos rastros de areia e de umidade no piso de madeira, e ela tropeçava, a garota, como se fizesse algum tempo que não andava, ou como se tivesse bebido demais.

Entraram no quarto quentinho e ele ligou um pequeno abajur. Pela janela aberta, agora o alvorecer não era mais segredo e o céu tingia-se de muitas cores. Coral limpou os pés com gestos ágeis, e suas coxas de madrepérola provocaram um estranho incômodo nas entranhas de Santiago.

Ele mostrou-lhe a cama:

— Deite-se aqui. Vou lhe dar um cobertor.

Vasculhou o armário, puxando da última prateleira o cobertor azul bem grosso com o qual a envolveu, sentindo-se muito adulto ao cuidar daquela moça estranha e tão bonita, que sorria para ele.

— Obrigada. Não é bom sentir frio.

— Onde estariam as suas roupas? — perguntou o menino. — Vovó não vai gostar disso. Mas talvez haja alguma coisa das minhas tias que possa servir em você. Quando todos acordarem, buscaremos nos armários.

— Se eu tinha roupas, as perdi no mar — respondeu a moça. E, então, enrolada no cobertor, sorriu-lhe e perguntou apenas: — Tias?

— As irmãs do meu pai — explicou Santiago. — Eu não conheci nenhuma delas.

— E onde elas estão?

Ele suspirou:

— Uma morreu, a outra foi embora para o Rio de Janeiro. Mas a vovó guardou as roupas, elas devem servir em você. Não pode andar por aí assim.

— Mas por quê?

— Ora, porque não é bonito — respondeu ele. — A vovó não vai gostar.

Coral sorriu. Era fácil sorrir. Então disse:

— Sente-se aqui comigo. Você também deve estar com frio.

— Um pouco.

Santiago enfiou-se debaixo da coberta, sentindo o calor que emanava daquele outro corpo que acabara de conhecer e com o qual ainda estava se acostumando. Mais uma vez, suas entranhas inquietaram-se, mas ele achou que aquele incômodo era fome, só podia ser. Estava também, dava-se conta, com muito sono. O sono denso e arrebatador das crianças. Olhou a moça ao seu lado e ocorreu-lhe que ela também queria dormir, mas uma ideia o incomodava. Achou melhor dizer tudo antes que os dois pegassem no sono ali, encostados um ao outro.

Cecília apareceria pelas nove da manhã com o seu leite e os seus biscoitos, e então não haveria a possibilidade de ambos combinarem uma versão para o surgimento tão inesperado de Coral. Ah, ele não se importava com isso... Mas pressentia que a avó não iria gostar daquela história da moça saída misteriosamente do mar. E, mais do que as perguntas de Cecília, Santiago temia o seu pai. Sabia muito bem que Tiberius não gostava de milagres ou mistérios, embora já os tivesse apreciado antigamente.

— Escute — ele disse, a voz engrossando de sono. — Temos que inventar uma história para o meu pai.

— Como assim? — Coral quis saber. — Uma história bonita? Ele gosta de histórias?

Santiago esforçava-se para se manter alerta. Num jorro de palavras, ele falou:

— Meu pai mudou muito, ele agora precisa ter certeza de que tudo está certo no mundo, sabe? Não vai entender se dissermos que você saiu do mar e que não se lembra de nada. Isso não vai servir para ele!

— Mas eu não me lembro de nada! — Ela quase implorou com sua voz macia, deitada ao lado dele sob o grosso cobertor: — Você quer dizer o que para o seu pai?

Lá fora, a manhã era já de um azul claríssimo, e as últimas estrelas apagavam-se no céu. O menino respondeu:

— Podemos dizer que tinha um barco.

— Eu não me lembro — ela insistiu.

— Mas podemos dizer, Coral. Ele vai procurar o barco e não vai encontrar nada.

— Ou talvez encontre — ela falou.

— É... — Ele pensou melhor: — Talvez tenha mesmo um barco. Isso seria ótimo.

Santiago bocejou alto. Sentia-se melhor com aquela história. Procurar um barco era trabalho extra para o pai, e isso sempre lhe caía bem. Tiberius parecia não gostar de ter tempo livre, parecia mesmo temer o tempo livre, as ociosas tardes de domingo assustavam-no, era possível ver isso nos seus olhos verdes, que ficavam inquietos.

— Não temos certeza de nada, não é mesmo? — Coral insistiu.

Ela não conhecia o frio nem a mentira. Santiago olhou-a com carinho, como uma criança que ganhou um milagroso brinquedo. Agora, tinha certeza de que ela era bonita. Seus grandes olhos escuros miravam-no sem impaciência ou mágoa. Talvez ela também sentisse sono – de todo modo, parecia cansada.

— Acho que podemos pensar que é um jogo — o menino falou por fim.

Brincar era sempre mentir um pouquinho, e a sabedoria infantil do garoto convenceu Coral de que poderia mesmo ter havido um barco do qual ela tivesse se esquecido, como se esquecera de tudo o mais, a não ser o seu nome.

*Coral.*

— Está bem então — ela concordou.

— Tinha um barco — Santiago repetiu.

Ela remexeu-se na cama, escorregando a cabeça para o travesseiro, seus cabelos espalhando-se como uma anêmona no fundo do mar, sentindo um cansaço que lhe era desconhecido. O menino imitou-a com um sorrisinho leve no rosto queimado de sol, e as duas cabeças, a loira e a morena, ficaram bem juntas, unidas naquela exaustão da manhã quieta, que clareava aos poucos.

— Deve ter havido um barco — Coral respondeu, já mergulhando no sono inesperadamente.

Quando a voz dela se calou, Santiago fechou os olhos com delícia. O calor bom que emanava daquele corpo macio aconchegou-o, e subitamente ele se esqueceu de tudo.

## ORFEU.

Mesmo que todos os relógios do mundo parem, ainda assim o amor vai achar o seu tempo.

Ele sempre chega.

E com Tiberius não seria diferente.

Ele vai amar. Sorte dele. Passar uma existência inteira sem conhecer o amor é a maior das tragédias. Não falo do amor filial, do amor familiar, falo do amor sexual. Esse amor que vem e desmorona nossas certezas, transforma a calmaria em fúria, faz a serenidade virar desespero, e o desespero, céu. Atrito e angústia, felizes daqueles que conheceram a plenitude impalpável. Vida, vida com todos os seus penhascos e despenhadeiros.

Zoe não foi um amor, estou certo disso.

Agora que me encontro aqui, na própria máquina que move os relógios do tempo, agora que sou o Tempo, agora eu sei.

O amor está chegando. Ele sempre dá um jeito.

Como a morte, como a guerra, como a vida, como o dia, o amor um dia chega. Fulminante, insidioso, às vezes doce e noutras cruel, o amor desaba, infiltra-se, cristaliza, transforma. É como um clarão, uma profecia que se realiza em todo o seu mistério.

Vocês sabem, existem vários tipos de amor como existem vários tipos de pessoas. Os deuses não descuidaram disso. Até mesmo eles, os deuses, são flagelados pelo amor. Naturalmente, fizeram chegar até nós este mar seco, a violência afetuosa do amor.

Afinal, o Amor foi o primeiro dos deuses. Ele veio mesmo antes do Olimpo, quando ainda só havia a Noite e o Dia, o éter silencioso e a flama ardente. Depois outras coisas nasceram e se multiplicaram. Zeus povoou boa parte do Olimpo e espalhou a sua semente aqui embaixo por causa do Amor.

O amor de Zeus é como um relâmpago que fende, inflama e arde. Creio que Zeus sempre foi o deus que mais se interessou pelos mortais – e isso por causa do fogo inesgotável que o corroía, passeando em suas veias como magma. Talvez Zeus reinasse sobre os outros imortais porque tinha o dom de vir à terra, de juntar-se a nós, de compreender os homens. Afinal, aquele que entende o mais fraco acaba por se tornar o mais forte.

De qualquer modo, Zeus deixou que seu amor nos tocasse também, vertendo benesses e feridas sobre os mortais... Eu o provei e não me arrependo. Quando pus os olhos em Julius, eu soube. Estava ali o meu destino, andando ao lado daquele homem bem-vestido demais para o verão em La Duiva. Foi simples e aterrador.

Anos de desenhos e de pequenas paixões náufragas, e eu sonhando com alguma coisa que pudesse erguer do nada, com alguém que, junto comigo, construísse um futuro. Mas Julius chegou aqui e, do promontório, quando o vi caminhando pela areia quente no rumo da nossa casa, vi também o Amor. Por isso, representam-no com a sua flecha. É fulminante. Uma ferida que se abre, chaga profunda. Todos os planos, todos os sonhos, tudo por água abaixo. Estava ali, diante de mim, o Amor com seus exércitos invisíveis.

Ah, pobre daquele que nunca experimentou esta certeza. Uma revelação sem palavras. Um fulgor que cega os olhos e fecha a garganta. Eu nunca me senti mais perto dos animais, nem tão longe deles. Nenhum argumento seria válido, nenhuma lei, vãos seriam todos os apelos, inútil toda a inteligência. O mais sábio dos homens verga-se diante do Amor quando ele vem assim, como um conquistador invencível nas suas batalhas, o amor que para o relógio, que crava a faca invisível no peito.

Se você foi fisgado, acabou-se o mar.

Mas tudo isso passou para mim, junto com a vida que já vivi e cujo sumo suguei até a última gota.

Agora, chegou a vez de Tiberius. Os exércitos do Amor se aproximam de La Duiva dispostos a mais uma conquista. Eu posso ouvir o rufar dos seus tambores, posso perceber a eletricidade no ar soprando com a brisa, embalando as ondas. Não sei como, mas sei quando. Eu sinto que ela chegou, como poderia sentir o toque levíssimo de dedos de Julius, feito pássaros, subindo pelas minhas costas.

Se eu pudesse farejar o mundo, diria que ela já está aqui.

**OS DOIS FICARAM ALI** até bem mais tarde, quando Cecília entrou no quarto com a costumeira bandeja de café da manhã. Ela abriu a porta com cuidado, como fazia sempre, empurrando-a com o ombro enquanto trazia a bandeja entre as mãos. E qual não foi o seu espanto ao ver o netinho dormindo a sono solto junto de uma moça totalmente desconhecida:

— Meus Deus do céu!

Não foi um grito, mas a sua exclamação quebrou o silêncio do quarto e Santiago acordou.

Com os olhos abertos como janelas, o garotinho mirou a avó, que tentava depositar a bandeja sobre a mesa de cabeceira. As mãos de Cecília, ainda bonitas, estavam trêmulas. Ao seu lado, Santiago sentiu que Coral se remexia como se fizesse força para emergir de águas muito profundas.

— Vovó... — ele disse, abrindo um sorriso.

— Santiago, quem é ela?

Cecília tinha ajeitado a bandeja sobre a mesinha e olhava-o com tal espanto que o menino só se achou capaz de abrir um sorriso. Ela sentou-se na única cadeira do quarto. Ficou ali esperando, conjecturando.

Coral acordou com a conversa, mas nada disse. Apenas mirou a outra mulher ali presente, a avó do menino, e reconheceu nela uma beleza vigorosa já arranhada pelo tempo. As duas se examinaram por um longo momento, não como oponentes, nem como duas almas amigas, mas dois lados de uma mesma moeda que, inesperadamente, viam-se frente a frente pela primeira vez.

Santiago deixou que elas se conhecessem. Não tinha experiência com as mulheres, e sua própria mãe, Zoe, fora uma criatura esquiva e irritadiça. Mas, depois de alguns minutos, o garoto compreendeu que precisava ser ele a dizer alguma coisa:

— Vovó, esta é a Coral. Eu a encontrei na praia ontem...

Cecília olhou-o, pasma. O menino parecia tão adulto com aqueles olhinhos cheios de sono! Um sorriso amaciou seu semblante, e ela respondeu:

— Como assim? Você não dormiu? Ainda é cedo, não passa das nove. E eu mesma deixei você aqui ontem à noite dormindo a sono solto.

Cecília não ouvira nenhum ruído noturno. Claro, conhecia as insônias de Tiberius, sabia-o muitas noites na praia, arejando os pensamentos, matutando o passado com Zoe e tantas outras coisas – o pai, Orfeu, Flora –, histórias cujos desfechos pesavam na alma do filho.

A voz do neto interrompeu seu devaneio:

— Eu perdi o sono... Uma janela batia sem parar. Aí, senti vontade de descer até a areia. Foi lá que vi a Coral, ela estava saindo do mar.

Coral adiantou-se:

— Eu não lembro de nada.

Ao dizer isso, a jovem sentou-se na cama, deixando o cobertor escorregar sobre o seu ventre e revelando dois seios brancos, de delicadas aréolas cor de chocolate. Cecília levou a mão à boca. Pelo espanto no rosto da outra, Coral entendeu que devia se cobrir e puxou o cobertor sobre o peito.

— Onde estão as suas roupas? — Cecília perguntou.

— Eu as perdi. — Coral baixou os olhos. — Acho que as perdi no mar. Não lembro de nada, só lembro do menino vindo em minha direção.

Cecília estava confusa. Já tinha visto muitas coisas em La Duiva, mortos de semanas, inchados, verdes e pútridos como flores do inferno. Tinha visto um menino afogado, tão bonito como se ainda dormisse. E restolhos, bagagens, marinheiros atônitos por terem escapado de naufrágios terríveis, ventos, ondas, tempestades. Mas a moça que a mirava, bonita e doce como uma daquelas criaturas míticas que enfeitiçavam os homens nas viagens de Homero, não parecia se encaixar em nenhuma das suas memórias.

— Você escapou de um naufrágio? — foi o que Cecília pôde perguntar.

— Não lembro de nada — repetiu Coral pela terceira vez.

Santiago intrometeu-se novamente, sentindo que aquela era a sua deixa:

— Acho que vi um barco... Mas estava escuro, vovó, não tenho certeza.

Cecília aquiesceu. Não se deu ao trabalho de perguntar ao neto como a moça viera parar na sua cama e por que ele não despertara nenhum dos três adultos da casa. Erguendo-se, com um suspiro resignado e uma angústia que ainda não podia definir latejando dentro do peito, ela disse apenas:

— Você precisa de roupas, moça. Vou ver o que consigo.

— Os velhos armários — acrescentou Santiago, que já tinha pensado naquilo.

Cecília olhou-o com atenção. O neto era tão sonhador, tão distraído, mas parecia estar dominando a situação. Ela sorriu-lhe, tentando manter a velha cordialidade que os unia, apesar do seu espanto e do seu ciúme – sim, estava com ciúme da jovem! –, e respondeu:

— Comam o que eu trouxe. Vou buscar alguma roupa para a Coral. Depois vamos à cozinha, pois não tem comida suficiente nessa bandeja para os dois. — Suspirou: — E temos de chamar Tiberius! Ele precisa saber o que aconteceu e disparar um SOS. Afinal, deve ter havido um barco.

— Com certeza tinha um barco — disse Santiago, quase feliz.

E Cecília saiu do quarto, fechando a porta atrás de si.

Foi uma manhã agitada na pequena ilha.

Cecília Godoy indo e vindo pelos corredores em busca de roupas e de respostas. Ela não estava acostumada com visitas inesperadas, e a última delas – havia anos – tinha sido Julius Templeman.

Ela não gostava sequer de lembrar. Sentia medo de estranhos, sentia mesmo. Os náufragos, deles sempre se apiedara; mas, na maioria, o mar os tinha cuspido já mortos na areia da praia e bastava que lhes dessem uma cova e algumas orações.

Com Coral era diferente... Cecília sentia isto como um latejar nas têmporas. Tinha simpatizado com a moça. A sua beleza limpa e simples, os longos cabelos que dançavam como que movidos por uma misteriosa brisa, os olhos de algas, a curva branca e perfeita dos seus ombros, tudo nela era fresco e honesto. Mas havia algo mais, algo que Cecília não podia definir e que, por isso, a incomodava.

Ao sair do quarto do neto, ela buscou algumas roupas no armário onde guardara as coisas de Flora. Mexer naqueles vestidos, que ela acomodara entre ramos de lavanda, ajudou a aumentar a sua angústia. Tudo de novo, não! Mas o que seria tudo de novo? Sua cabeça fervilhava enquanto separava uma pilha de camisetas e shorts, dois ou três vestidos. Não tinha certeza das medidas da moça, vira-a apenas sob os cobertores.

Antes de voltar ao quarto, Cecília foi até o antigo estaleiro que servia de escritório. Precisava falar com Tiberius.

Entrou na sala silenciosa. As duas amplas janelas davam para o farol e para o mar e as rochas da ponta da ilha. Sobre a mesa simples, pilhas de papéis e cadernos de anotações com a letra miúda de Tiberius. Um copo de chá pela metade, um bloco de notas fiscais. Uma luneta, carinhosamente presa por um cordão, estava pendurada num canto da parede, como uma velha amante já ultrapassada pelos anos. Cecília voltou no tempo e lembrou-se do seu menino dourado andando pela ilha à noite, desvendando constelações. Mas Tiberius não estava ali.

Na saída, encontrou Angus com uma caixa de ferramentas. Ele ia em direção à oficina.

— Algum barco arrebentou-se nas pedras esta noite? — ela perguntou, ansiosa.

Angus encarou-a com seus olhos plácidos:

— Não, senhora. Apenas um pequeno conserto que está conosco há uma semana. Terminaremos hoje.

— Ah... Onde está Tiberius?

— Na oficina, esperando por mim.

Cecília parecia estranha com aquela pilha de roupas, parada ali no caminho de areia e sarças. Angus pensou que nunca pudera precisar-lhe a idade, mas, subitamente, achou-a envelhecida quando ela disse, com voz cansada:

— Angus, diga ao Tiberius para ir até a casa. Tenho urgência em falar com ele...

Ele percebeu que Cecília tencionava dizer algo mais, erguendo aquela pilha de roupas como quem mostrava um álibi, mas desistira, tomando o caminho da casa com passos rápidos, nervosos.

Algo tinha sucedido. Alguma estranheza incomodava Cecília Godoy. Mas a ilha era tão pequena, Angus logo iria saber.

**QUANDO TIBERIUS FINALMENTE APARECEU,** Coral já estava vestida com uma velha saia e uma blusa que pertenceram a Flora. Isso talvez tivesse aumentado a sua estranheza. Ver aquela moça linda e desconhecida usando as roupas da sua irmã morta causou a Tiberius um choque que o coitado não soube disfarçar.

Ele ficou parado na varanda, o coração como um cavalo solto num prado. *Toc, toc, toc.* Talvez já fosse mesmo o amor fazendo das suas, a flecha certeira... Mas Tiberius preferiu pensar que era apenas espanto.

Assim que ele entrou na sala, Cecília contou-lhe a história toda, a história que ela sabia. *Um barco provavelmente, e a moça na praia com Santiago.* Coral apenas ouvia, sentada na ponta de um sofá, olhando tudo e todos com uma serena curiosidade das coisas e das cores: havia tanto azul e tanto ouro, tanto vermelho e tanto castanho em tudo! E o mar, o mar era e não era, dançando lá fora como um imenso tapete flutuante, cambiando de tom e misturando-se ao céu.

Coral não se importava, de fato, com a maneira como tinha vindo parar ali. Importava-se com o ali, com aquela casa, o avarandado largo, a brisa marinha, as vozes, o doce menino que estava ao seu lado, zelando por ela. Importava-se com a mulher mais velha, que era boa, mas parecia nervosa. Importou-se, também – e subitamente –, com o homem loiro que ouvia tudo, vestindo aquelas suas calças escuras, os braços fortes, a pele queimada de sol. Tinha olhos de menino, olhos iguais aos do garotinho que dela cuidava – e então

Coral entendeu tudo, aquele era o pai de Santiago, e era para ele que deveriam dizer que houvera um barco!

Quando Cecília terminou de falar, Coral sorriu para Tiberius. Ele ficou tão nervoso que achou por bem sentar-se um pouco. Foi bom, viu-se à altura dos olhos do filho e também dos olhos da moça, que eram de um castanho-escuro como as sarças queimadas pelo sol de fevereiro.

— Então você sofreu um naufrágio? — ele perguntou, olhando-a tão profundamente que Coral sentiu arrepios.

— Devia haver um barco... — ela disse simplesmente.

Pela primeira vez, Santiago falou:

— Acho que vi um barco, papai. Bem ao longe, mas não posso ter certeza. E então a Coral apareceu na praia, veio nadando lá do fundo do mar.

Tiberius concordou, pasmo com a história dos dois.

— Você é boa nadadora — ele elogiou, docemente. — E teve sorte, o mar aqui é traiçoeiro, as correntes são perigosas. Ainda bem que a noite estava calma.

— Ainda bem... — repetiu Coral, olhando-o nos olhos, intrigada, enquanto um calor nascia na boca do seu estômago.

— Vou disparar um aviso. Se houve um naufrágio, precisamos procurar por possíveis sobreviventes. Você lembra de alguma coisa?

Coral respondeu:

— Não.

Tiberius respirou fundo, tentando entender aquilo tudo.

— Talvez você tenha perdido a memória — arriscou, baixinho. — Isso acontece às vezes.

— Pode ser o choque — falou Cecília. — Eu já vi antes. Nos velhos tempos, quando os grandes naufrágios punham seu pai em polvorosa e passávamos as madrugadas inteiras recolhendo destroços e aquecendo marinheiros congelados de frio e de pavor. — Ela suspirou: — Mas isso foi há muito tempo... E agora temos Coral.

Santiago segurou a mão da moça como se ela lhe pertencesse. A avó estaria querendo dizer alguma coisa com aquela história?

— Ela fica conosco — o menino falou, decidido.

Tiberius abriu um leve sorriso:

— Ela fica conosco por enquanto, não é? — E piscou para Coral.

— Fico — ela disse.

E era a única coisa na qual podia pensar. Talvez estivesse mesmo em choque, pois sua alma sabia apenas daquela praia, das pedras, do farol, da doçura do menino e dos olhos vagos e misteriosos do pai dele.

**E AS COISAS ACONTECERAM** assim...

Cecília nunca acreditou numa única palavra daquela história toda – um naufrágio sem destroços, nem mortos? Mas não havia nenhuma outra versão. Coral viera dar em La Duiva saída do mar, e o tempo das nereidas tinha ficado com Homero.

O que havia de concreto eram os e-mails de Tiberius, os telefonemas trocados com a Marinha, os pedidos de busca nunca solucionados, um total desconhecimento sobre o pequeno barco que teria naufragado a pouca distância de La Duiva. O próprio Tiberius saíra às buscas e voltara apenas com alguns peixes para o jantar e meia dúzia de boias furadas e garrafas sem nenhum bilhete dentro. Cecília aproveitou uma delas como vaso para as rosas e o assunto começou a morrer por si mesmo, como uma flor que murcha simplesmente porque o seu tempo de beleza já passou.

Ninguém nas redondezas – e eles tinham mandado e-mails até mesmo para Oedivetnom! – soubera de algum incidente marítimo naquela noite de princípio de outubro nas imediações de La Duiva. Coral (segundo parecia a Cecília) nascera como por encanto, materializada na areia em frente à sua casa, e aquilo (ela tinha certeza) coisa boa não era.

Mas o fato é que Coral foi ficando.

Os Godoy tinham o princípio natural da aceitação, principalmente daquilo que vinha do mar – do mar nascera toda a história da família; do mar eles tinham sobrevivido por séculos, e assim o respeitavam com a serenidade dos peixes.

Coral, aquela moça tão bonita e silenciosa, não se lembrava de nada – rostos, casas, histórias do passado. Parecia ter surgido naquela noite como uma Afrodite vinda das espumas marinhas. Era o choque, dizia Tiberius. Mais dia, menos dia, ela recordaria o passado e se lembraria de uma casa, dos seus amigos, talvez até de um amor.

Isso Tiberius não dizia – pensava apenas, e pensava-o com o coração por um fio. Todos na ilha já podiam notar suaves diferenças nele: ainda trabalhava com profundo afinco da manhã à noite, consertando embarcações com Angus, cuidando do farol, realizando resgates de mercadorias em todo o litoral com os dois pequenos barcos que alugara na capital. Contratara dois marinheiros para o serviço, e às vezes o escritório ficava cheio de vozes masculinas que discutiam e riam alto, enchendo a propriedade com um bulício que fazia Cecília se lembrar dos tempos de Ivan e de seu sogro, Don Evandro.

Mas, à noite, Tiberius aparecia na sala de banho tomado, um sorriso no rosto e muitas histórias para contar. Estava mais animado, seus olhos verdes tinham um brilho de vidro úmido e quedavam-se muito tempo a olhar cada coisa, como se ele estivesse redescobrindo um mundo perdido.

Aos poucos, Tiberius Godoy recordou-se das esquecidas estrelas cuja existência tinha sido seu objeto de adoração na juventude, quando traçava mapas das constelações e passava madrugadas inteiras deitado na areia perto dos molhes, observando a constelação de Órion e procurando segredos de futuro nas luzes longínquas de Betelgeuse, Rigel e Bellatrix.

Certa noite, estando a primavera avançada e a temperatura noturna mais amena, Tiberius levou Santiago e Coral para ver as constelações. O passeio noturno acabou virando um hábito... Os três andavam pela praia por longas horas, enquanto Cecília bordava na varanda, envolta em seu xale de lã, costurando suas dúvidas. Estaria o filho apaixonado por aquela desconhecida quieta e sorridente? Coral seria como Julius, um cometa de tragédias inesperadas? Ou era apenas a velhice iminente que a deixava assim, como uma aranha na sua teia, tecendo angústias que lhe roubavam o sono?

Um dia, Cecília teve certeza dos amores do filho. Isso deve ter sido umas três semanas depois do surgimento de Coral em La Duiva.

Sim, as coisas sempre sucediam vorazmente com os Godoy, e vocês ainda podem se lembrar de Orfeu e da sua fome de viver. Cecília teve sua confirmação numa noite em que, enquanto preparava um assado na cozinha, Tiberius apareceu na sala de jantar trazendo a sua velha luneta pelo braço.

Cecília acorreu à sala para ver a cena e perguntou:

— Para que isso?

Tiberius devolveu-lhe um cândido sorriso que a fez lembrar do menininho loiro que corria às carreiras entre as rosas do seu jardim.

— Para ver as estrelas, mamãe — ele disse. — Quero que Coral conheça as histórias que me alegravam. Quero mostrar a Santiago a Betelgeuse e a Aldebaran.

Cecília sentiu uma profunda inquietação. A última vez que um dos seus filhos enamorara-se de um visitante inesperado... Bem, a tragédia abatera-se sobre a ilha como a espada de Ares.

Naquela noite, o jantar foi um misto de angústia e de euforia. Bebeu-se mais vinho do que de costume. Quando finalmente instalaram a luneta num canto da varanda perfumada pelas damas da noite, Cecília alegou dor de cabeça e retirou-se para o seu quarto. Na velha cama gigantesca, incontestável como um navio naufragado, ela chorou doloridas lágrimas e dormiu um sono sem sonhos, alimentado por duas pílulas de calmante cuja validade já tinha passado havia muito.

Mas, de fato, a inquietação corria como um rio subterrâneo pelas entranhas misteriosas de La Duiva, afetando até mesmo a jovem Coral. Por vezes, ela sentia a sua própria estranheza: uma mulher sem passado nenhum! Coral era apenas presente, acumulava manhãs e tardes novas em folha, vivendo e provando tudo como se fosse a primeira vez.

Fora acolhida pela família, não havia dúvidas. Sentia-se bem na ilha, começava a contribuir com algumas tarefas na casa, podava as roseiras com as mãos delicadas, e logo o seu obrar cuidadoso começou a dar resultado: pequenos brotos verdes e luminosos nasciam todos os dias, surgiam às dezenas os botões, vermelhos como o sangue. O seu talento para a jardinagem encantou até mesmo Cecília, que parecia receosa com a sua presença, e esquivava-se sempre que Coral entrava na cozinha buscando um dedo de prosa.

As flores tomaram conta do jardim dos fundos, mas podia ser apenas a primavera. Coral não conseguia recordar se em outros tempos tinha cuidado de jardins. No entanto, falava às flores e sentia que elas a escutavam. Um pé de três-marias que subia preguiçosamente por uma treliça no canto sul da casa inesperadamente se desviou da grade de madeira e, por vontade própria, foi espalhando-se pela parede até alcançar a janela de Coral – finalmente a haviam acomodado no quarto que pertencera a Orfeu, já que não parecia certo que uma mulher já feita dividisse a cama com um garotinho que não era o seu filho.

Santiago reclamou quando Coral trocou de alcova, mas foi sábio o suficiente para não brigar com o pai, nem com a avó. À noite, quando toda a casa mergulhava no silêncio, ele simplesmente resvalava pelo corredor até a porta do novo quarto da amiga, pedindo refúgio entre seus lençóis. Sempre alegava pesadelos ou medo do escuro, e Coral, vendo claramente que ele mentia, mas envaidecida pelo carinho que o menino lhe dedicava, abria-lhe um sorriso:

— Se a sua avó souber, ralhará com nós dois — dizia aos sussurros.

— Não virei amanhã — prometia o menino.

Mas, na noite seguinte, lá estava Santiago desfiando seus medos inventados e tudo começava uma outra vez.

Coral amava Santiago e, com ele, gastava tardes inteiras pela praia. Pairava sobre o garoto a sombra da escola, pois ele começaria seus estudos na vila após o verão. Coral ansiava estudar também – algumas coisas ela sabia sem ter ideia de como: entendia de rimas e de métrica e podia contar as histórias dos navegadores portugueses e espanhóis e também as desventuras e amores dos deuses gregos, cuidava das plantas e sabia de podas. Dizia até alguns poemas de cabeça e, certa feita, declamou ao jantar uma poesia de uma portuguesa chamada Sophia, uma das poetas preferidas de Orfeu.

A coincidência não passou desapercebida a Cecília, nem a Angus. Mais tarde, na cozinha, ela preparava o chá e Tiberius veio com os cálices de vinho.

— Mamãe — ele disse —, você viu como Coral é culta? Sabe poemas de cor. Às vezes ela me recorda Orfeu com os seus deuses e as suas rimas.

Cecília revirou os olhos.

— Orfeu lia muitos livros, e eu guardei suas coisas no fundo do armário. Vai ver ela andou bisbilhotando por lá.

Tiberius deu uma risadinha.

— Mamãe, ler uns livros guardados não é pecado nenhum. Mesmo assim, Coral é uma moça estudada. Mais dia, menos dia, vai recuperar a memória e então entenderemos tudo isso.

Cecília sentiu um laivo de tristeza pairando nas últimas palavras do filho, mas retrucou apenas:

— Você quer o seu chá com açúcar?

Tiberius olhou-a com carinho:

— Uma colher e meia, por favor.

E voltou correndo para a sala, onde a risada de Coral se espalhava como música.

Assim Coral seguia como uma incógnita, mas bela e discreta. Andava pela ilha alvoroçando os marinheiros que trabalhavam para Tiberius. Sua história também chegou à vila, e mais uma vez as gentes do lugar esperaram um desfecho trágico para os Godoy, pois – como Cecília – não conseguiam se esquecer de Julius Templeman, do terrível suicídio de Flora e da morte dolorosa e solitária do belo Orfeu.

Quem primeiro conseguiu dar uma explicação à chegada de Coral foi Angus. Ele vinha matutando sobre isso. Embora fosse um homem afeito à simplicidade da natureza e ao mistério do mar, Angus, que aprendera a ler aos dez anos com a ajuda de uma vizinha em Datitla, também fora picado pelo mesmo amor que dominava Orfeu.

Depois da morte de Orfeu, Angus pediu licença ao tio, em cujo barco de pesca trabalhava, juntou seus trocados e comprou uma passagem para a capital. Chegando em Oedivetnom, dirigiu-se para a grande biblioteca central. Lá, gastou muitas tardes perdido nos versos de Sophia. E encheu dois grossos cadernos com eles.

Quando Angus viu Coral cuidar das rosas e declamar versos na varanda, lembrou-se de um livro cujas páginas pudera folhear, respirando um cheiro de praias e de antigos verões que se evolavam de cada rima. Angus tinha boa memória e podia dizer de cabeça o nome da casa editorial: *Livraria Simões Lopes*. Ele não falou nada daquilo para ninguém, mas teve certeza de que Coral não viera de nenhum país. Teve certeza de que, naquela noite de outubro, nenhum barco naufragara nas redondezas de La Duiva.

Coral tinha vindo da alma daquela poeta portuguesa. Era um absurdo pensar assim, ele sabia... Mas concluíra que Coral viera da pena de Sophia de Mello Breyner, a moça nascera naquela mesa à janela sobre o Tejo na qual a poeta varava madrugadas escrevendo.

Era um mistério. Ele sorria consigo mesmo, pensando.

Mas a vida era cheia de mistérios.

## ORFEU.

Ela ganhou o meu quarto. Era realmente o melhor lugar da casa para uma nereida. E, mesmo sem gostar de Coral, como Cecília era uma boa pessoa, fez o certo: colocou-a lá.

Lá, onde cresci entre poemas e desesperos, entendendo que meu amor profanava as verdades da minha gente. Cada marinheiro, cada jovem visitante das nossas minúsculas praias mexia comigo – bocas, coxas, sorrisos e barbas –, e eu soube desde muito cedo.

Naquele quarto, chorei lágrimas amargas de amores ainda desconhecidos, amores perigosos, amores cheios de vergonha e de ânsia. Eu não era como Lucas, meu irmão. Eu não era como Ivan, meu pai. Tinha vindo de uma longa linhagem de machos determinados com orelhas cabeludas e línguas ferinas – o tempo moldou tais agudezas, e certas arestas se apararam naturalmente: meu pai era um homem bonito, de falar calmo, mas os seus olhos...

Ah, os seus olhos levavam toda a fúria masculina dos Godoy.

Eu era tão diferente! Mapas e motores e vendavais me atraíam apenas por aquilo de secreto que eles guardavam. Eu amava os barcos pelas suas velas, pelo tanto de céu e de água que eles podiam conhecer. Eu amava os mapas pelas suas linhas sinuosas que se perdiam no papel, e os motores, pelo mistério da vida que se gerava neles.

Desde muito cedo, meu pai percebeu que eu não saíra aos Godoy. Naquele quarto onde Coral agora dorme, escondi cuidadosamente as nossas diferenças. Ali, eu vivia com os meus poemas e os meus desenhos, com os meus vazios e os meus horizontes de rubro sangue poente. Eu levava em mim o sonho dos marinheiros da família, mas não a sua rudeza. Eu era olhos e alma de uma gente que sabia ser apenas mão.

Quando Coral ocupou o meu quarto, foi como se eu voltasse à vida outra vez. Enquanto ela dormia, soprei-lhe versos cuja brisa fez as cortinas azuis dançarem. Versos de Sophia.

*Ia e vinha.*
*E a cada coisa perguntava*
*Que nome tinha.*

Ora, eu soube.
Antes mesmo que acontecesse.

Mas não me perguntem por que esses mistérios sucedem às vezes. Palavras encantatórias atravessaram o mar e ela veio dar aqui.

Certos milagres acontecem àqueles que estão atentos, e La Duiva sempre foi um lugar mágico. Como o umbigo do mundo.

Naquela noite misteriosa, havia alguém atento... O pequeno Santiago, que herdou os poderes do pai. Aquele menino tem um dom de ver coisas, de ver gentes de outro plano, e seus olhos materializaram a moça saída das águas da poesia de Sophia. Foi a própria poeta quem disse certa vez: *De noite, é o dia das coisas e das estátuas. De noite, somos livres e dançamos.*

De noite, também é o dia dos sonhos.

E assim foi que Coral veio dar em La Duiva.

Seu misterioso nascimento vai se juntar aos outros mistérios desta ilha. Juntos, eles palpitam como um grande e mágico coração. Eles sustentam este mundo real de objetos e de regras, um mundo feito de horas, estações do ano, ruas, máquinas e fronteiras.

Mas cujo coração latente e eterno é um mistério infindável.

Se uma única pessoa ainda acreditar, esse coração seguirá palpitando, enorme pedaço de carne mágica que alimenta o mundo, enquanto o tempo a si próprio se devora.

# Parte 2

## ORFEU.

Eu sempre achei que as palavras são mágicas. O que vai escrito numa folha de papel tem o poder de mudar a realidade. Eu vi isso com os meus próprios olhos, aqui em La Duiva, quando minha irmã Flora começou a escrever o seu livro...

As palavras são asas cujo voo nasce da boca de quem as pronunciou, dos dedos de quem as escreveu.

Sophia também pensava assim.

Sophia, com aquele nome tão grande, herança de um bisavô que tinha vindo de muito longe... *Andresen.*

*Sophia de Mello Breyner Andresen.*

Era um nome de pompa, mas ela sempre foi uma criatura simples. Simples como um gerânio.

Pensando na sua eterna simplicidade, vi quando Sophia abriu um sorriso na sua sala em Lisboa (tão longe de La Duiva), sentada à mesa sempre perto da maior janela na casa que habitava havia tantos anos. A casa ficava na Travessa das Mónicas, uma rua perto do Tejo.

Eu posso ver tudo, já lhes disse.

Sophia sorriu, olhando o rio lá embaixo como um fantasma na noite. À sua frente, seu caderno de poemas estava cercado de canetas e de restos do trabalho – uma xícara de chá, um pires com farelos de bolo.

A rua era quieta lá fora, quieta como o mundo mergulhado no sono...

Sophia ergueu o rosto como se pudesse ver a própria face do silêncio, seus belos olhos ovalados perderam-se na noite. A Travessa das Mónicas estava mergulhada na escuridão frágil de um quase alvorecer, exibindo minúsculos pontos luminosos lá para o horizonte como se a manhã tivesse muito custo em raiar.

Mas talvez fossem os seus olhos, talvez fosse somente o cansaço... Ela estava havia quanto tempo ali?

Creio que tinha varado a noite, como era seu costume. A sala parecia mirá-la com calma. Cada objeto no seu lugar – cadeiras, quadros, o sofá de veludo, a xícara vazia com um resto de chá frio. A noite exausta suspirava lá fora, esgarçando-se, dilatando-se.

Mais um dia por nascer.

E Sophia ali.

Pescadora das madrugadas, com as suas folhas grávidas de poemas. Era no silêncio que os versos gritavam, era nas madrugadas que Sophia via melhor a vida. Foi numa madrugada que Coral chegou aqui em La Duiva.

O resto...

Ah, vocês podem deduzir.

Mas, lá na Travessa das Mónicas, à beira do Tejo, enquanto todos dormiam, os olhos de Sophia viam mais e melhor... Porque ela era espectadora única das coisas noturnas. A mãe criara-a assim – sem horários. Depois, se culpava por ter tido filha poeta. Pobre mãe, que amava tanto os livros. Não sabia ela que as pessoas já nasciam como eram?

Cansada, Sophia ergueu-se da cadeira (meus olhos veem tudo). Seu corpo ainda era esguio e elegante contra o vidro embaçado da janela – ela poderia ter sido bailarina... Sophia andou pela sala sem fazer qualquer ruído. Estava descalça, seus sapatos de salto, que durante o dia faziam *plec-plec* no piso, agora dormiam num canto perto do sofá.

Sophia também queria dormir. Noutros tempos, seus cinco filhos já estariam despertando, e ela, tonta de sono, bêbada de palavras, passaria a olhá-los com benevolência e arrumaria as suas lancheiras escolares, trocando a merenda de um com a merenda de outro – ela, que era tão atrapalhada para as coisas práticas desta vida!

Agora vivia ali, naquela casa grande com as suas muitas janelas que se abriam para o Tejo. Os filhos cresceram e tiveram os seus próprios filhos. Francisco, seu marido, já não vivia mais na casa. Pensar em Francisco abria a ferida, a ferida que nunca cicatrizava. A ausência de Francisco era como uma mesa ou uma cama, palpável, angulosamente exata. Mas Sophia era forte, já se tinha acostumado àquele quinhão de sofrimento cotidiano.

Ela caminhou para o quarto sentindo-se estranha. Um pouco oca de ideias. Jamais poderia sonhar que as suas palavras haviam atravessado o Atlântico, palavras com asas.

Jamais poderia sonhar que Coral chegara em La Duiva.

As suas costas doíam, já não era uma jovenzinha. Ganhara um importante prêmio havia alguns dias. Mais um prêmio, e tudo o que ela queria era uma empregada, uma que, ao contrário de si mesma, cumprisse direitinho os horários, lavasse e secasse as suas xícaras de chá, preparando-lhe algo de comer mesmo que ela comesse tão pouco.

Francisco sempre dizia que ela se alimentava como um passarinho. Mas Francisco já não estava mais ali. Ah, pobre Sophia... Acho que desejava mesmo era um banho de mar, porém o outono instalara as suas fundações no mundo para além da sua janela – aqui em La Duiva, o verão estava apenas chegando. Sophia sentia saudades do Algarve, mas o Tejo a confortava de alguma forma.

Ela chegou-se à janela do quarto e espiou o rio uma última vez antes de dormir. Ancorada no silêncio, Lisboa sonhava os últimos momentos daquela noite – era como se a própria Sophia tivesse tecido a noite, a sua escuridão, o seu silêncio. E, então, findo o trabalho, ela poderia dormir enquanto o dia raiava.

Sophia sorriu. Terá sido essa ideia minha ou dela? Sophia tecendo a própria noite com as suas palavras...

Não sei.

Mas ela não fizera a noite, fizera somente dois ou três versos que lhe tinham saído meio tortos, precisava endireitá-los. Pensando assim, caminhou para o quarto, enquanto a manhã se acendia lá fora sobre o rio.

**O JARDIM VIROU TERRITÓRIO** de Coral. Noutros tempos, era Cecília quem usava a tesoura de podar e passava horas sob o sol com o cheiro fresco das folhas subindo do chão ao seu redor. Agora, era Coral quem cuidava de tudo. E, sob seus dedos pálidos, que o calor do verão não conseguia dourar, as rosas vicejavam como ervas daninhas. Nunca se vira nada igual em La Duiva, mesmo nas primaveras mais idílicas.

Cecília não sentia ciúme. Gostava das lidas caseiras, de preparar o pão e o peixe, de ficar por horas na cozinha, dos bordados e do tricô. Para ela, a praia era um refúgio, um lugar onde seus pensamentos fluíam melhor. Mas não gostava do sol ardente, da areia colada nos pés. Seus dias chegavam até a varanda, onde ela tecia ao som de antigas canções no aparelho que Tiberius trouxera de Oedivetnom. Sim, agora eles tinham música em casa novamente, fazia anos que a velha vitrola quebrara e fora esquecida na despensa.

A voz de Bob Dylan ecoava pela casa, dançando com a brisa marinha que entrava através das janelas abertas. "Lay Lady Lay" e "Most of the Time", Cecília cantava as canções que a levavam para um tempo sem passado, nem presente – e quase, mas quase mesmo, sentia-se feliz como outrora. Estranho, mas às vezes lhe parecia que Orfeu ainda estava por ali, como se o filho de olhos lascivos e sorriso infantil, aquele menino que sempre foi uma maravilhosa contradição, tivesse cruzado o tempo junto com as melodias que nasciam do aparelho de som.

Ou não... Talvez fosse Coral, talvez ela provocasse isso.

A moça tinha algo que a fazia pensar em Orfeu, algo de sonho, de mágico; mas Cecília não conseguia ainda admitir essa doce semelhança. Não era nada físico, era mais uma coisa que ela evocava. Como se pudesse colocar mais vida na vida, como a furiosa proliferação de rosas no jardim. Sem adubo, talvez com rezas, segredos perdidos que Coral trazia dentro de si, coisas que ela mesma desconhecia, já que parecia saber tão pouco sobre o mundo real, espantando-se com a batedeira de claras de Cecília ou com as vacinas que Santiago precisava tomar para frequentar a escola na vila, enquanto parecia conhecer tudo sobre o imperador Adriano e seu Antínoo, ou sobre as três Moiras que regem o destino.

Coral era uma pessoa estranha, Cecília ainda não chegara a uma conclusão sobre ela. Estava certo, ela era boa. Não havia malícia naquela mulher jovem e sorridente, que arrumava a casa ao seu lado, trabalhava no jardim por horas e depois brincava na praia com o seu neto. Santiago a adorava.

E o pai dele também... Cecília sorriu desse pensamento, pois não havia dúvidas de que Tiberius se apaixonara pela garota. A luneta, o aparelho de som, as garrafas de vinho branco – das quais ele mal provava, pois tinha medo do passado de bebedeiras pela Europa –, tudo isso era o amor. Cecília já vira muito do amor para deixar de reconhecê-lo quando ele chegava, ou mesmo para deixar de temê-lo.

Ela estava sentada na varanda. A manhã de novembro, límpida e azul, brilhante e intacta como a primeira manhã do mundo, era um espetáculo silencioso. O mar estava calmo. O farol dormia sob a luz matinal.

Tiberius e Angus trabalhavam lá na oficina. Coral e Santiago saíram pela praia. Eles caminhavam bastante, horas às vezes, e voltavam molhados e com os cabelos cheios de areia.

— Não entrem em casa assim! — Cecília dizia sempre.

E os dois corriam para o chuveiro que ficava na entrada do jardim, ali se ensaboavam com risos e brincadeiras. Depois, Cecília lhes alcançava as toalhas e secava o seu menino enquanto Coral ia para o quarto, voltando em poucos minutos com uma das velhas roupas de Eva ou de Flora.

Cecília pensava na filha que morava lá no Rio de Janeiro. Fazia tempo que Eva não telefonava, mais de um ano que não aparecia em La Duiva. Cecília tinha um neto que já deveria estar com dez anos e que vira apenas três vezes na vida. Pensar nisso a entristecia. Um Godoy solto no Brasil, um Godoy que devia sonhar com essa praia e esse farol, e com as rochas do molhe e o promontório varado pelos ventos... Devia sonhar com La Duiva sem saber direito que esse mar, esverdeado e fluido como o próprio sangue do mundo, corria nas veias dos Godoy havia duzentos anos.

Seus pensamentos tristonhos foram interrompidos pelo som de risos. Cecília ergueu os olhos e viu Coral subindo a escada de mãos dadas com Santiago. Os cabelos castanhos e longos caíam-lhe pelas costas como um manto que refletia o sol. Eram cabelos ondulados, vivos como os belos olhos que, de súbito, fixaram-se em Cecília.

Cecília abriu um sorriso:

— Ah, finalmente voltaram.

— Seguimos até as pedras, até onde não se pode mais avançar, vovó — respondeu o menino, sentando-se na varanda ao lado da cadeira de Cecília.

— E foi bom?

— Foi uma delícia — respondeu Coral.

Ela acomodou-se no chão de tábuas, estirando suas pernas longas. Coral era bonita, não havia dúvidas. Como culpar Tiberius pelo fogo da vida que corria dentro dele? A moça que veio do mar: nada mais sabiam de Coral. Cecília suspirou. Afinal de contas, tudo vinha do mar e a ele regressava.

— Mas vocês demoraram bastante — ela disse.

Santiago abriu um sorriso:

— Vovó, escalamos uma das pedras enormes que fecham a praia. Lá, do outro lado da ilha, onde só a areia e os deuses andam, lá é muito bonito. Eu vi um pedaço da praia.

— Ah... — resmungou Cecília. — Deuses? Mas que conversa fiada.

O menino franziu o cenho:

— Poseidon e Afrodite! Coral leu para mim os livros do tio Orfeu.

— A mitologia, dona Cecília — disse Coral inocentemente. — Ela é tão linda!

Cecília sorriu:

— Está bem, crianças. Mas não encham a casa de areia que os deuses não virão me ajudar a limpá-la. Lavem os pés lá nos fundos. E não quero você naquele lado da praia, Santiago... O mar é aberto, muito perigoso.

O garoto aquiesceu, e os dois levantaram-se, obedientes. Cecília via como Santiago gostava de Coral. Desde que ela chegara, acabara-se a solidão do menino e ele não falava mais sozinho.

As coisas mudavam sempre... Para onde estariam eles indo agora? Era uma pergunta que ela não sabia responder. Melhor pensar no almoço, no peixe assado com batatas, na torta de pêssegos com creme. Tobias trouxera-lhe ontem da vila cinco quilos de pêssegos belíssimos e ela não resistira a preparar a torta que seu Ivan mais amava.

Cecília levantou-se e foi para a cozinha terminar o almoço, ela agora tinha intimidades com o forno e o fogão, eu já lhes disse. Logo Tiberius chegaria cheio de fome. A oficina ia de vento em popa, os trabalhos aumentavam. Tiberius falou que iria abrir um escritório na vila. Estava pensando em começar uma pequena seguradora para atender os barcos locais, os pescadores da costa. Ele dissera que talvez contratasse mais alguém, um faroleiro que viesse viver em La Duiva, dividindo o quarto com Angus.

À mesa do almoço, todos pareciam felizes. Uma sexta-feira e o verão já mostrava as suas joias. Tinham aberto um pequeno hotel na vila, contou Tiberius. Naquele ano as gentes esperavam um bom movimento de veranistas.

— Vou levar vocês lá — ele disse. — O hotel tem uma linda confeitaria com doces franceses.

Coral arregalou os olhos. Tinha medo de ir à vila. Fora duas ou três vezes para prestar depoimento à polícia sobre o possível naufrágio. Fizeram-lhe documentos. Ela dissera uma data qualquer, não sabia quando tinha nascido. Guardou esses papéis numa gaveta e voltou a viver a sua vida de dias na praia, jardinagem e lençóis quarando sobre a relva verde. Mas ela sentia medo. Sentia medo desse vazio que não podia preencher e, assim, com os olhos cheios de angústia, olhou para Tiberius e disse:

— Acho que não irei, obrigada!

Tiberius se entristeceu. As emoções desenhavam no seu rosto verdades muito claras. Sem Coral, metade da alegria se perderia... Voltou a pensar nos seus cadernos, na contabilidade, nas peças que encomendara em Oedivetnom, no cronograma dos seus serviços.

— Então não vamos, era só uma ideia — ele disse, servindo-se do peixe que a mãe preparara.

Uma porção minúscula de peixe, Cecília observou. Ah, o coração dos enamorados abalava sempre o estômago!

— Mas papai — disse Santiago —, se os doces vieram da França, devem estar velhos! Nós levamos três dias para chegar aqui desde Almeria!

Todos riram, até mesmo Coral. E então Tiberius pareceu ter uma ideia. Seus olhos se acenderam, bonitos como o dia lá fora. Terminara o conserto de um barco e era preciso testá-lo. Os ventos estavam fracos, e o mar, sereno.

— Vamos passear hoje à tarde de barco? Tenho que dar a volta na ilha para experimentar um motor. Podemos levar a torta de pêssegos, sanduíches e uma garrafa de vinho.

— E suco! — disse o menino.

— E suco, muito suco de laranja — acrescentou Tiberius, rindo.

Eles pareceram se animar com a ideia do passeio. Varas de pescar eram desenterradas do passado; sim, elas estavam lá no depósito, guardadas em algum lugar. Uma pescaria. Uma toalha xadrez e taças de cristal... Era preciso aprontar tudo, e o almoço ganhou um bulício novo, como uma coisa jovem e ansiosa, como um cachorrinho que via um jardim gramado e queria correr por ele.

— Eu não vou — disse Cecília de repente.

Tiberius abriu um meio sorriso e perguntou:

— Mas por quê?

Cecília levantou-se da mesa, recolhendo os pratos.

— Eu não tenho esse sangue Godoy nas veias. Prefiro a terra firme.

— Então vamos nós três — disse Tiberius, sem insistir com a mãe. — Vamos preparar tudo!

Ele e o filho partiram em busca das coisas necessárias ao passeio enquanto Cecília começava a limpar a mesa e a cozinha. Embora houvesse um brilho novo nos belos olhos de Coral e até uma inquietude nos seus gestos – ela derrubou uma faca, tropeçou num tapete, riu baixinho –, a moça ajudou a dona da casa em toda a azáfama da organização, e só quando a última panela já tinha voltado para o seu lugar no velho armário foi que ela correu até o quarto a fim de se arrumar.

O mar tinha algo que era como um feitiço. Tiberius pensava assim.

No começo, preferia as estrelas. Imutáveis lá no céu, elas guiavam os navegantes; o mar mudava sempre, contraía-se e se expandia como um pulmão, um mistério de onda em onda repetido.

Mas, depois que voltara a La Duiva, Tiberius pôde finalmente entender que mar e céu eram duas metades de uma única coisa. Talvez o farol os mantivesse unidos, conjecturou enquanto guiava o barco para longe dos rochedos que despontavam das águas.

Tiberius já tinha prática em pilotar. Preferia velas, sentir o vento levando um barco delgado, pequeno e macio como o corpo de uma mulher muito amada. Mas barcos a vela não usavam motores, não eram bons para os pescadores de alto-mar, que precisavam sair para o trabalho mesmo com vento desfavorável.

Na oficina, eram os barcos maiores que eles atendiam. Como aquele, que tinha dois motores. Da pequena cabine, ele guiava o barco que ia cortando a água verde. Podia ouvir, lá da popa, os risos do filho. Coral e Santiago preparavam iscas, pois a ideia era chegar a certo ponto do oceano e desligar o motor, jogar âncora e ficar pescando, tomando vinho e conversando.

Se Tiberius prestasse bastante atenção, escutaria algumas palavras ditas por Coral lá na popa. *Cuidado, querido, profundo, prateado...* A voz dela evolava-se no ar da tarde. E Tiberius sentia um estranho calor, uma inquietude nas entranhas. Já não negava mais que se apaixonara. Durante semanas, fingira ignorar a ansiedade, o sono que não vinha, aquele rosto que flutuava diante dos seus olhos como uma bandeira ou um oásis. Pensava em Coral o tempo todo.

Pensava nela com angústia porque sabia que a pobre moça precisava descobrir algo sobre o seu passado, e pensava nela com desespero porque não queria, simplesmente não queria vê-la partir de La Duiva quando finalmente lembrasse que tinha um lugar para onde voltar.

Tiberius posicionou o barco com um bom ângulo da vista do farol, desligou o motor e acionou a corrente que baixava a âncora. Por alguns segundos, ouviu-se o ruído metálico e profundo da grande corrente descendo mar abaixo, até que a âncora tocou a terra e encravou-se na areia. O barco deu um pequeno, um fugaz solavanco, e tudo se aquietou outra vez.

Tiberius saiu da cabine e foi até onde o filho e Coral estavam. Era uma tarde perfeita e azul, e o calor manso de novembro convidava ao sol. Santiago tinha jogado a linha e esperava com uma paciência nada infantil. Ele era um menino diferente, mas andava mais mundano, mais relaxado. Dava para ver que Coral também o transformara. Aqueles estranhos assuntos sobre mortos, sobre os irmãos de Tiberius, sobre fantasmas e futuros pareciam ter acabado.

Parou a uns dois metros de onde eles estavam e olhou para Coral: ao lado do garoto, ela sorria, olhos fechados, apreciando a morneza boa da tarde. Ela era uma mulher especial. Tiberius vira as rosas, as centenas de rosas que se espalhavam pelo jardim, avançando pelo promontório como se tivessem aprendido a escalar as pedras, as rosas cujo cheiro chegava a enjoá-los lá pelo finalzinho das tardes, quando impregnavam o ar da ilha com um aroma tão doce, tão inexplicável, que fazia Angus balançar a cabeça, desconsolado.

— Ei, vocês aí... — ele disse.

Os dois olharam-no, sorrindo.

Tiberius retribuiu os sorrisos. Eles formavam uma pequena família bastante simbiótica. O rosto de Zoe cruzou a sua memória e esfumaçou-se sem causar-lhe nenhuma dor. Tiberius respirou fundo, estava curado daquilo.

Aproximou-se de Coral, abriu o isopor onde acomodara o vinho, do qual já sacara a rolha, pegou a garrafa gelada e serviu uma taça. A moça agradeceu com aquele seu jeito doce, meio desamparado. Tiberius serviu-se também.

— Quer seu suco? — perguntou ao filho.

— Agora não — Santiago respondeu. — Preciso me concentrar para chamar os peixes.

Tiberius disse:

— A isca fará esse trabalho por você, não se preocupe.

— Estou sem isca, papai — respondeu o garoto.

— Sem isca?

Coral segurou o riso.

— Vou convencer um peixe a morder meu anzol, não quero enganar ninguém — disse Santiago.

— E por que o peixe faria isso, você pode me explicar, Santi?

O menino virou-se para o pai, olhando-o com aqueles seus olhos profundos, olhos de velho, e respondeu:

— Porque é a lei da vida, a cadeia da natureza. Coral me explicou. Mas, claro, eu já sabia que os maiores comiam os menores.

Coral adiantou-se:

— Não me culpe, Tiberius. Foi Santiago quem quis pescar sem isca. É um menino honesto demais, você sabe.

Tiberius bebeu todo o seu vinho, sentindo o frescor da bebida descer-lhe pelo estômago. O filho era um mistério e também uma lembrança do que ele mesmo tinha sido, o que lhe dava medo. Não queria que Santiago sofresse as dores do mundo.

— Eu conheço o meu garoto — ele respondeu. — Santiago, você pode pescar sem isca por meia hora... Depois faremos do jeito convencional. É preciso equilibrar esse jogo, ok?

— Meia hora? — resmungou o menino.

— É o tempo que você tem para convencer o seu peixe.

Coral bebeu o seu vinho também. Ela largou a taça sobre o piso de madeira e sentou-se no convés, perdendo os olhos no mar. Ao longe, o farol parecia querer rasgar o céu. A casa na ilha não passava de um borrão no azul da tarde. Gaivotas gritavam em algazarra e o barco balançava mansamente.

Tiberius sentou-se ao seu lado. Serviu-se de outra taça de vinho. Não bebia muito, pois as bebedeiras do passado ainda eram uma ferida aberta. Mas ali, com Coral, precisava de um pouco de coragem.

— No que você está pensando, posso perguntar? — ele disse baixinho, finalmente.

Coral sorriu para ele.

Tiberius achava-a tão bonita, de uma beleza pura como o dia.

Sentindo o seu olhar, Coral desviou o rosto para o chão, como se analisasse o deque de madeira descascada, correndo seus dedos longos pela superfície que pedia uma nova demão de tinta. Depois de alguns segundos, ela falou:

— Já estou há dois meses aqui.

— Isso a incomoda? — ele perguntou gentilmente.

Coral soltou uma risadinha tão leve quanto um suspiro.

— Vocês são bons demais comigo, mas... Bem, eu não sou da família. Preciso arranjar um emprego, ganhar o meu próprio sustento. — Ela olhou-o e continuou: — Ajudar vocês de algum modo.

— Você é muito bem-vinda e estamos com as finanças em dia, não se preocupe.

— Ah... Eu sei — ela respondeu. — Mas o mínimo que devo fazer é arranjar um emprego. Até que as coisas se resolvam e... E eu me lembre do meu passado.

Tiberius enterneceu-se ainda mais. Coral tinha um nariz pequeno e arrebitado, grandes olhos doces, cabelos ondulados e longos, macios e dançarinos – seus cabelos pareciam conter colinas e despenhadeiros, ondas e vales. Era como se o próprio vento nascesse deles. Ele queria segurar aqueles fios entre seus dedos e sentir-lhes o perfume, mas controlou-se.

— Coral, se você quer um emprego — ele disse —, posso arranjá-lo.

— Você?

Tiberius concordou:

— Vou abrir uma pequena seguradora na vila. Você pode trabalhar para mim. Santiago também irá à escola no final do verão, e isso seria ótimo para todos. — Ele piscou um olho: — Só que você tem que perder o medo da vila.

Coral olhou-o espantada:

— Não é medo! É o jeito como todos me olham!

— Logo vai passar — Tiberius respondeu. — É um lugar pequeno, toda novidade os espanta. E uma moça bonita como você, pense bem...

— Sem memória. Uma mulher à deriva. — A voz dela soou triste.

No céu, as gaivotas gritaram. Tiberius achou que elas contestavam a afirmação da garota e ele mesmo falou alto:

— Você está sendo maravilhosa conosco, Coral. Nem sabe o quanto a sua chegada mudou as coisas em La Duiva. É como... — ele titubeou. — Como se nós esperássemos por você.

Ela olhou-o:

— Você me esperava?

Tiberius secou a sua segunda taça de vinho e disse, num alegre rompante:

— Sim... Sem saber, eu esperava por você.

Coral sorriu outra vez. Era um sorriso tão generoso que Tiberius pensou em beijá-la. Mas, então, a voz de Santiago elevou-se na tarde (ele tinha até mesmo esquecido que o filho estava ali!):

— Vocês me deram meia hora! E agora não ficam quietos, estão confundindo o meu peixe!

Coral cobriu a boca, segurando o riso.

— O que você quer que façamos? — perguntou Tiberius educadamente.

— Vão pro outro lado do barco, por favor. Voltem na hora de colocar a isca no anzol.

Tiberius ergueu-se, estendendo a mão para ajudar a moça. Aos risinhos, sem esquecer a garrafa e as duas taças, eles cruzaram o barco e apoiaram-se na parede da cabine. Então, como se aquilo tivesse sido combinado, Tiberius acomodou-se ao corpo de Coral e beijou-a profundamente.

Eles ficaram ali, perdidos naquele mergulho dos sentidos, por um longo tempo. E as ondas sacudiam suavemente o barco como se uma mão invisível acalentasse aquele amor recém-nascido.

Por causa do vinho, Tiberius perdeu um pouco a noção do tempo. Mas ainda beijava Coral quando um grito de Santiago, vindo do lado oposto do barco, os separou.

— Consegui! — o menino exclamou. — Papai, papai, vem me ajudar!

Tiberius deixou a custo a boca de Coral. A voz do filho parecia nascer de muito longe, de um outro mundo do qual ele se sentia um pouco desconectado, mas que o exigia com urgência:

— Papai, papai! — o menino continuava a gritar.

— Tiberius... — disse Coral. — Vamos lá, ele precisa de nós.

Tiberius viu o céu azul, o mar sereno, viu a boca rubra e um pouco inchada da mulher que ele beijara com tamanho desespero. Sentia-se tonto, mas se aprumou e atravessou o barco até onde o seu menino loiro o esperava com uma tainha de mais de sessenta centímetros de comprimento que já tinha sido libertada do anzol, cujas guelras abriam-se e fechavam-se angustiosamente.

— Veja, papai! Ele aceitou vir conosco. É um peixe velho, mas dará um bom ensopado.

Santiago parecia inquieto.

— Você o pegou sem isca? — perguntou Tiberius, ajoelhando-se ao lado do filho e segurando o peixe entre as mãos.

Era uma tainha grande, bonita e prateada. Havia algo de nobre nela, concluiu Tiberius, achando que estava mesmo bêbado.

O filho respondeu:

— Nós conversamos. "Hoje é o meu dia de morrer", ele me disse.

Coral olhou o menino com espanto. Às vezes Santiago dizia aquelas coisas estranhas. Ela esticou o braço e acarinhou-lhe os cabelos loiros:

— Essas coisas acontecem — falou Coral com sua voz macia. — Todos nós morreremos um dia.

Santiago forçou-se um sorriso. Então, olhou para Tiberius e sentenciou:

— Mate-o com a sua faca, papai. Não tem sentido ele sofrer assim. — E correu para a cabine sem olhar para trás.

Tiberius fez o que deveria ser feito em poucos segundos. Depois, quando foi ter com o filho, encontrou-o calmo, sentado no banco perto do leme, olhando o painel.

— E então? — Santiago perguntou ao pai.

— Está feito — respondeu Tiberius.

Santiago abriu um sorriso:

— Ele foi um bom peixe. Vovó vai fazê-lo na panela hoje à noite. — Parecia calmo e conformado, e então pôs-se de pé e tirou a camiseta azul. — Agora, quero dar um mergulho. Tenho certeza de que Coral também vai querer. Afinal, ela veio do mar, não é mesmo?

— É mesmo — Tiberius respondeu, simplesmente.

Aquele menino não parecia ter nascido de Zoe. Tiberius ficou conjecturando se ele mesmo tinha sido tão estranho quando pequeno, mas deixou seus pensamentos de lado, tirou a própria camisa e foi para o mar com Coral e o menino.

Os três voltaram para casa ao cair da tarde, quando o sol já baixava no céu, espalhando luzes tão rubras como sangue sobre a ilha e a península ao longe. Sentiam-se absolutamente felizes quando subiram os degraus escalavrados na pedra no silêncio cricrilante do anoitecer.

Antes de chegar na casa, Tiberius segurou a mão de Coral por um instante e ela lhe lançou um olhar cheio de promessas.

# ORFEU.

O meu irmãozinho se apaixonou.

Na jovem noite que nascia, seu corpo inundava-se dos ardores de um desejo tão forte que lhe provocava arrepios. Houvera Zoe, mas com Zoe tudo fora dor e angústia e solidão.

Coral era diferente. Ela tinha nascido de uma janela sobre o Tejo. Como todos nós, Coral tinha nascido também de uma mulher – e isso dava-lhe a humanidade de que precisava.

Coral existia. Sim, ouso dizer-lhes que ela viera de um poema.

Materializada das páginas de um caderno sobre a mesa de Sophia por mistérios que desconheço, ela cruzou o oceano para chegar a La Duiva. Mas a sua imanência era incontestável.

Eu não sou um filósofo nem nunca fui. A morte, esta passagem, não me transformou em outra coisa. Eu vivi sempre pelo sentimento e pelo agora. Um verão eterno, vocês lembram... Ah, se eu pudesse voltar no tempo!

Mas teria mesmo mudado alguma coisa? É impressionante como o amor provoca questionamentos. Até mesmo eu, consumido de espanto, estou aqui falando para vocês do meu ontem. Até mesmo eu, que já não sou, preciso recorrer aos sentimentos que um dia me tomaram feito uma tempestade, querendo fazer das cinzas um incêndio outra vez.

De todos os tesouros que a vida nos promete, o amor é o mais valioso e não há garantias de que possamos encontrá-lo – alguns passam sua existência inteira escavando a terra dura e seca e nunca uma única moeda, outros tropeçam na arca transbordante do amor sem o menor esforço.

*De todos os deuses, Amor foi o primeiro* – Parmênides escreveu isso.

Do amor, tudo brota e floresce.

Então, por força do mistério mais impalpável, o amor voltou a La Duiva. Era a chance de Tiberius...

Naquela noite, quando a casa serenou, meu irmão repisou as velhas pegadas dos amantes nas madrugadas imemoriais que tecem a vida e, seguindo pelo corredor escuro que ele conhecia de cor, a respiração suspensa na angústia ardente da paixão, o coração como uma bandeira sacudida pelo vento, *plact, plact, plact,* batendo loucamente dentro do seu peito, ele foi até a porta do quarto que um dia fora meu e, sem bater, abriu-a e entrou na peça iluminada pela lua.

Coral esperava por ele com a calma que as mulheres têm para esperar. Ela já tinha avisado a Santiago que, naquela noite, ele deveria dormir no seu quarto e aquilo fora suficiente para o menino. Pelas janelas de cortinas abertas – cortinas novas, que o próprio Tiberius tinha mandado vir de Oedivetnom com os materiais da reforma – entrava uma luz leitosa e prateada. Ele viu a lua crescente lá fora inflando o mar que batia nas pedras do molhe ao redor do farol, e então seus olhos fixaram-se em Coral.

Ela estava despida e sua pele branca, que quase não ganhava cor, parecia tão prateada como a lua; mas ela também parecia marinha, uma sereia ou um peixe muito delgado e elegante, tal e qual o peixe que Santiago pescara naquela mesma tarde.

Havia algo em Coral que não era deste mundo, mas Tiberius caminhou devagar até onde ela estava, parada perto da janela, seus dois seios como colinas, a barriga lisa, os cabelos escuros descendo em cascata pelos ombros, a sombra reta do púbis e as pernas unidas, longilíneas, fortes como um grande rabo de sereia.

Quando Tiberius tocou naquele colo arfante, sentindo o seu calor nada marinho, percebeu o fogo que ardia ali e o palpitar angustioso daquele outro coração que fazia coro ao seu. Ele mergulhou desesperadamente sua língua naquela boca. Um oceano... Foi como se Tiberius submergisse fundo, muito fundo, e depois disso ele se perdeu.

Então, só houve mãos e suspiros e encaixes e gemidos. A janela continuou aberta e a lua lá fora prosseguiu cintilando os seus mistérios para o mar. De quando em quando, o farol se acendia, deitando uma esteira de luminosidade no chão encerado, e assim os dois amantes gastaram as horas, até dormirem, exaustos, um colado ao outro.

Na manhã seguinte, Tiberius e Coral acordaram com a luz do sol invadindo a cama – a cama que fora minha, onde eu sonhei e amei Julius e chorei de raiva por Eva e de culpa por Flora.

Ao despertar, ainda zonzo de sono e de amor, meu irmão olhou a mulher ao seu lado e disse:

— Esperei por você a vida toda.

Eu desconhecia esse talento de Tiberius para as frases de ocasião, mas ele deve mesmo ter aprendido algumas coisas novas na sua peregrinação pelo mundo atrás de mim.

Coral remexeu-se entre os lençóis, e sua voz pareceu trazer para o quarto o vento nos pinheiros das ilhas portuguesas quando ela respondeu:

— Eu não me lembro de nada antes de chegar aqui, Tiberius. Mas por não esperar é que foi bom. Só que agora estou com medo.

Tiberius apoiou-se no cotovelo e mirou-a nos olhos:

— Medo de quê?

— De tudo e de nada — ela falou baixinho, talvez intuindo o que estava por vir. — Sou uma mulher sem passado e isso é muito assustador.

— Eu prometo que cuidarei de você.

Coral tocou o rosto queimado de sol do homem à sua frente e disse, cheia de carinho:

— Todas as promessas são vãs, mesmo assim é bom ouvi-las.

Tiberius apertou-a num abraço e completou:

— Eu cumpro tudo que prometo. Um dia vou contar para você a minha história... Como eu trilhei a Europa e parte da África atrás do meu irmão, e como quase me perdi para sempre depois que o encontrei.

Coral escutou-o em silêncio. Talvez ponderasse que não era a única ali que tinha mistérios. Meu irmãozinho, de fato, sempre cumprira as suas promessas. Creio que ela acreditou no que Tiberius disse, porque o beijou de leve, admoestando-o:

— Vamos viver um dia de cada vez. Volte para o seu quarto agora. Você não quer magoar Cecília, tenho certeza. Seria melhor contar a ela sobre nós antes que veja com os seus próprios olhos...

Tiberius riu baixinho, reconhecendo o pragmatismo daquela criatura adorável:

— Você tem razão.

E, muito a contragosto, desprendeu-se daquele corpo macio e retornou ao seu lugar lá no fundo do corredor, no quarto que ocupava com vista para o farol.

Nossa mãe não soube de nada, não naquele dia.

O que os olhos de Cecília viram, e os olhos de todos os outros também, não foi um casal na cama, feliz após fazer amor, mas uma selva de rosas vermelhas e roseiras verdes e espinhentas que, da noite para o dia, cresceram e se espalharam por toda a parte traseira da casa, entrando pelas janelas da cozinha e abrindo botões rubros nos lugares mais improváveis, como a despensa de secos e molhados e as paredes da sala de estar.

Sim, exatamente isso: as rosas, naquela noite de lua crescente, quando Coral e Tiberius se uniram, invadiram a nossa casa, alastrando-se pela ilha. Ninguém soube explicar o motivo daquele violento assalto vegetal – mas rosas de um ardente vermelho floresciam por todos os recantos, com suas gavinhas entrando pelas gavetas entreabertas e suas folhas ocupando dolentemente os armários e subindo pelas paredes como se quisessem envolver a casa inteira num abraço oloroso.

O promontório amanheceu pontilhado de botões, e as rosas trepadeiras subiam pelas pedras, contornavam as macegas, ignoravam a areia e iam abrir as suas pétalas com vista para o mar. Era como se quisessem chegar até o farol, tal a sua faina. Quando o pequeno Santiago viu aquilo, não duvidou de que elas engoliriam a ilha, enredando-se nos barcos até se afogarem no oceano sem fim. A doença mais bonita da qual já se tivera notícia invadira a casa e o promontório. Era algo como o vírus do amor.

**A NOTÍCIA DA INVASÃO** das rosas chegou rapidamente à vila; foram os funcionários de Tiberius que a levaram. Mas a gente do lugar tratou de espalhar a maravilha das rosas de boca em boca e, no final daquele mesmo dia, o velho Tobias apareceu no ancoradouro com o barco cheio de curiosos que lhe tinham pagado metade do custo da passagem apenas para seguir até La Duiva, dar a volta na parte navegável da pequena ilha e observar, sem descer do barco, a fantástica e misteriosa doença das rosas vermelhas.

Tobias faturou uma boa soma e fez duas viagens naquela tarde. Seus clientes não se decepcionaram: sob a luz também rubra de um sol poente, viram os bulbos vermelhos, que se abriam como gotas de sangue, recobrindo a casa branca e descendo pelas pedras do promontório até chegarem à praia. Alguns bisbilhoteiros mais eficientes, e que tinham levado binóculos, garantiram que as gavinhas espinhentas desciam pela areia como se quisessem chegar ao mar, e que parte da enseada também se cobria de rosas como de brotoejas.

Sentada na varanda, Cecília Godoy viu os barcos passando cheios de curiosos e turistas e, mais uma vez, soube que a ilha dava um novo giro no tempo das histórias. Era um lugar mágico, o velho Ernest falava sobre isso, e depois dele o seu adorado Orfeu – ela nunca chegara a duvidar de que tivessem razão.

Havia alguma coisa, Cecília não sabia bem o quê. Sozinha ali, durante a longa ausência de Tiberius, depois da morte de Ivan e de Flora, da partida de Lucas e de Eva, Cecília permanecera na ilha durante longos anos de solidão, mas sentia que La Duiva fazia-lhe companhia, que a ilha falava com ela, consolando-a como uma velha amiga ou uma mãe bondosa. E o farol enlouquecera também, atraindo naufrágios para atazanar as suas noites – o farol como um cão desesperado pela ausência do seu dono, Ivan. O mesmo farol que, sob a luz do cair daquela tarde, apagado e sereno, parecia meditar sobre o mistério das rosas.

Cecília sorriu. Havia no ar um cheiro forte e enjoativo de rosas, e ela ainda podia se lembrar muito bem que aquele era o cheiro do amor. Sentira-o em Ivan, escorrendo da sua pele, e era um cheiro que lhe nascera do gozo em tantas madrugadas, como esqueceria?

A ilha estava apaixonada e ela sabia. A ilha estava em êxtase, enfeitando-se de rosas.

Ela deixou de lado o tricô, olhando o barquinho de Tobias. O velho gostava de fazer das suas. Levantou-se e acenou para os curiosos. Sim, aquela era a sua casa. As rosas também eram dela, e ela, Cecília Godoy, fazia parte daquele milagre. Eles que o apreciassem. A maioria das pessoas só tinha os milagres alheios com os quais se ocupar.

Lá embaixo, ao pé do promontório, Santiago e Coral colhiam algumas rosas que se espalhavam na areia. O menino achara aquilo tudo tão bonito que passara o dia a sorrir. Ele, que era tão quieto, cantara pelos cantos da casa, *Moon river, wider than a mile...*

— Quem lhe ensinou esta música? — Cecília perguntara.

— Ora, foi a Coral — respondera Santiago. — Não é uma música bonita?

Cecília demorou um pouco para responder:

— Era a música preferida do seu avô.

E os olhos de Cecília tinham buscado Coral, que, na cozinha, acabava a preparação do almoço, envolvida com uma panela de peixe ensopado. Havia algo naquela mulher, algo perigoso e lindo e cálido como o próprio amor.

Agora, sentada na varanda, Cecília Godoy podia entender melhor as coisas. Acostumara-se a pensar de forma orgânica, seu próprio corpo sintetizava as respostas que os pensamentos não podiam alcançar. Sentiu um frio na barriga ao se lembrar daquela ideia, da sensação de que Coral era o próprio Amor. Então, Julius

Templeman tinha sido o quê? Julius viera dar na ilha trazendo no seu rastro tantas coisas: paixões, brigas, mortes e fugas. Ah, pobre Julius, ele mesmo fora uma vítima das catástrofes que gerara. Julius colhera os raios do violento temporal que nascera da sua chegada.

No entanto, a casa, a ilha de La Duiva, a tarde que morria mansamente no mar, tudo parecia tão sereno, tão bem ajustado. Por que, então, aquele desconforto nas entranhas?

Cecília Godoy tinha receio da mulher que lhes surgira do mar, uma náufraga sem naufrágio, como uma sereia sem rabo ou uma daquelas ninfas das histórias mitológicas. Mas ela podia sentir, lá no fundo do seu peito, um verniz de ciúme materno, que vergonha! Tiberius amava a garota, era tão claro como o dia. E ela queria ver o filho feliz, queria isso mais do que tudo... Por que o ciúme, então?

Suspirou fundo. No mar, Tobias manobrava para voltar à península. Decerto que os seus passageiros já estavam satisfeitos, teriam aquele milagre floral com o qual ocupar as suas noites tediosas. Mas a península inteira já se preparava para o verão, turistas chegavam vindos das grandes cidades onde o ruído dos carros abafava os instintos, onde o relógio e os trens guiavam e cortavam os dias em fatias palatáveis de pequenas angústias. Havia muito tempo, antes de chegar a La Duiva com a mãe, Cecília também vivera num desses lugares sórdidos e enfumaçados.

Recolheu o seu tricô e acomodou-o na cesta aos seus pés. Talvez fosse hora de começar o jantar. Então, ouviu um ruído atrás de si. Virou-se e o que seus olhos viram foi Tiberius sem camisa e descalço, os cabelos loiros desgrenhados, as mãos escurecidas da graxa dos motores de barco.

Ele trazia um copo de vinho branco nas mãos e um sorriso enfeitava o seu rosto.

— Está feliz? — ela perguntou.

Tiberius aproximou-se e parou ao lado dela.

— Feliz e atarefado, mamãe. Estava na oficina agora, mas passei várias horas na vila.

No mar, o barco de Tobias afastava-se como se navegasse para o próprio sol.

— A vila veio até nós hoje... — Ela riu.

— Todos falavam das flores por lá — Tiberius disse.

— Deixe que falem, meu filho.

Ele bebeu do seu vinho, suspirou e observou:

— Mas é bastante estranho... Este perfume pairando por tudo.

— Também é bonito — disse Cecília. — Um surto de flores.

— Orfeu teria gostado...

Cecília sorriu.

— E Flora teria escrito sobre isso no seu romance... Mas eles não estão mais aqui. Ficamos apenas nós, não é mesmo? E agora temos as rosas. E Coral.

Ela olhou o rosto do filho e viu o amor passando como um barco por suas feições, que se amaciaram. Sim, o amor, aquele pirata incansável, fazia mais uma das suas abordagens.

Tiberius sentou-se ao seu lado. Olhou-a com atenção e falou:

— Mamãe, hoje encontrei uma casa na vila.

— Uma casa? — a voz dela titubeou.

— Para a empresa de seguros.

— Ah... — ela riu.

— Vou abrir o negócio em um mês ou dois. Coral trabalhará lá, assim vai ter uma ocupação e um salário.

— Você está sendo generoso com ela, Tiberius.

— Tenho interesse nisso.

— Eu sei — Cecília sorriu. — Não precisa me dizer. Vejo nos seus olhos como uma bandeira.

Tiberius corou feito um menino. Como o menino que fora, andando ao lado da mãe e apontando as estrelas.

— Em março, Santiago vai para a escola na vila. Assim, eu mesmo os levarei todas as manhãs no barco. Ficarei parte do dia lá, parte aqui. Por isso, mamãe, decidi buscar um faroleiro. Angus vai tocar a oficina com os dois ajudantes... O trabalho vai aumentar.

— Um faroleiro? — perguntou Cecília. — Ele vai morar aqui na ilha?

— Seria o ideal.

Ela suspirou fundo:

— Mais um. A cada novo morador, esta ilha se transforma um pouco.

Tiberius abriu um sorriso vago:

— Vou escolher com cuidado, não se preocupe.

Lá embaixo, alguma coisa aconteceu e explodiram risadas de Coral e do menino. Suas vozes evolaram-se no ar, subindo em cascata até a varanda. Era como se rissem do novo morador, daquela ideia estranha de abrir La Duiva para mais um desconhecido.

Cecília suspirou fundo, erguendo-se sem dificuldade da cadeira onde estava, pois era magra e desempenada. Disse num tom desiludido:

— Vou preparar o jantar.

— Faça algo leve — pediu Tiberius. — Este cheiro de rosas está me roubando o apetite.

Ela entrou na casa sentindo o coração pesado. Mais um morador na ilha... Seria daí aquele incômodo nas suas entranhas? Cecília não sabia dizer. Um homem novo, um desconhecido. Talvez estivesse apenas ficando velha. Pois, um dia, Angus chegara. E, antes dele, ela mesma, uma menininha de tranças... E o velho Ernest. E a própria Coral. As gentes iam e vinham, afinal de contas. Mas algumas permaneciam ali para sempre, como Ernest, enterrado lá no pequeno cemitério, dividindo lugar com Ivan, com Flora e com seus sogros. Ela mesma chegara para nunca mais partir. E logo teriam um faroleiro.

Cecília abriu os armários e pegou as panelas sem decidir se preparava um bolo de carne ou uma sopa de peixe. Logo teriam mais um para o jantar. Suspirou fundo. Quem seria?

**DEPOIS DE ALGUNS DIAS,** como as flores não parassem de nascer e já alcançassem o velho telhado da casa, Cecília decidiu que era a hora de podar as rosas. Elas invadiam as peças, entrando pelas janelas e pela chaminé.

O cheiro doce das flores causava enjoos a Tiberius, e Santiago, numa corrida pela sala, pisou num botão em flor e caiu um belo tombo que o deixou dolorido por três dias. As rosas estavam por tudo: pétalas misturavam-se ao assado e, de noite, na cama, Cecília encontrava folhas perdidas entre as dobras dos seus lençóis. Ela sentia-se vivendo dentro de um gigantesco canteiro.

Lá fora, as gavinhas das rosas trepadeiras já tinham vencido o trajeto pedregoso entre a casa e o escritório de Tiberius e começavam a subir as paredes recém-caiadas, espalhando seus vermelhos, deitando perfumes que confundiam as ordens de Angus quando ele estava distribuindo as tarefas aos dois ajudantes:

— Vico, desmonte o motor do barco pequeno. Apolo, você vem comigo limpar o farol.

Mas quem entendia de motores era Apolo, e então Angus sacudia a cabeça, tentando livrar seus pensamentos, represados de angústia e velhas saudades libidinosas, daquele perfume enlouquecedor.

E corrigia-se:

— Vico, você vai limpar o farol. Apolo, leve o motor para a oficina que vou lá mais tarde.

A ilha parecia imersa num estranho torpor sensual. Angus vinha dormindo pouco, tinha sonhos raros e muitas vezes acordava com o rosto de Orfeu pairando diante dos seus olhos, enchendo-o de tristeza e de saudoso desejo. Coisas que ele decidira enterrar pareciam saltar diante dos seus olhos, mais vivas do que nunca: estranhas ardências, mãos desobedientes, calores que o obrigavam a dormir de cuecas, e sua boca que parecia querer beijar o travesseiro. Tudo era culpa das rosas... Angus achava-as bonitas, mas temia o que elas significavam.

Angus tinha pouco estudo, mas os meses que gastara na biblioteca em Oedivetnom o haviam contaminado com o amor pelos livros. Ele lia e lia, como outrora o velho Ernest fizera. Amava os poetas... Keats, Sophia, Borges, Fernando Pessoa, Rilke. Tinha aprendido a pensar a vida com poesia, guiando-se pelas marés, pois entendera que o mar, assim como os poemas, era feito de ritmo.

Para Angus era quase certo que aquelas rosas tinham relação direta com Tiberius e a moça que saíra do mar. Tiberius andava sorridente pelos cantos, mas exibia um rosto cansado – dormia pouco. Às vezes, ao entrar no escritório, Angus via-o entre seus livros-caixa, suspirando alto como um fauno apaixonado. Tiberius demorava-se a se dar conta da sua presença, e então, ao vê-lo, fazia cara de sério, desanuviando seus amorosos olhos, e dizia:

— Estou aqui calculando quanto nos custará um faroleiro.

Angus sorria em resposta àqueles joguetes.

Era o amor.

Angus conhecera o amor, embora tivesse se aposentado precocemente dos desvarios ardentes da paixão. Depois que soubera da morte de Orfeu, decidira-se pelo celibato. Havia aquela estranha doença que grassava pelo mundo, e ele deixara para trás suas aventuras com marinheiros desconhecidos. Tinha os seus livros, tinha o mar, tinha o trabalho em La Duiva, as horas no alto do farol, cercado de azul e de verde. Era o suficiente para ser feliz.

Mas então as rosas começaram a brotar da terra como se fossem o próprio suor de Deus, e todos na ilha andavam atarantados, suspirantes e confusos. Angus sabia. Ele tinha lido cada um dos poemas de Sophia e passeara pelos seus jardins cheios de roseirais sob a lua cheia, ele bebera das horas leves, das maravilhas raras, das festas transparentes. Aquelas rosas malucas tinham alguma coisa a ver com Coral. E tudo isso encontrava raiz nos poemas de Sophia, bastava lê-los para ver que a ilha estava encantada por eles.

Cecília afiou suas tesouras sem avisar ninguém. Amava as rosas, mas não ia deixar que a sua casa virasse uma selva de luxúria. Em pouco tempo, espinhos se espalhariam pelos lençóis de Santiago, ele teria uma crise alérgica ou começaria a comer flores. Não era uma coisa normal, e Cecília queria que seu neto crescesse normalmente como as outras crianças.

Nos últimos dias, Tobias trazia sempre uma leva de turistas para ver a ilha. Mantinham-se afastados da casa, mas fotografavam as incríveis rosas que desciam pelo promontório, enredando-se nas sarças, desafiando as pedras e a areia. Cecília entendia a curiosidade dos visitantes. No começo, até gostara daquilo. Sentira-se um pouco envaidecida com os barcos que cruzavam a ilha para ver as rosas. Porém, as flores não pararam de crescer e de proliferar, e as incursões de Tobias aumentaram em número e ousadia — agora ele atracava, deixando que alguns curiosos mais afoitos andassem pela praia e até fotografassem sua casa.

Cecília cansara-se daquilo. A ilha era sua e ela não admitia bisbilhotices. Tinha avisado que Tobias não passasse da praia com os turistas.

— A casa não — ela resmungava, afiando as tesouras. — A casa não será invadida nem pelas rosas nem pelos curiosos.

Tiberius viu as tesouras sobre a mesa da cozinha numa manhã quando estava em busca de um analgésico. Cansado depois de mais uma noite de amores, ao olhar para o jardim, ele notou que as rosas enredadeiras pareciam ainda mais viçosas do que antes, rebrilhando sob o sol com as cores de um Gauguin.

Havia várias noites que Tiberius atravessava o corredor às escuras até o quarto que fora de Orfeu, metendo-se sob os lençóis de Coral. Ali, os dois entretinham-se naquela velha dança que fizera mover as engrenagens do mundo – a velha dança cujos efeitos também povoaram estas terras de meu deus.

Tiberius sequer desconfiava de que, a cada novo gozo, rosas abriam-se como olhos no promontório que ia dar na praia; rosas escalavam paredes e metiam-se pela chaminé da lareira, alastrando-se pela ilha numa fúria silenciosa e perfumada.

Tiberius acabara de engolir seu analgésico quando Cecília entrou na cozinha para pegar suas tesouras:

— Vou podar as roseiras que entraram na casa — ela disse, decidida. — Não aguento mais pisar em flores. E ontem achei um botão de rosa dentro da geladeira!

Tiberius riu. Ele sentia o cheiro de Coral misturado ao das roseiras.

— Faça uma geleia de rosas — ele sugeriu.

Cecília olhou-o com seriedade:

— Você não se preocupa? Elas estão por tudo! Talvez devêssemos chamar um botânico, pedir uma opinião técnica. E se as rosas engolirem a ilha?

— Faça a sua poda, mamãe — respondeu Tiberius. — Mas sabe o que eu acho? As rosas irão embora assim como vieram. Basta esperar. E você parecia gostar delas...

— Eu gostava mesmo — Cecília respondeu, dando de ombros. — Mas estão invadindo até as minhas gavetas. Não posso esperar mais, vou podá-las... Eu sou uma velha sem paciência. Já esperei muito nesta vida, você sabe.

— As rosas querem dizer alguma coisa — sentenciou Tiberius.

— Vou começar a poda hoje — disse Cecília, por fim.

E assim ela saiu com as tesouras, encarapitou-se no alto de uma escada e começou a atacar as roseiras que entravam pela chaminé. Depois, enfrentou janelas e calhas com uma energia incansável.

Cecília passou horas picando e desbastando as rosas trepadeiras. Esqueceu-se de fazer o almoço e trabalhava aos suspiros, pois nem mesmo ela era imune às evocações sensuais que aquelas estranhas flores provocavam. Quando finalmente se cansou, era já meio da tarde, e Cecília tinha chorado grossas lágrimas de saudades do seu Ivan, tendo apelado a algumas fugas ao banheiro, onde revivera os estranhos prazeres solitários da sua juventude. Entre tesouras e rosas descabeladas, quanto mais Cecília chorava, mais saudades sentia dos antigos jogos amorosos que a vida lhe roubara, e mais raiva aquelas rosas temperamentais lhe causavam.

Caía o sol quando Coral e Santiago voltaram da praia, loucos de fome e molhados de mar. E foi então que os dois se depararam com uma montanha olorosa de botões de rosa ceifados. A enorme pilha enchia todo um canto da varanda.

Santiago começou a chorar:

— Vovó... Você matou as rosas!

Coral também se entristeceu. Envolveu o menino num abraço e acalmou-o dizendo:

— São apenas flores, Santiago. Sua avó podou-as, elas virão com mais força ainda, você verá. A poda faz bem às plantas.

Cansada, descabelada e confusa, Cecília teve pena do netinho e concordou com as explicações de Coral, embora quisesse mesmo acabar com aquela infestação misteriosa. Disse aos dois que iria tomar um banho e que depois lhes prepararia uma omelete:

— Não fiz almoço hoje. Foi uma guerra longa e trabalhosa. Mas finalmente teremos a nossa cozinha de volta.

E, de fato, meia hora mais tarde, sob os olhares satisfeitos de Cecília, Coral e o menino comiam na cozinha limpa. Nem uma flor luzia nas paredes, nem um único galho entrava pelas janelas.

Depois que eles comeram, Cecília foi até a oficina chamar Vico. Pediu-lhe que se dirigisse à varanda com um carrinho de mão, levando a pilha de rosas podadas para a praia.

— Bote fogo naquilo tudo. Se o vento do fim do dia vier, a ilha se encherá de pétalas.

O rapaz obedeceu à patroa e passou o resto da tarde subindo e descendo o tortuoso caminho do promontório à praia com a sua carga de flores. Os carrinhos enchiam-se rapidamente e as flores pareciam multiplicar-se. Vico ia e vinha, exausto. Entre tantas andanças, uma estranha saudade acometeu-o: sentia ganas de beijar e abraçar a sua antiga namorada. Chorava ao encher o carrinho de mão com as rosas decapitadas, chorava ao despejá-las na praia.

Ao anoitecer, Vico sentia-se seco por dentro, mas terminara o transporte das flores. Do alto do farol, Angus acompanhara a sua movimentação, também ele com o coração estranhamente angustiado. O sol punha-se no mar quando Vico desceu à praia com fósforos e uma garrafa de álcool. Estava para começar a fogueira quando o barco de Tobias, cheio de turistas curiosos, ancorou no píer ali perto.

As gentes desceram para ver as flores misteriosas e Vico viu-se cercado por homens e mulheres que lhe pediam um botão, apenas um botão para levarem como souvenir. Em pouco, tempo, os turistas arrebataram as flores e a pilha de rosas descabeladas foi transferida para o barco de Tobias em pequenos montículos acondicionados em bolsas, sacolas e bolsos de calças. Na areia não sobrara muito mais do que um punhado de espinhos e de pétalas pisoteadas.

Vico olhou o restolho e deu de ombros. Nem valeria a pena colocar fogo naquilo. Com a mesma pá que usara para encher o carrinho de mão, cavou um buraco fundo na areia e enterrou as sobras que os turistas tinham deixado. Depois, subiu para o seu quarto e chorou umas lágrimas perfumadas e tristes.

Quando Apolo voltou do trabalho, encontrou o rapaz ainda chorando.

— O que houve? — ele quis saber.

Com o rosto molhado de lágrimas, Vico respondeu:

— Ah, a vida é curta e o amor é incerto... Tenho dezoito anos e a minha única namorada mudou-se para Oedivetnom no último inverno. As estrelas já estão brilhando lá fora e não tenho ninguém com quem dividir esta cama.

Apolo deu uma risada e respondeu:

— Peça ao patrão o barco emprestado e vamos à aldeia. Será uma linda noite e a temporada turística já começou. Deve haver divertimento por lá.

A ideia pareceu a Vico tão maravilhosa que ele secou o rosto, penteou-se, trocou de blusa e foi ter com Tiberius.

Tiberius estava fechando as contas do dia quando o rapaz chegou no escritório. Ele era um patrão generoso, e, naquela noite, enquanto os Godoy, Angus e Coral ceavam na varanda, o barco a motor cortava as águas no rumo da vila sob um céu luminoso e prometedor de prazeres.

Em seu lugar à mesa, o pobre Angus sentiu-se atormentado. Ele também queria ter ido à vila. Sentia falta de companhia; nos últimos dias, a solidão pesava-lhe no peito. Só podiam ser as rosas.

Mas não foi preciso que Angus fosse até a vila. A agulha do destino pesponta os dois lados do tecido da existência... No dia seguinte, Ignácio Casares apareceu em La Duiva com o seu caderno de desenhos, disposto a registrar a misteriosa infestação de flores sobre a qual as gentes não paravam de falar.

# ORFEU.

Os passageiros de Tobias levaram as flores para a vila e toda a cidadezinha tremeu como uma rama sacudida pelo vento do final da tarde. Aquela foi uma noite de luxúria da qual jamais se ouvira falar...

Turistas apaixonaram-se e as ruas do centro encheram-se de risos. Garrafas de vinho branco foram consumidas com velocidade assustadora. Os bares estavam lotados, a praça, cheia de casais aos beijos. Velhas senhoras choraram amores mortos em suas camas frias, casais beijavam-se sob a luz amarelada dos postes de iluminação. Em cada janela, em cada esquina, rostos prescrutavam os mistérios da noite entre suspiros. E, no porto, os marinheiros embebedaram-se lembrando de antigas amantes e depois ganharam os puteiros da famosa Ladeira Vermelha.

As rosas espalharam o vírus do amor.

E eu, meus caros, eu lamentei que meu capítulo de carne e de gozo estivesse definitivamente encerrado. O amor é a única coisa que a morte não apaga... Ah, o amor, essa tempestade para a qual guiamos nossos barcos tão alegremente, sabendo que o naufrágio virá.

Quisera eu ter estado na vila aquela noite!

Eu me perderia por caminhos incandescentes de peles e de línguas, teria ido muito além do pequeno bordel onde os dois ajudantes de Tiberius gastaram parte de seus salários para voltarem a La Duiva apenas ao raiar do sol, cansados e leves e risonhos.

Mas, vejam: coube ao meu irmãozinho a honra de semear paixões e ardores que se alastraram por tantos descaminhos que até em

Oedivetnom os amantes suspiraram mais profundamente naquelas noites de novembro, quando o verão austral tecia de ouro as tardes ainda não nascidas, polindo a prata das quietas noites enluaradas.

Houve uma pequena explosão demográfica na região, e a culpa foi das rosas de La Duiva. Nove meses mais tarde, o hospital da vila se encheria de choros: bebês gerados em varandas de casas à beira-mar, em quartos fechados e em terrenos baldios exigiam o seu tanto de oxigênio e de sonho nesta vida.

Em La Duiva, no quarto onde eu cresci, Coral e Tiberius seguiam nos velhos jogos de alcova, mas o milagre da concepção não deu as caras por ali. Não que eles desejassem isso.

Coral continuava sem nenhuma memória anterior à noite em que pisara na ilha. E meu irmão já tinha Santiago, que o satisfazia plenamente. Mas havia alguma coisa em Coral, alguma coisa que ditava regras silenciosas e desconhecidas. Ela não era, de fato, como as outras mulheres, as moças da vila ou de Oedivetnom.

Vocês sabem, Coral não era de todo deste mundo.

Não que fosse estéril, mas o seu útero, assim como toda ela, respondia a outras engrenagens, mais misteriosas e voláteis do que a matéria. Havia um caderno aberto sobre uma mesa lá do outro lado do Atlântico... Havia uma janela sobre o Tejo e uma mulher que escrevia poemas nas horas quietas do sono.

Mas a mulher estava sem ideias...

Como um pássaro irrequieto, a inspiração voara para longe, e o que é um poeta sem inspiração? Nada nasce nestas épocas tristes. As rosas que enfeitiçavam as gentes por aqui não tinham chegado até as margens do Tejo.

Talvez vocês estejam meio perdidos no tempo, então vou situá-los no calendário de La Duiva: a infestação das rosas aconteceu no ano de 1999.

**IGNÁCIO CASARES NÃO FICOU** imune ao efeito das rosas que vieram de La Duiva.

Ele estava passeando pela vila naquela noite e estranhou – embora tenha apreciado – que tantos casais se beijassem e que tantas mulheres suspirassem nas janelas olhando as estrelas impassíveis lá no céu.

Ignácio Casares estava numa viagem de férias depois de ter vendido a sua participação numa empresa que engolira os últimos vinte anos da sua vida. Talvez tivesse sido um ato heroico, mas o fato é que ele sentia a vida escorrendo pelos dedos. Dera fim a um amor que astrólogos já tinham fadado ao fracasso, deixara a casa onde vivia numa capital à beira de um volumoso rio de águas plúmbeas e fugira para Oedivetnom disposto a começar uma nova existência.

Ignácio Casares não sabia muito bem como fazer isso. Estava apenas experimentando sua nova liberdade, testando possibilidades sem muito compromisso. Em Oedivetnom, ele gastou algumas semanas trilhando ruas, pedalando pela larga rambla enquanto colocava os seus pensamentos em ordem.

Levava sempre no bolso um caderninho onde desenhava nas horas livres. Em Oedivetnom, todo o seu tempo era livre, e ele encheu vários cadernos de imagens que nem saberia dizer de onde tinham nascido.

Ignácio amava desenhar. Com traços, ele aplacava os seus tormentos, decifrava o mundo real e criava universos paralelos, inventados. Não sentia falta de nada daquilo que deixara para trás, e tinha trazido consigo apenas uma mala com os seus incontáveis cadernos cheios de sonhos e meia dúzia de mudas de roupa.

Depois daquelas primeiras semanas em Oedivetnom, Ignácio Casares começara a sonhar com um lugar menor, com ruazinhas que terminassem no mar como os sonhos terminam ao alvorecer. E ele desejou praias silenciosas e pousadas pequenas – foi então que, no balcão de um bar do porto, entre o segundo e o quarto uísque, alguém lhe falara da delgada península que ficava perto de La Duiva.

Ignácio apaixonou-se platonicamente pelo lugar. De lá, nas belas noites enluaradas, ele poderia ver o farol, desenhar o porto minúsculo com os seus barquinhos de pescadores, a praça com o seu coreto, as ruazinhas serpenteantes que sempre terminavam no mar, com as casinhas coloridas e seus moradores que ainda diziam bom-dia e boa-noite aos desconhecidos. Naquela península havia longas praias de areia branca e tardes tão silenciosas que as gaivotas pareciam rasgar a própria essência da calma com os seus gritos no céu.

Ignácio suspirou pelas imagens que seus olhos imaginaram. Depois que o desconhecido terminou de desfiar as belezas do lugar, ele pediu mais um uísque e tomou a decisão de que já era hora de partir de Oedivetnom.

Trocando as pernas, conseguiu chegar ao hotel, recolheu seus pertences e arrumou a mala; depois dormiu sua última noite de sono ali. Na manhã seguinte, sem qualquer sombra de ressaca, ele pagou a conta na recepção alvoroçada de vozes e rumou para os lados de La Duiva no seu carro alugado.

Ignácio não tinha planos. Num banco da sua terra natal, deixara dinheiro suficiente para uma vida de aventuras. Ele queria um pouco de sono e de sonho como o Próspero de Shakespeare. Dirigiu umas três horas pensando nisso e finalmente avistou numa curva da estrada a placa corroída de maresia indicando que estava perto do seu destino.

Quando Ignácio chegou à vila, estacionou numa ruazinha que desembocava no mar, desceu, esticou as pernas e olhou o mar azul e sereno, as ondas rolando até a areia branca e lisa. Tudo o que ele soube dizer foi:

— "Somos esta coisa de que são feitos os sonhos, e nossa pouca vida é cercada de sono."

Ignácio gostou de dizer aquilo. Shakespeare às duas da tarde. As gaivotas brincavam no céu. Ele caminhou um pouco até encontrar uma pousada a poucos metros da praia, pediu uma habitação e instalou-se alegremente nos seus novos aposentos, espalhando sobre a mesa à janela os seus apetrechos de desenho.

E, naquele seu primeiro entardecer na península, foi quando os turistas voltaram trazendo de La Duiva os restos da poda que Cecília Godoy fizera nas rosas. Ignácio, casualmente, estava no porto na hora em que o barco de Tobias atracou, e não entendeu o que deixava os turistas tão eufóricos, carregados de rosas desfolhadas.

Talvez estivessem bêbados... Ele viu duas mulheres com suas bolsas cheias de pétalas vermelhas, e um senhor de terno branco, muito bem-composto, mastigando uma rosa e cantando versos obscenos enquanto algumas jovens suspiravam ao seu redor como se estivessem enfeitiçadas pelo velho fauno.

Ignácio achou graça daquilo e, depois de alguns minutos, seguiu o seu caminho. Talvez o barco os tivesse trazido de alguma festa.

Mas à noite, quando deixou a pousada em busca de um jantar leve e de uma taça de vinho branco, o clima de romance e de sensualidade parecia ter se espalhado pelas ruas da península. Se era uma festa local, Ignácio não ouvira falar nada. Jovens beijavam-se pelos cantos, a praia estava coalhada de casais namorando à luz da lua, velhas senhoras suspiravam nas janelas e os bares estavam ruidosos, borbulhantes de vida e de sensualidade.

Ele trilhou as ruazinhas que levavam ao porto e, no atracadouro, encontrou o barco de Tobias. Estaria ali o seu dono? Ignácio desceu ao píer disposto a satisfazer a sua curiosidade.

Encontrou o pescador na popa, esparramado sob as estrelas, fumando um cigarro de palha e pensando em Cecília. Desde sempre, ele sentira um amor recolhido e respeitoso pela esposa de Ivan Godoy, mas as rosas também o tinham afetado, revolvendo-lhe aqueles velhos sentimentos esquecidos, e Ignácio Casares interpelou-o entre dois suspiros.

— Boa noite — disse Ignácio, aproximando-se educadamente.

— Vi o senhor hoje trazendo alguns turistas de um passeio. Todos

carregavam rosas vermelhas... — Ele parou na plataforma sobre palafitas, a luz macia da lua escorrendo pelos seus cabelos escuros.
— O que era tudo aquilo?

Tobias cuspiu na água, passou a mão pelo velho peito palpitante, abriu um sorriso onde faltava um dente e respondeu:

— São as rosas de La Duiva, meu amigo.

— Rosas de La Duiva?

Tobias deu de ombros, deixando de lado o rosto de Cecília Godoy e concentrando-se no homem. Era um desconhecido, certamente um turista. Mas parecia simpático. Então, ele disse:

— A ilha dos Godoy sofreu uma espécie de infestação e amanheceu toda enfeitada de rosas. Como um bolo de noiva, sabe? Estou levando curiosos até lá todas as tardes! Uma graninha extra... — Ele arregalou os olhos de satisfação. — Mas as rosas provocam certos efeitos na gente.

— Que efeitos?

— Ah... — disse o velho. — Estas rosas dão uma vontade de cometer pecados... Os velhos pecados da humanidade, do tipo que espantaram Adão do Paraíso, se é que o senhor me entende — ele acrescentou, piscando um olho.

— Acho que sim — respondeu Ignácio, lembrando-se da luxúria na praça. — E é longe daqui esta ilha?

— Vinte minutos se o mar está calmo. Mas dona Cecília não deixa que se aproximem da casa. Não assim, turistas às dúzias. Ela é uma excelente mulher — falou o barqueiro. — Mas tem lá as suas manias como todos nós.

Ignácio pensou um pouco. Queria ir até La Duiva, precisava ver aquilo. Uma infestação de rosas! Olhou o velho, calmamente sentado na popa do seu barco, sorrindo. Perguntou quantos passageiros ele poderia levar. O homem respondeu que cabiam muitos ali. Era um barco confiável, garantiu-lhe.

Ignácio abriu a carteira, tirou duas notas de alto valor e entregou-as ao velho, dizendo:

— Fazemos o seguinte: pago a viagem de dez pessoas. Mas amanhã o senhor levará apenas eu até La Duiva. O que acha?

— Acho que cada um pode ter as suas manias, desde que as sustente — respondeu o velho, com picardia.

Ignácio riu.

— Podemos partir no começo da tarde? Quero desenhar a ilha das rosas, se os donos permitirem, é claro.

Tobias guardou alegremente o dinheiro no bolso, e disse:

— Os Godoy são gente muito boa. Vivem aqui há duzentos anos cuidando do farol e da ilha, que um ancestral deles comprou depois de desembolsar seiscentos quilos de prata para a coroa, é o que contam por aqui... — Olhou firmemente para Ignácio e perguntou: — O senhor é desenhista?

Ignácio sorriu:

— Sou.

Tobias parecia ter entendido perfeitamente. O barqueiro olhou o céu estrelado por um momento, depois falou:

— O senhor me fez lembrar do jovem Orfeu, um dos filhos de Cecília Godoy... Orfeu vivia de desenhar, tinha grande talento. Depois, se apaixonou por um professor que veio de longe e meteu os pés pelas mãos. Dizem que morreu muito doente... Fui eu quem o trouxe, junto com o namorado, de La Duiva para cá, quando resolveram ganhar o mundo.

Ignácio pensou no jovem desconhecido e no seu namorado, mas nada comentou. Apertou a mão do barqueiro, fez mais algumas combinações e partiu, prometendo estar no cais no comecinho da tarde do dia seguinte.

Já de volta à pousada, sentindo a brisa que fazia as árvores cantarem lá fora e escutando gemidos de amor perdidos nas ruas, Ignácio estava inquieto. Um fogo queimava-lhe as entranhas como se tivesse bebido demais.

Ele dormiu mal e teve sonhos estranhos. Sonhou com um rapaz moreno, de olhos como búzios. Estava sentado numa pedra à beira da água e mergulhava as mãos na espuma branca das ondas, retirando do oceano pequenos tesouros: pérolas, pedras preciosas, conchas de madrepérola. De repente suas mãos ficaram tintas de sangue e ele começou a chorar.

Ignácio Casares acordou suado e ofegante, abrasado pelas imagens do seu sonho. Acendeu a luminária sobre a mesa de cabeceira, puxou seu caderninho e pôs-se a desenhar. Não tinha a menor ideia, enquanto sua mão corria celeremente sobre o papel, que registrava uma perfeita imagem de Orfeu em Tânger numa das suas noites de desespero, pouco antes que a doença que o matara começasse a se manifestar.

Ignácio só voltou a se sentir bem depois que comeu e tomou um longo banho. No começo da tarde, refeito, desceu ao porto na hora combinada com Tobias. Alguns minutos depois, o velho barco cortava as águas azuis que separavam a península da ilha de La Duiva.

Fazia um dia lindo. No silêncio marinho, quebrado apenas pelo ruído do motor, Ignácio sentia o vento no rosto e uma emoção estranha, límpida e contagiante começou a invadir o seu espírito. Ele estava indo ao lugar certo, era como se a ilha o chamasse, como se devesse ir até La Duiva. E essa certeza dava-lhe um medo novo, quase sensual. Desde que assinara os documentos de venda da sua empresa, Ignácio não se sentia assim tão vivo. Livre, encaixado no tempo e no espaço. Não saberia dizer, apenas intuía, ao ver o vulto da ilha recortado contra o horizonte, misturando-se ao azul puro do céu de novembro, que aquele lugar seria importante para ele. Quando deixara Oedivetnom, sem saber, era para La Duiva que Ignácio Casares estava rumando.

Ele conferiu se o material de desenho estava em ordem. Tudo ali na mochila: cadernos, canetas, lápis. Sentiu o coração pleno, encheu os pulmões de ar e, levantando a voz sobre o ruído do motor, perguntou ao barqueiro:

— O senhor acha que os Godoy me receberão?

Tobias respondeu:

— Eles são boa gente. O senhor quer pernoitar na ilha?

Ignácio sentiu um frio estranho correr-lhe a espinha.

— Se fosse possível... Um dia ou dois seria o suficiente, eu acho.

— Eles têm uma casa grande e Tiberius a reformou. Eu mesmo posso falar com dona Cecília ou com o Tiberius se o senhor quiser.

Ignácio aceitou a proposta do barqueiro. E, sentindo-se nervoso como um menino no primeiro dia de aula, dirigiu o olhar para a ilha que brilhava ao sol vespertino. Já podia ver as pedras do molhe e o vulto desbotado pela luz de uma casa grande construída sobre o promontório.

Dez minutos depois, o barquinho de Tobias atracou em La Duiva. Lá estavam Tiberius e Angus, envolvidos com a reforma de um pequeno barco cujas velas brancas dançavam no vento como grandes pombas inquietas.

A ilha parecia suspirar na tarde, toda ela vibrava ao sol. Antes mesmo de descer do barco, Ignácio já pôde ver as rosas que pintalgavam o promontório. As gavinhas das roseiras espalhavam-se pela areia da praia como misteriosas cicatrizes. Aqui e ali, elas rebentavam em botões vermelhos.

Ignácio não podia acreditar nos seus olhos: as rosas cresciam por tudo como uma temeridade da natureza. Ele já tinha cruzado meio mundo, viajara por lugares exóticos atrás de coisas estranhas, mas uma ilha envolvida por roseiras, como um peixe preso numa rede, nunca tinha visto! Jamais sequer ouvira falar de coisa igual, e deixou-se ficar no atracadouro, alheio a Tobias, por alguns segundos apenas admirando aquela furiosa beleza.

Finalmente, Ignácio caminhou até o lugar onde Tobias falava com Tiberius – logo ele viu o homem alto, magro e bonito. Havia outro, um moreno de torso nu, que parecia envolvido demais no processo de retirada de peças do motor de um barco. Era Angus, que ouvia a conversa do velho barqueiro sem prestar-lhe muita atenção, afogado pelo perfume das rosas, tentando manter a mente compenetrada no trabalho.

— Trouxe aquele homem comigo — disse Tobias para Tiberius. — Ele é desenhista, está na península. Chama-se Ignácio. Ao ouvir falar das rosas, quis desenhar o sucedido.

Angus desviou o rosto do motor para olhar o desenhista da cidade grande. Na ponta do píer, seguindo em direção a eles, viu Ignácio. Parecia estar no final dos trinta anos, usava calças largas de sarja e uma camiseta branca, tinha os pés descalços e um sorriso afável no rosto bem proporcionado. Ele trazia uma mochila e caminhava devagar, como se não quisesse chegar nunca, um pouco enfeitiçado pelas rosas.

Havia nele alguma coisa ardente e macia, perigosamente afável. Angus sentiu um queimor correndo pelas suas entranhas, e tratou de baixar logo a cabeça, focando os olhos no trabalho, mas sentindo um desalento sensual que julgava perdido. Angus culpou as rosas que desciam o promontório e já se aproximavam do atracadouro, culpou-as com angústia e com desejo, enquanto sentia a aproximação do visitante.

Viu Tiberius apertar-lhe a mão bronzeada dizendo amistosamente:

— Seja bem-vindo, Ignácio. Você pode passear pela ilha e almoçar conosco.

— Muito obrigado — respondeu o outro, e sua voz era bonita.

— Vim desde Buenos Aires para passar um tempo desenhando por aqui. Não pude deixar de ouvir sobre as rosas.

Angus virou o rosto para o mar, respirando fundo. Sentimentos que pareciam mortos subiam à tona, como restos de um naufrágio muito antigo. *Mar sonoro, mar sem fim*, as palavras de Sophia o assaltaram. Tudo vinha do mar. Ali estava aquele homem chegado do mar, e por que a sua presença o angustiava? Angus aposentara-se dos amores havia muitos anos e, confuso, decidiu rapidamente que não gostava do recém-chegado.

Juntou seus apetrechos de trabalho, disse a Tiberius que precisava telefonar para um fornecedor, virou-se e deixou os três para trás, seguindo no rumo do escritório. Mas ainda conseguiu ouvir quando o patrão dizia:

— Se a minha mãe permitir, você poderá pernoitar aqui. Gostamos de visitantes. Há quanto tempo você está na vila?

— Dois dias — respondeu Ignácio, e sua voz perdeu-se na tarde.

Angus então sumiu-se nos caminhos coalhados de flores e, enquanto seus pés distraídos pisavam nas rosas, o coração parecia querer saltar-lhe do peito.

Era uma tarde azul e plácida, e, se Coral apurasse os ouvidos, escutaria a distante música marinha. Pássaros cantavam nas árvores e o perfume das rosas pairava sobre tudo. Tiberius, Cecília e até mesmo Angus queixavam-se daquele cheiro pungente, mas Coral não se sentia incomodada. Era um perfume de vida. Evocava-lhe luxúria e a inebriava como um cálice de vinho.

Coral tinha acabado de deixar Santiago em sua cama para a sesta da tarde – zelava pelo menino como se ele fosse seu filho, apreciando de verdade a sua companhia. Muitas vezes o garotinho dizia coisas raras, falava de fantasmas, contava que vira os tios andando pela casa, os tios que tinham morrido e cujos nomes Tiberius evitava pronunciar, como quem teme tocar em um ferimento que está apenas começando a cicatrizar.

Mas Coral não se assustava com tais coisas, ela mesma um mistério sem começo! Santiago tinha sido o primeiro Godoy que seus olhos viram, e Coral não se lembrava de absolutamente nada antes daquele encontro noturno à beira-mar.

Coral cuidava do jardim.

Sentada na terra, sentia a frescura das plantas, aquecia-se ao calor do sol. Em comunhão com a natureza, deixava-se ficar ali por horas. Jamais imaginaria que as roseiras de La Duiva cresciam daquele jeito tresloucado em razão dos suspiros noturnos que do seu quarto se evolavam nas madrugadas de paixão com Tiberius, e não pelo seu zelo como jardineira.

A tarde estava quieta e ela podia ouvir a algazarra das gaivotas lá na praia. Um barco pesqueiro deveria estar por perto.

Coral prendeu os cabelos num nó no alto da cabeça, depois pegou a tesoura de ferro, grande e pesada, que estava no cesto de materiais de jardinagem e cortou algumas gavinhas das roseiras. Elas caminhavam em direção à casa como se farejassem o olor de bolo que vinha da cozinha. Tinha pena de podar as rosas, mas não queria mais ver Cecília encarapitada em escadas e cadeiras, naquela faina de desbaratar roseiras que entravam pelas janelas, enfiando-se dentro das gavetas de talheres, subindo as paredes como queloides vegetais. Todos em La Duiva pareciam alterados pelas rosas, menos Santiago e ela.

Coral trabalhava com cuidado, amorosamente. Seguindo a trilha que dava na casa, podou mais algumas roseiras, deixando que avançassem para a lateral do terreno até o promontório, e lá para trás, onde ficava o velho depósito reformado, o escritório de

Tiberius e o quarto de Angus. Afinal, as rosas precisavam seguir o seu caminho.

Quando terminou com as rosas, começou a podar os canteiros de margaridas. As outras flores também precisavam de cuidados. Delicadamente, cortava as hastes secas com sua afiada tesoura. Trazia consigo o cesto, algumas pás pequenas e um balde. No fundo do terreno havia um espelho d'água alimentado por um poço artesiano. De vez em quando Coral buscava ali a água para regar os canteiros. Gostava das flores porque não esperavam nada dela. Era tão fácil amá-las! Seus dedos trabalhavam com agilidade, arrancando, limpando, cortando galhos secos. Admirava-se de que suas mãos pudessem executar aquelas tarefas com tamanha presteza, pois seus pensamentos estavam à deriva.

Sentia-se estranha... Sempre aquele limbo, como uma pesada e densa névoa a rondar as suas ideias. Tinha medo de ser engolida pelo vazio que a assolava, desaparecendo dentro de si mesma. Coral não sabia – sentada ali sob o sol das três horas da tarde, ouvindo o leve ressoar do mar lá embaixo na praia – se era uma pessoa feliz. Não tinha nenhum passado, portanto com quais parâmetros ela poderia julgar a sua existência? Sentia-se bem perto de Tiberius, era um fato – mas até mesmo isso era tênue, instável, ansioso.

Concentrou-se novamente nas margaridas. Mais uma vez, foi até o espelho d'água e voltou com o balde cheio. Com um gesto largo, derramou o seu conteúdo sobre o canteiro. A água correu pela terra, desaparecendo lentamente. Coral avançou até as sebes de lavanda e começou a trabalhar nelas, arrancando as hastes secas como fizera com as margaridas.

Por que não podia se contentar com a vida que levava ali? Todos em La Duiva eram bons com ela. Tiberius era um homem bonito, doce e generoso. Mas, mesmo depois que os dois se amavam, as janelas abertas para o farol, Coral sentia-se solitária. Abraçava-se a Tiberius numa angústia muda, que ele interpretava como amor. Dentro dela, o medo era uma boca que queria engolir tudo – já tinha engolido o seu passado, mas agora mastigava as suas emoções, os dias recentes e até as suas noites de paixão.

Uma equilibrista num precipício, era isso que ela era.

E, embora amasse Santiago e estivesse enamorada de Tiberius, às vezes Coral pensava em partir de La Duiva. Tinha medo de não poder retribuir a Tiberius e aos Godoy tudo que lhe ofertavam. Tinha medo de não ter como retribuir. Faltavam coisas dentro dela, engrenagens, sentimentos.

Mas não encontrava a coragem necessária... Ir para onde? Como deixaria aquele porto de segurança e de afeto? Talvez fosse dura demais consigo mesma, ela não sabia dizer. Não se lembrava de nada, de quase nada... Um jardim, a vista de um rio, ondas lambendo a areia. E histórias, muitas histórias.

Dentro da sua cabeça, uma voz parecia contar histórias para alguém, histórias de monstros marinhos, deuses, navegadores e estrelas. Coral pensava que aquela voz vinha da sua infância esquecida, que era uma das poucas pegadas do seu passado que não tinham sido engolidas pelo mar.

Pois ela viera do mar...

A sua primeira lembrança eram os buquês de espuma fria ao redor do seu corpo. Depois, ela tinha visto as estrelas lá no alto. Sentira a areia coalhada de conchas sob os pés. Seguira em frente, caminhando em direção à orla, perseguindo uma luz intermitente que somente bem depois soube ser o farol de La Duiva. Coral ainda podia se lembrar da sensação de sair da água, o frio picando a sua pele... E, então, vira aquele menino aproximando-se a sorrir.

Era Santiago.

Antes disso, a mente de Coral era um nada. Quando Tiberius conjecturava sobre o seu passado, ela sentia vontade de chorar. Mas permanecia ali, firme, sorridente, como uma aluna fazendo força para agradar a um professor que explicasse uma lição incompreensível. Agarrava-se a Tiberius feito um náufrago a uma tábua no meio da tempestade. Isso seria amor? Coral não sabia dizer. Ela arrancou um galho de lavanda, depois afofou a terra com as duas mãos. Pegou de uma tesoura menor e cortou os galhos mais bonitos, guardando-os no cesto para que Cecília os colocasse entre a roupa branca, como ela gostava tanto de fazer. Coral já conhecia o andamento da casa, as manias de cada um.

Ela limpou as mãos sujas de terra na saia e secou o suor do rosto. Seus cabelos escuros ainda estavam presos no alto da cabeça, e ela usava um maiô preto sob a saia. Iria à praia depois que terminasse com o jardim. A praia era o único lugar onde sua alma serenava.

Coral pôs-se em pé e limpou a tesoura com um trapo que trazia dentro do cesto. Olhou ao redor e viu a beleza verde das plantas, as roseiras que caminhavam para o promontório com seus botões de sangue, as margaridas, as lavandas e os jasmins do céu, que subiam nas treliças de madeira dispostas ao longo da trilha levando para os fundos da casa grande, branca. Aquela beleza, aquela paz... E ela ali, olhando os próprios descaminhos. Uma frase veio-lhe à mente: "Quando você olha muito para o abismo, o abismo começa a olhar para você".

— Friedrich Nietzsche — ela disse, baixinho.

Coral sabia essas coisas soltas... Trechos de livros, frases, pequenas histórias mitológicas. Uma sabedoria tão livre como um pássaro no céu.

Mas nenhuma imagem ou memória física – um barco, uma cena do passado, uma estradinha, um muro, uma avenida... Talvez tivesse algum tipo de doença! Tiberius dizia que era o choque, o terror do naufrágio ao qual sobrevivera. Mas seria mesmo?

Deu de ombros. Juntou as suas coisas e saiu caminhando pelo jardim. Melhor deixar tudo de lado, concentrar-se na tarde com a sua beleza dourada, no agora morno e perfumado, na imanência da areia, da terra molhada, das pedras cinzentas que se abriam em degraus lisos, descendo até a exuberância da praia.

Ela caminhou mais um pouco, guardou as coisas de jardinagem num pequeno armário que ficava na lateral e seguiu pelo jardim no caminho que ia dar na praia. Contornando a casa, já via o mar azul e liso como um lençol acarinhado pelo vento. Sentou-se numa pedra do caminho, o promontório alguns metros à sua frente. Soprava uma brisa morna, carregada de odores marinhos. Coral pensou de novo em Tiberius e um arrepio sensual percorreu o seu corpo. Ela arregaçou as saias, correndo as mãos pelas pernas lisas, limpando a terra que se grudara nas suas coxas. Seus sentimentos pululavam como peixes na maré baixa. Não sabia nada, não queria nada, não podia perder nada daquele pouco que tinha.

E então, sorrindo de si mesma, ergueu os olhos. Mais adiante, a casa, semiescondida pelas árvores que cresciam daquele lado, parecia zelar por ela. As sarças dançavam ao vento da tarde. E Coral viu, chegando pelos caminhos da praia, em frente à escada no promontório, um homem alto e moreno. Ele trazia consigo uma espécie de bolsa com alça cruzada ao peito e olhava tudo com ares de espanto, como se visse o mundo pela primeira vez.

Coral acenou para o desconhecido. Ele pareceu notá-la naquele instante e, resolutamente, mas com um sorriso no rosto, começou a subir a escadaria de pedras na sua direção.

**ANOITECIA EM CABO LIPÔNIO**, e as primeiras estrelas se acendiam no céu. Um tom de rosa-avermelhado incandescia o horizonte, descendo em círculos de luz que se despejavam no mar. Como por milagre, então, acendeu-se o farol, a persistente sentinela instalada na ponta da península.

O farol era a única construção alta contra aquele mundo aéreo, vermelho-sanguíneo, aquele outro mar luminoso e instável que se transmutava em cores diante dos olhos assombrados de Tomás. Mesmo que ele visse tal paisagem todos os dias, ainda assim o seu coração se enternecia com tanta beleza.

Nada havia entre ele, o mar e o céu.

A península baixa, apenas coberta de dunas e coalhada de sarças, espalhava-se às suas costas, abrigando umas poucas casas de madeira que nasciam sem muita ordem, aqui e ali. A pequena vila de pescadores testemunhava as últimas luzes do dia. Era aquela hora em que a noite brotava, rubra como um coração palpitante, até que as estrelas todas se elevassem no céu, instalando na península um silêncio só quebrado pelo mar e pelo vento.

As noites eram profundas ali no Cabo. Havia uma qualidade de silêncio que aquietava até os pensamentos mais recônditos. Durante o verão, quando o céu estava claro, as estrelas pareciam iluminar tudo com a sua luz láctea, coalhando as árvores e os caminhos de um pó prateado que nascia das próprias coisas como se fosse lágrima ou pólen. Não havia luz elétrica, e apenas umas poucas casas eram equipadas com geradores.

As noites eram longas, inteiras, inesquecíveis.

Tomás pensava muito nestas noites quando vivera longe do Cabo, pensava nelas como num sonho, e a saudade pesava-lhe no peito. Noites que tinham uma qualidade mística, e, com o tempo e sua ausência prolongada, ele passara a achar que as fantasiava. Que a saudade punha belezas excepcionais na sua memória. Anos depois, ao voltar para Cabo Lipônio, foi com espanto que Tomás reviveu a agonia luminosa daquelas horas que pareciam não ter fim. Alimentou-se pacientemente daquele silêncio durante muitas semanas, até se sentir curado dos malefícios do enorme mundo.

Tomás Acuña passara o dia inteiro no mar. Nas profundezas do oceano, buscava a carne branca dos peixes que seriam vendidos nas grandes lojas em Oedivetnom, cercados de gelo e enfeitados com limões como se fossem misteriosas joias. Eram as joias do mar, as suas entranhas comestíveis, pálidas e tenras.

Na balbúrdia da cidade grande, o fruto dos seus dias de trabalho era consumido entre taças de vinho branco; mas Tomás pescava como quem fazia uma oração. Ele acreditava no mar e sentia-se uma criatura do mar. No ventre aquoso do Cabo, trocava seu quinhão cotidiano de vida pelo pálido tesouro de carne marinha, recolhendo os peixes que rabeavam na sua enorme rede, presos como sonhos recém-saídos do limbo do sono. Era com veneração que Tomás os depositava na grande tina cheia de água, deixando-os nadar mais um pouco para que se mantivessem frescos, ainda vivos, sem saberem que, de fato, a morte já estava com eles.

Todos os dias, Tomás Acuña repetia-se como num ritual. As horas no mar, a pesca silenciosa, recolhendo o fruto secreto daquelas águas que ele tanto amava, daquelas águas que eram como o próprio sangue que corria pelas suas veias. Seu dia tinha acabado, e Tomás jogou uma última tina de água sobre o pequeno convés do seu barco, limpando os restos da pescaria. No céu, surgia a lua vermelha e incandescente como um rubi indiano, tarde e noite ainda se misturando sobre as ondas calmas.

Tomás ergueu o rosto e viu lá na frente as três pequenas ilhas que descansavam do calor diurno. *La Rosa, La Encantada* e *El Islote*. Quando era pequeno, o pai contava-lhe histórias sobre as três ilhotas, histórias que encheram a sua cabeça de menino. Mas, agora, Tomás sabia que lá viviam apenas alguns leões-marinhos e que, àquela hora, eles desciam das pedras para o mar em busca de uma última refeição, antes que a noite se instalasse definitivamente no mundo.

Em breve, as coisas se apagariam uma a uma, os brilhos cambiariam da terra ao céu, a noite deixaria cair o seu manto de silêncios e de escuridão. Como olhos, as estrelas se abririam na pele negra do horizonte. Tomás conhecia o nome de cada uma daquelas estrelas, aprendera-os com seu pai. De geração em geração passava a sabedoria do céu – dezenas de pescadores e marinheiros tinham escolhido habitar aquela ponta de terra quase deserta, de uma beleza aterradora.

Tomás Acuña nascera em Cabo Lipônio como seu pai e seu avô – era, feito eles, um marinheiro e um pescador. Tinha vinte e oito anos e durante um longo tempo viajara num cargueiro internacional – uma vida difícil, masculina, violenta e ascética. Assim, conhecera o mundo: portos, países, idiomas, mulheres de cabelos quase brancos e mulheres tão escuras como a própria noite. Ele provara comidas, temperos e bocas, aprendera cidades até perder-se em ruelas cheirando a esgoto e sangue. Vira coisas, gentes, mistérios.

Tomás tinha ficado seis longos anos no mar, viajando de uma terra a outra. O tempo escorrera como água. Poucas cartas, e não havia telefone nas lonjuras do Cabo. Ele esqueceu a voz da mãe e esqueceu o silêncio das noites austrais. Entre um porto e outro, Tomás perdeu-se da pequena família. Sua mãe morreu e o telegrama não o alcançou, seu irmão foi embora do Cabo e sumiu-se para sempre no pampa argentino, diziam que tinha casado e morrido por lá.

Um dia, chegou a vez do seu pai. Gedeel era um homem já velho, marcado pelo vento e pelo sol das pescarias. Ele saíra numa manhã para o trabalho, uma tempestade vinda do sul colhera o seu barco bem além das três ilhotas – mais um pescador engolido pelas ondas, e as gentes da vila prantearam-no com sentimento. Em algum lugar do mundo, meses mais tarde, Tomás Acuña ficou sabendo que, em Cabo Lipônio, a casa vazia esperava-o.

Ele não tinha mais família neste mundo. Mas ainda não era o tempo de voltar.

Naqueles tempos, Tomás fazia planos durante o dia e desfazia-os à noite. Sentia um terror da península como se ela fosse um túmulo enfeitado de mar e de céu.

Ele viajou mais meio mundo, amou uma mulher, por ela brigou e feriu de adaga, por ela bebeu e varou noites até que seu misterioso amor terminou sem avisos. Ele andou por bares e viu marinheiros morrerem de peste. Aprendeu a rezar, esqueceu o terror, juntou algum dinheiro e guardou-o num banco.

Um dia, Tomás Acuña refez o caminho de volta.

Voltou como marinheiro; mas, em Oedivetnom, pediu demissão do seu posto e pulou à terra firme. Comprou uma passagem de ônibus e seguiu seu caminho por terra; finalmente, cruzou o Cabo na antiga balsa, olhando as velhas paisagens com os olhos mareados.

Tomás encontrou Cabo Lipônio igual ao que era antes – mas havia duas cruzes a mais no pequeno cemitério da vila atrás das dunas. Ele fizera muitas coisas pelo mundo, e agora estava ali outra vez, lavando o pequeno convés do barco que o pai lhe deixara por herança. *Dia*, assim se chamava o barco, e Tomás Acuña achava que era um bom nome.

Na praia, depois do farol, entre as dunas e umas poucas árvores, ficava o pequeno chalé de madeira que Tomás herdara. Ele vivia ali sozinho havia já dois anos.

Cansara-se do mundo e das suas luzes. Voltara para o lugar onde nascera. Gerações de pescadores e de marinheiros silenciosos que entendiam mais de marés do que de pessoas. Gerações de homens que contavam estrelas, faziam filhos para o mar, do mar viviam e no mar morriam.

Agora era a sua vez.

Tomás terminou de varrer a água do convés e guardou os seus apetrechos de limpeza, estava findo o seu dia de trabalho. A maré era vazante. A lua despontava no céu como se subisse do oceano, um peixe misterioso e aceso por dentro.

Ele ficou alguns segundos olhando o espetáculo daquela lua. Nada no mundo dos homens poderia comparar-se àquilo. Tomás Acuña vira coisas, provara coisas. Ainda tinha todo o ruído e toda a fúria do mundo dentro de si. Mas nada disso importava mais. Se pudesse ver a lua todas as noites, Tomás seria um homem feliz.

(Porém, perto das rosas que incendiavam pensamentos, um homem oferecia emprego a outro homem. *Faroleiro. Que tenha conhecimentos náuticos. Serviços gerais, paga-se bem.* Os Godoy procuravam alguém para o velho farol de La Duiva. De praia em praia, de barco em barco, a notícia corria. Cabo Lipônio era longe, mas não era longe demais.)

**QUANDO BATERAM À SUA PORTA,** Tomás Acuña fritava algumas postas de peixe. Não havia muitos vizinhos por ali, nem novidades que levassem um vivente a atravessar a noite atrás de companhia.

Ele estranhou a interrupção.

Lá fora, a noite era quieta e luminosa, não era uma noite de más notícias ou de tormentas, quando as mulheres rezavam pelos barcos e o mar cuspia seus pesadelos na praia fustigada de vento. Mas estavam batendo e era melhor atender. Tomás desligou o fogão, colocou a frigideira sobre a pia e foi ver quem o chamava.

Ele vivia sozinho ali numa quebrada do Cabo a trezentos metros do mar. O cheiro de maresia pairava sobre tudo enquanto ele acendia o lampião maior – não havia luz elétrica, e o pequeno gerador que roncava nos fundos da casa servia apenas para alimentar a geladeira e para o banho morno.

Depois de abrir a porta da frente, que não tinha fechadura, mas uma tranca de madeira mais simbólica do que restritiva, Tomás viu o velho Arquimedes examinando o limoeiro que seu pai plantara no pequeno jardim tantos anos antes. Sob a luz da lua, os limões pareciam feitos de prata, tão bonitos como brincos nas orelhas de uma jovem mulher.

Quando Arquimedes o viu, abriu um sorriso de poucos dentes. Era um pescador calejado e passado em anos, que já tinha sobrevivido a dois naufrágios e dizia, portanto, que o mar não o queria. Dizia-se feito de carne dura, igual a boi que ficava levando carroça por aí. Mas de fato Arquimedes era um homem sábio: poucos em toda a costa entendiam mais de marés, ventos e navegação do que ele.

— Boa noite, Arquimedes — disse Tomás com sua voz mansa. — Aconteceu alguma coisa?

O velho pescador mexeu as mãos, tranquilizando-o, e resmungou:

— Com uma noite destas? Deus não teria tanto senso de humor... — Ele riu baixinho, fazendo o sinal da cruz pelas dúvidas.

Tomás ergueu os olhos e viu todas as estrelas acesas, as constelações luzindo na pele de ébano do céu. Em nenhum lugar do mundo – e cruzara oceanos e terras – ele pudera ver um céu como aquele. Por um momento, perdeu o fôlego. Toda aquela beleza... Nunca, em nenhuma igreja, sentira-se tão enlevado como nas caminhadas noturnas que fazia pela praia do Cabo.

— Com um céu desses — respondeu Tomás —, dá vontade de sair para o mar.

Arquimedes deu de ombros:

— Você não faria isso. Sabe que as noites em alto-mar, mesmo as mais bonitas, são traiçoeiras para os pescadores. Certa vez contaram-me de um homem em La Malopa que pescou uma sereia numa noite assim.

— Uma sereia? — disse Tomás, sorrindo.

O velho olhou-o com seriedade e respondeu:

— Uma sereia daquelas de Homero. Não essas sereias bonitas dos filmes que passam em Oedivetnom. Era uma fera marinha com busto de deusa. E sabe o que aconteceu? O homem alçou-a para o convés e ela devorou-lhe o coração.

Tomás mirou Arquimedes com prazer. O jeito como ele falava as coisas... Não parecia estar brincando.

— Eu acabei de fritar umas postas de peixe, Arquimedes. Está com fome? — Tomás perguntou.

— Que venha de lá esse peixe — disse o velho alegremente.

Os dois entraram na casa e tomaram lugar à pequena mesa.

Desde sempre Arquimedes conhecia aquele menino. Ele tinha ficado muito tempo fora e voltara um homem. Havia algo em Tomás que o velho pescador apreciava, alguma coisa que tinha a ver com a sua postura calma, a fala baixa, os seus olhos que olhavam fundo nos olhos do outro.

Tomás era um excelente pescador e conhecia perfeitamente a região. Mas estava solitário demais. Aquilo não era vida para um jovem bonito e inteligente. Além disso, Arquimedes sabia que Tomás tinha cruzado o mundo, que conhecia países e falava línguas estrangeiras. As poucas moças do Cabo não seriam jamais interessantes aos seus olhos vividos. As gentes ali eram simples, quietas, iletradas. Tinha ido ver o rapaz exatamente por isso... Porque tinha sido amigo do pai de Tomás – amigos mortos continuavam sendo amigos, era assim que Arquimedes pensava.

Tomás serviu-lhe o peixe. Havia também uma salada, mas o velho recusou-a com um gesto de mão.

— Quem come planta é gado e cavalo — ele disse, rindo.

Mastigava com calma a carne tenra e bem temperada. Sabia que Tomás estava curioso sobre a sua visita, mas nada lhe perguntara. Gostava disso, um homem sem paciência valia pouco.

— Recebi uma notícia hoje — anunciou Arquimedes, depois de algum tempo. — Vim aqui porque acho que pode interessar a você.

Tomás passou a mão pelo queixo onde a barba escura começava a crescer. Tinha um rosto de traços bonitos, olhos negros e redondos como jabuticabas, a boca larga e desconfiada, mas que abriu um sorriso:

— Uma notícia?

— Você conhece La Duiva, não é?

Tomás recordou a pequena ilha e as duas irmãs que lá viviam antigamente. Ele ganhara o mundo na época em que elas eram jovens e bonitas, as gêmeas Godoy. Ivan consertara o barco do seu pai mais de uma vez. Sim, ele conhecia La Duiva.

— Lembro de lá sim, Arquimedes. A casa branca no alto, o farol. Os Godoy faziam salvamentos marítimos.

— Pois, então — prosseguiu Arquimedes, ao terminar de comer. — Tobias, o barqueiro lá da vila, foi quem me mandou o recado... Tiberius Godoy, o caçula de Ivan, que Deus o tenha, está buscando um faroleiro para a ilha. Pensei em você... — Ele piscou um olho: — Tobias também pensou.

Tomás repassou as suas lembranças... As irmãs gêmeas, a garota doente, os três filhos homens de Ivan Godoy. A costa não era grande, uns sabiam dos outros. Ele ouvira falar, depois da sua volta, das muitas coisas que tinham acontecido por lá, coisas não muito boas, mortes, tristezas... Mas nem uma única palavra sobre a misteriosa garota que saíra da espuma das águas feito uma Afrodite chegara até o Cabo Lipônio ou até os seus ouvidos.

Arquimedes também não disse nada a respeito, apenas cruzou seus talheres, levantou-se com calma e falou:

— Achei que era para você, Tomás, filho de Gedeel. Achei que você deveria fechar esta casa, arrendar o barco e ir para La Duiva.

Tomás olhou o velho Arquimedes nos olhos; ele tinha visto temporais e monstros marinhos e cometas, era o que diziam. Mas as suas minúsculas retinas azuis, misteriosamente livres do véu da catarata apesar da avançada idade, luziam como duas pequenas joias.

— Largar tudo aqui? — Tomás falou baixinho. — Tudo o que meu pai me deixou?

Arquimedes fez um gesto largo como o próprio tempo:

— Tudo? Isto aqui é nada, uma casa, um barco... Vá lá e trabalhe no farol, ajude a empresa de salvamentos. Você já decantou as dores do mundo nesta solidão, Tomás. Não sei o que você viveu lá nas lonjuras onde esteve, mas agora chega. Além do mais, se você resolver voltar, as estrelas estarão aqui esperando.

— Eu já cruzei o mundo de um lado a outro — falou Tomás.

— Não é o mundo desta vez, meu rapaz. Trata-se apenas de La Duiva.

Arquimedes estava na porta. Quando a abriu, o mar pareceu intrometer-se na conversa dos dois, cantando as suas ondas. O velho pescador sorriu como quem encontra um amigo.

Antes de sair, Arquimedes olhou Tomás uma vez mais e falou:

— Pense no que eu lhe disse, filho de Gedeel.

E a semente daquela ideia ficou plantada no coração de Tomás Acuña, assim como Vico enterrara na carne arenosa da praia lá em La Duiva os restos das rosas mágicas que Cecília podara na sua faina desconsolada.

Naquela noite, Tomás dormiu mal. Revirou-se por horas na cama, teve sonhos vagos e largas horas de insônia.

Acordou muito cedo. O tempo tinha mudado e caía uma chuva fina sobre o Cabo. A névoa subia do mar em volutas como se quisesse alcançar as nuvens baixas e esconder a praia toda. Não haveria pesca, o tempo ali se transformava inesperadamente. E também foi assim, para sua própria surpresa, que Tomás Acuña, lá pelo meio daquele dia, se tinha decidido ir para La Duiva, cuidar do farol dos Godoy.

As rosas espalhavam-se pela ilha como o sangue pelas veias, vermelhas e ardentes, bebiam do sol, inchavam como pequenos órgãos sexuais prontos para a cópula. Era isso que Ignácio pensava delas – faziam-no lembrar do sexo, das suas premências e violentos desesperos.

Ignácio Casares passara a tarde passeando por La Duiva. Fizera vários esboços nos quais pretendia trabalhar depois. Desenhara as pontiagudas pedras do molhe nascendo da areia como dentes escurecidos. Rabiscara em azul e amarelo-dourado a vista da praia quase intocada, com seu tapete de areia branca e a borda de espuma marinha abrindo-se para o infinito volume de água. Como Orfeu antigamente, Ignácio sentia uma magnitude divina. Havia uma qualidade rara no ar coalhado de maresia, uma excitação de beleza que eriçava os pelos dos seus antebraços. Ele não sabia dizer, mas deixou a praia com a alma por um fio, subiu a escadaria de pedra ladeada pelas sarças e, tomando cuidado para não pisar em nenhuma das rosas intrometidas, chegou ao promontório e decidiu costear o jardim florido.

Quando Ignácio subiu a longa escadaria, Coral esquivara-se para o outro lado, pois não estava disposta a falar com estranhos. Assim, Ignácio perdeu-se nas belezas do lugar, esquecido da moça a quem acenara havia pouco.

O jardim de La Duiva era uma selva digna dos romances de García Márquez. Ele caminhou por entre as intricadas roseiras desobedientes, ladeou os jasmineiros que escalavam as suas treliças e aspirou o perfume mágico das viçosas lavandas. Sentia-se emocionado, excitado e feliz. De longe, notou que a tal moça de longos cabelos castanhos que antes estivera no topo da escadaria agora descia rapidamente no rumo da praia. Não sabia quem era ela, mas parou por um instante, esboçando sobre a folha na prancheta que carregava o seu bonito perfil. Pressentia que haveria de desenhá-la muitas vezes. Depois, guardou tudo e seguiu pelo jardim, costeando a grande casa branca.

Ignácio cruzava o pequeno pátio de lajotas azuis quando encontrou Cecília. Ela vinha da casa, e ele não se aventurara a aproximar-se muito da construção branca de janelas azuis, cercada por avarandados. Seus pertences tinham ficado no escritório de Tiberius à espera de um veredicto sobre a sua permanência em La Duiva, e Ignácio decidira aproveitar aquele tempo desenhando e olhando o lugar. Era um acordo tácito, afinal como voltaria à noite? Tobias, depois de larga conversa com Tiberius Godoy, tinha navegado de volta à península. Haveria um barco, certamente, mas seria um grande incômodo se o tivessem de levar para a vila no meio da noite.

Cecília tinha acabado de sair da casa com um cesto de roupas para lavar. Parecia tão real e serenamente mundana com o seu vestido leve de tecido xadrez, os cabelos loiros presos num coque mal-ajambrado, o rosto bonito e marcado por algumas rugas, que ele não pôde deixar de sorrir para ela.

Cecília largou seu cesto no chão e o olhou, como se o julgasse. Seria digno de estar na intimidade das suas roseiras, cruzando pátios e espiando pelas janelas da casa? Sua intuição soprou-lhe que sim, e ela estendeu a mão e falou:

— Seja bem-vindo. Você deve ser o desenhista... Tiberius me avisou. Sou Cecília Godoy.

Sua voz era clara, firme e bonita. Ignácio simpatizou profundamente com ela. Cumprimentou-a e disse:

— Sim, sou Ignácio Godoy. Eu estava na vila quando ouvi falar das suas rosas. Não pretendo incomodar ninguém, apenas fazer alguns esboços. — E lhe estendeu o caderno em que, com um olhar rápido, Cecília viu o desenho da praia azul e dourada.

— Eu tive um filho desenhista — respondeu Cecília. — Ele se chamava Orfeu. Ainda tenho muita coisa dele guardada, emoldurei algumas vistas.

— Eu adoraria vê-las — disse Ignácio com um sorriso sincero.

Cecília sentiu o sol nas suas costas e o cheiro pungente das rosas entrou pelos seus pulmões. O homem à sua frente era bonito. Tinha um porte atlético, olhos escuros e bondosos.

Então, falou:

— Você pode ficar conosco alguns dias.

— Eu agradeço muito, Cecília. Prometo não incomodar.

Ela sorriu:

— Apenas desenhe. Desenhe bastante... Sabe, você me recordou o meu filho, andando por aí com seu caderno sob o braço. Vou preparar um quarto. — Passou a mão pelos cabelos que lhe caíam do coque e Ignácio percebeu que outrora ela tinha sido uma bela mulher. — Agora vou indo, quero colocar estas roupas na máquina. Jantamos às oito na varanda.

Cecília seguiu o seu caminho, sumindo-se por entre as flores e deixando Ignácio com um sorriso no rosto. Ele também gostara dela. Não sabia dizer por quê. Mas respirou fundo, olhou as rosas que se espalhavam pelas lajotas, duvidando que estivessem ali no momento anterior. As rosas de La Duiva cambiavam de lugar de forma impressionante, alastrando suas gavinhas.

Ignácio contornou a lateral da grande casa branca e tomou o rumo do que, imaginava, seria o escritório de Tiberius Godoy. As flores seguiram com ele, brotando sob a luz quente da tarde como se a própria ilha suasse rosas sob o sol de novembro.

À hora do jantar, as coisas de Ignácio Casares já estavam arrumadas no pequeno quarto que outrora pertencera a Julieta. Ele banhou-se, vestiu uma roupa confortável e ficou um largo tempo à janela apenas ouvindo o fantástico sussurrar marinho. La Duiva tinha algo de sedutor, de envolvente. Sentia vontade de permanecer ali por muito tempo, de viver ali. Uma lua crescente pendurava-se no céu estrelado, derramando sua luz argêntea e leitosa sobre o jardim e a praia.

Ignácio imaginava que os invernos deveriam ser solitários e ventosos; mas, naquela noite, a ilha mostrava-se em todo o seu esplendor de verão nascente como uma mulher que se enfeita para uma festa.

Ele olhou o relógio, eram oito horas. Saiu do quarto e atravessou o largo corredor com passos lentos. O lascivo odor das rosas entrava pelas janelas que davam para o pátio. Do outro lado, várias portas fechadas indicavam os quartos dos moradores, e Ignácio ficou pensando o que elas escondiam, que amores e dores tinham nascido e fenecido atrás daquelas pesadas portas de madeira escura.

Quando chegou à sala, encontrou-a vazia. Apenas dois abajures iluminavam a ampla peça. Ignácio viu, pendurados na parede, alguns esboços da ilha. Reconheceu que o artista era talentoso e disse baixinho:

— Orfeu.

Foi então que escutou um riso masculino vindo da varanda. Ignácio Casares atravessou a sala, cruzou as portas duplas e encontrou a mesa posta. Três antigos candelabros de prata luziam suas gordas velas iluminadas, cujas chamas dançavam um pouco ao sabor da levíssima brisa. Era aquela hora mágica em que a noite ainda não desceu totalmente sobre o mundo e, para os lados da praia, fiapos de neblina subiam da areia. O céu exibia uma cor de violetas incendiadas.

Ignácio sentiu o peito cheio de calor diante daquela beleza. E então Tiberius chamou-o:

— Venha, Ignácio! Sente-se conosco. Mamãe acendeu até os candelabros! — Ele piscou um olho, divertido: — Isso prova que ela gostou de você.

Tiberius estendeu-lhe um cálice de vinho branco, que Ignácio aceitou. Estava gelado e seu gosto de frutas e de madeira encheu-lhe a boca. O pequeno Santiago saiu do seu lugar à mesa, deu-lhe um abraço e depois voltou aos seus livros. Tiberius disse que o garoto estava cansado, eles tinham saído de barco à tarde e Santiago pescara dois peixes.

— Sem isca — acrescentou o garoto, distraidamente.

Cecília chegou trazendo a salada. Com sua voz serena, ela explicou ao seu hóspede que o neto conversava com os peixes e eles vinham de boa vontade para o seu anzol.

— Ele é um menino diferente — Cecília concluiu. — Mas, também, perfeitamente igual aos outros. Suas meias brancas vivem encardidas e Santiago nunca quer comer o seu arroz.

— Detesto arroz — reclamou o menino.

Foi então que Coral surgiu, vinda da cozinha. Trazia uma grande travessa de peixe com legumes. À luz dos castiçais, Ignácio pôde ver como ela era bonita: tinha olhos de um castanho que corria para o verde, indecisos de si mesmos. Seu corpo era esguio e bem-feito, sua tez pálida exibia um bronzeado leve e algumas sardas minúsculas nas maçãs do rosto. Era ela que Ignácio vira no cimo do morro mais cedo. A moça para a qual acenara.

A chegada da mulher pareceu deixar Tiberius agitado, e Ignácio pôde sentir a ansiedade que dele emanava. Estava apaixonado pela moça. Ela pareceu não notar nada disso. Com cuidado, depositou sobre a mesa a grande travessa de comida. No mesmo instante, o jovem Godoy envolveu-a com seus braços como se ela fosse um bem muito querido, pelo qual labutara até a exaustão.

Coral soltou-se do abraço de Tiberius por um instante e dirigiu-se a Ignácio:

— Seja bem-vindo. Tiberius me contou da sua chegada. Eu também sou hóspede aqui.

— Já não é mais — respondeu Tiberius, tornando a abraçá-la.

E, diante da confusão de Ignácio, ele contou do suposto naufrágio e da extraordinária chegada de Coral à ilha havia dois meses.

— Foi Santiago quem a encontrou — disse Tiberius.

— E o barco? — perguntou Ignácio. — Onde naufragou?

— Não sabemos, as buscas não deram em nada. Mas Coral está aqui conosco. Se ela quiser, poderá ficar para sempre.

Coral ruboresceu, parecendo levemente incomodada. Mas o sorriso que ela devolveu a Tiberius foi tão doce que Ignácio achou tê-la compreendido mal. Era uma mulher misteriosa, uma mulher como o próprio mar, foi o que pensou, sem saber que ela perdera a memória e que, como o mar, para além da sua superfície, Coral era também um mistério.

— Agora vamos comer — atalhou Cecília. — A comida vai esfriar e não queremos que Ignácio tenha uma má impressão da nossa hospitalidade.

— Impossível, Cecília — respondeu Ignácio, sorrindo, enquanto se servia de peixe. — Nunca encontrei tamanha generosidade como a de vocês.

Santiago brincava com as suas verduras distraidamente. Depois de mordiscar um pedaço de batata, ele disse:

— Amanhã você deixa eu ver os seus desenhos, Ignácio? Tem coisas na ilha que quero lhe mostrar também, mas você não vai poder desenhá-las.

Ignácio riu:

— Prometo desenhar apenas o que me for permitido, e amanhã mostro meus rascunhos, Santiago. — Ele trouxera um caderninho no bolso e entregou-o ao menino: — Olhe isto, mas só depois que você comer tudo, porque senão sua avó ficará brava comigo.

Cecília sorriu, ordenando que Santiago comesse também o seu peixe. Afinal, ele mesmo o pescara naquela tarde, e era uma honra comer um peixe tão cordato, que se decidira a morder um anzol desabastecido de isca.

Todos acharam graça, mas o menino olhou a sua comida com um desprezo cansado e decidiu-se por tomar um gole de água. Foi Coral quem verbalizou a ausência de Angus ao jantar. Ela tinha contado com ele ao preparar a refeição.

Tiberius disse:

— Angus estava com dor de cabeça. Passou a tarde no sol. Ele estava quieto demais hoje... Vai ver está doente.

— Angus sempre fala pouco — observou Cecília. — Ele é quieto.

Tiberius explicou a Ignácio que Angus era o seu braço direito na ilha, e que conhecia os Godoy havia uma dezena de anos ou mais. Viera de Datitla, uma praia na península, para trabalhar em La Duiva.

Ignácio entendeu que falavam do homem moreno de sol que estivera no atracadouro à tarde. Sentiu um estranho incômodo, um desassossego leve. Decidiu apagá-lo com o vinho, entornando a sua segunda taça enquanto Tiberius contava-lhe dos seus planos de abrir uma seguradora e de contratar ajuda para o farol.

O jantar foi alegre e divertido, depois Cecília foi colocar o neto na cama. Coral tratou de tirar a mesa e Tiberius sumiu-se com ela para os lados da cozinha. Os risinhos lúbricos dos dois às vezes chegavam até a varanda.

Ignácio deu-se conta de que Santiago fora dormir levando com ele o seu caderninho de desenhos, mas não se incomodou. Foi até o quarto, pegou um bloco, alguns lápis, trocou os sapatos por chinelos, arregaçou as calças e tomou o caminho da escadaria de pedra, descendo até a praia.

O mar murmurava mil segredos. Havia uma qualidade mística na noite, ou talvez fosse mesmo o vinho, Ignácio Casares não saberia dizer quantas taças tomara. Ele andou pela praia enfiando os pés na areia fria. O farol acendia-se a intervalos regulares, derramando a sua luz na noite, desenhando as águas com seu brilho profético.

Ignácio caminhou para o farol como se ele o chamasse. A um certo ponto, tirou do bolso sua caderneta e desenhou a grande construção luminosa nas páginas do Moleskine um pouco amassado, pois carregava-o no bolso das calças e ele ia tomando a forma do seu corpo. Quando acabou o desenho, pensando nas cores com as quais o pintaria na manhã seguinte, olhou mais uma vez o grande farol entre as pedras, e foi então que viu o homem parado à porta – a porta também branca, camuflada pela pintura como se ele tivesse criado aquela abertura por mágica.

Num impulso, Ignácio caminhou até lá e subiu a escada entre as pedras do molhe.

— Ei — disse Ignácio, aproximando-se. — Boa noite.

O homem parou, olhando-o como se não o reconhecesse. Era Angus.

— Nos vimos hoje à tarde — Ignácio lembrou-o.

Soprava uma brisa. O vento parecia brincar ao redor do grande corpo cilíndrico e todo o farol rebrilhava na noite, poderoso e levemente intimidador como o olhar que Angus lhe devolveu.

— Boa noite — ele disse.

O homem parecia não estar para conversas, mas Ignácio insistiu:

— Sou Ignácio Casares. Você deve ser o Angus.

— Exatamente — respondeu Angus, puxando o zíper do casaco que usava.

Ignácio notou que ele era muito queimado de sol. Tinha um rosto anguloso como se tivesse sido lapidado pelo vento que parecia crescer, dançando ao redor dos dois. Ignácio intimidou-se com a seriedade pacífica do outro, mas arriscou-se a continuar:

— Faz frio aqui, hein? Eu não esperava por isso e não trouxe um agasalho na caminhada. Lá na casa parecia uma noite morna de verão. Mas agora... — ele riu. — Acho que vou congelar.

— La Duiva tem ventos misteriosos que nascem em horários determinados. Se você ficar um pouco aqui na ilha, logo aprenderá os seus caprichos.

Ignácio notou que o outro falava como se cada palavra lhe causasse um grande esforço. Como se fosse coisa, como o farol ou as rochas. Ele correu os olhos pelo caminho de pedras que ia dar no mar. O oceano parecia calmo, apenas levemente encrespado pelo vento. Ignácio imaginou Coral saindo da água numa outra noite como aquela, e experimentou a estranha sensação mística voltando – mas agora ela abarcava tudo, o mar, as rochas escuras, a noite, o farol e o próprio Angus... Soube então que adentrava um terreno perigoso. Esperava da vida apenas paz e inspiração e pretendia deixar toda a sua lubricidade nos desenhos, nas figuras humanas e divinas que se esparramavam dos seus lápis ansiosos.

Angus estava à sua frente, aguardando que Ignácio dissesse algo. Mas ele parecia distraído, um desses homens que atravessam uma rua sem olhar para os lados. Angus aproveitou para examiná-lo, dividido entre a curiosidade e aquela estranha e cautelosa rejeição que o outro lhe causava.

Finalmente, Ignácio Casares pareceu despertar do seu torpor. Pediu desculpas pela distração. Tinha bebido um pouco demais ao jantar.

— Lamento se o incomodei — acrescentou educadamente.

Angus pareceu levemente arrependido da sua frieza:

— Não foi nada... Amanhã, durante o dia, posso mostrar o farol por dentro, se você quiser.

Ignácio agradeceu. Queria muito ver o farol, suas entranhas e segredos. Disse que aceitava o convite e, em troca, lhe daria um desenho seu.

Angus lembrou-se do desenho que guardava amorosamente entre as páginas de um livro no seu quarto... A súbita lembrança de Orfeu entristeceu-o. E ele continuou triste enquanto Ignácio, vencido pelo seu silêncio quase mineral, despediu-se e refez lentamente o caminho sobre as próprias pegadas na areia.

O vento aumentava de intensidade mais uma vez, e Ignácio apressou o passo no rumo da escadaria de pedra. Angus colocou o capuz do agasalho e também seguiu para o seu quarto.

Quando Ignácio chegou à varanda, com sono e frio, Cecília estava sentada numa cadeira de balanço. No colo ela tinha a caderneta que ele emprestara a Santiago durante o jantar.

— Meu neto ia dormir com isto — ela disse docemente. — Eu trouxe para você.

Ignácio agradeceu. Cecília mirava-o como se quisesse decifrá-lo. O cheiro de rosas, trazido pelo vento, tonara-se intenso. Ele sentiu aquela doçura entrar pelos seus pulmões, provocando uma saudade dolorida de coisas que ele nem podia mais nominar.

— Olhei os seus desenhos — Cecília falou, por fim. — São belíssimos.

Ignácio agradeceu. Contou que desenhava havia muitos anos. Fizera cursos na Europa, mas depois dedicara sua vida ao trabalho cotidiano, tratando o desenho como uma espécie de hobby. Participara de três ou quatro exposições, mas nunca tivera a coragem de investir na sua carreira artística. Então, numa crise motivada pelo fim de um amor, largara tudo e saíra naquela louca viagem sabática.

— Agora estou em La Duiva — ele falou, dando de ombros.

Cecília olhava-o de um jeito estranho:

— A propósito, uma coisa me chamou muito a atenção, preciso lhe falar... O seu último desenho.

Ignácio abriu o caderno na última página e viu ali um jovem moreno com ares de fauno. Fizera aquele desenho ainda na vila, algum tempo antes de seguir para La Duiva. Era um desenho apressado, merecia alguma cor, mas ele não lhe dedicara maior atenção.

— Você gostou, Cecília? Acho que está inacabado.

Cecília olhou de relance para a praia, ou para a promessa da praia já perdida no vento e na neblina que subia do mar, e disse simplesmente:

— Você desenhou Orfeu, o meu filho.

Ignácio estava confuso. Orfeu parecia onipresente na ilha, mas nunca o tinha visto, apenas os seus desenhos na parede da sala. E eram vistas da praia e do farol.

— É mesmo?

— É Orfeu! É absolutamente ele. Você o conhecia?

— Não conheci o seu filho. Mas o barqueiro Tobias me contou que ele morreu há alguns anos... Sinto muito.

Cecília suspirou. Seus olhos nublaram-se por alguns instantes, então ela disse:

— A vida tem os seus mistérios e não nos cabe questioná-los. Meu filho morreu, mas segue vivo dentro de mim. — Ela ergueu-se da cadeira e deu alguns passos em direção à porta da sala. Antes de entrar, virou-se para Ignácio: — Gosto de você. Pode ficar conosco o tempo que quiser... Pode ficar todo o tempo do mundo.

Depois ela sumiu-se na sala às escuras, deixando Ignácio sozinho na varanda onde o vento se enrodilhava, levantando areia.

Quando Ignácio finalmente foi para o quarto, uma roseira já entrara por uma fresta na sua janela, e dois botões desabrochavam entre a pilha de cadernos que ele deixara sobre a mesa de cabeceira, como borrões de tinta vermelha vazando escandalosamente diante dos seus olhos curiosos.

# ORFEU.

Eu sempre estarei aqui, de um jeito ou outro.

Eu sou este mar e sou este céu. Quando parti com Julius, logo descobri que cometera um erro, pois parte de mim tinha ficado em La Duiva, como ficaria para sempre. Mas confesso que me sinto lisonjeado pela presença impalpável que me atribuem. Eu visitei Ignácio em sonhos. Eu visitei-o com esta voz que hoje se perde no vento, mas com o corpo do jovem que fui um dia.

Pois, vocês sabem, os mortos podem passear à vontade nos sonhos alheios. Eu visitei Ignácio porque a sua vinda para a ilha era coisa fundamental no andamento dos dias. Tudo está escrito neste mundo, e estava escrito que Angus também precisava amar de novo.

Ah, estes dois...

Terei certo trabalho com eles, já o pressinto.

Angus não mudou desde que o conheci, numa tarde tão bonita que a praia deserta parecia o Olimpo. Ele chegou até mim como um deus, com as calças de sarja arregaçadas nas panturrilhas e o dorso nu, queimado de sol. O mistério que iluminava seu rosto abrasou-me ao primeiro cruzar de olhares. Eu logo entendi que ele sabia de mim – Angus é muito perspicaz.

Tivemos o nosso quinhão de ardor, vocês sabem.

Atravessamos os molhes e seguimos para a parte inabitável da ilha, aquela que os ventos assolam e que os fantasmas visitam, aquela onde os deuses resolvem as suas pendengas com a fúria do trovão e o fogo do sol. E lá, entre as pedras, num recanto de areia tão branca como o próprio tempo, nós nos amamos.

Angus voltou muitas vezes depois disso.

Até que, um dia, não voltou mais.

Ele soube de Julius antes mesmo que o professor dos meus amores viesse dar aqui em La Duiva trazendo todas aquelas tempestades e maravilhas no seu rastro. E, então, Angus deixou-se ficar em Datitla e lá sofreu e lá se curou, sozinho como sempre. Ele sempre foi um autodidata, até mesmo com as suas emoções.

Muitos anos mais tarde, Angus voltaria ao centro da nossa vida em comum, batendo na porta de Tiberius, disposto a ajudá-lo a reerguer La Duiva no mapa dos navegadores. Ele sentia-se responsável de algum modo por este lugar e esta gente do meu sangue. Meu pai ajudou-o a arrumar o seu primeiro trabalho importante, como mestre num barco grande. Talvez tenha sido isso... Talvez tenha sido eu. Porque Angus me amou, Angus me amou como sempre fez tudo na sua vida – silenciosa e fielmente.

Mas o amor não correspondido é como veneno.

Angus passou a odiar o amor, grilhão que o acorrentou ao passado. Ele passou a temer a fraqueza, o desamparo de necessitar do outro. Encastelado em si mesmo, fugiu para os livros e para os poemas de Sophia – sim, eu mesmo lhe apresentei a poeta portuguesa.

Mas a literatura são as cinzas da vida, quem falou isto foi uma outra escritora. Marguerite Yourcenar. Ela sabia o que dizia, amou e foi amada, ardeu e abrasou-se na fogueira do amor. Depois, cantou esse mesmo amor nos seus livros, dando vida ao casal mais bonito da Humanidade, Adriano e seu Antínoo.

Angus não pode fugir ao amor pelo simples medo de amar.

Ele não fugirá.

Ignácio Casares chegou aqui porque a ilha o chamou. E eu, eu sou parte desta ilha, eu sou o seu coração transbordante, o sangue e a seiva das rosas, eu sou a areia e sou o mar, sou o vento e a calmaria.

Eu sou o que fui e também sou Angus,

e também sou Ignácio.

Eu sou a paixão no seu zênite, e, sempre que alguém estiver apaixonado, suspirarei com ele. Assim como outubro sempre virá depois de setembro, aqui estou eu falando do Amor.

**QUANDO TODOS NA ILHA DORMIAM,** Tiberius dirigiu-se para o quarto de Coral. Fazia aquele caminho todos os dias, sem saber que lá fora as rosas acendiam-se quando ele passava, exalando seu perfume como se elas mesmas suspirassem de amor.

Tiberius caminhava no escuro, contando os passos até a porta certa. Em criança, quando os sonhos de futuro eram abrasivos demais, ele corria para a cama de Cecília, vinte e cinco passos. O quarto de Orfeu, agora plenamente ocupado por Coral, distava quinze passos do seu próprio, e ele foi caminhando com o coração nas mãos,

1, 2, 3, 4 passos,

5, 6, 7, 8, 9,

seu membro rígido já latejava sob o pijama,

10, 11, 12,

o cheiro das rosas entrou-lhe em cheio pelas narinas quando cruzou uma janela aberta,

13, 14,

ele sentia o coração correndo no peito como um barco a vela, célere, levado pelos cavalos do vento,

15.

Ele entrou no quarto com a alma por um fio.

Como sempre, Coral estava na cama esperando por ele. Usava uma camisola leve, e, sob o tecido, Tiberius viu a sombra dos seus mamilos escuros. Deixou-se ir para ela como um náufrago que vê uma tábua boiando no mar tempestuoso. Agarrou-se à carne olorosa da mulher, enfiando a língua naquela boca molhada, quente, e estava tão excitado, tão vitimado pelo fogo que ardia nas suas entranhas, que sequer notou que não era apenas a boca de Coral que estava molhada, nem o seu sexo, onde ele enfiou os dedos voluptuosamente; mas também o seu rosto de quase menina, o seu rosto sem idade, nascido do mar, nascido das palavras de um poema – porque ela chorava, ela chorava de mansinho enquanto se entregava.

Coral chorava sem saber o motivo.

Estava triste, sentia-se perdida.

O que era o amor?

Tiberius sobre ela, seu cheiro morno, um perfume seco, almiscarado. Sua boca, a língua ávida, as mãos que passeavam pelo seu corpo em desespero, as mãos que a incendiavam.

Ela queria aquilo.

Queria-o em sua cama.

Enquanto o amava, chorou discretamente. Embora Tiberius fosse um homem sutil, embora tivesse sofrido uma boa parte da vida por ser mais delicado do que a maioria dos machos que conhecera, alguma coisa nele tinha mudado, sua bússola interior apontava para outros caminhos.

Ele amou Coral com doçura e força, navegou na sua carne e beijou o seu rosto. As lágrimas dela misturaram-se com a sua saliva, e, quando finalmente tudo terminou, o gozo, as lágrimas, o desespero, o ardor – os dois dormiram abraçados.

Mas lá fora tinha começado a chover.

A névoa que subira do mar e as lágrimas que Coral derramara se tinham cruzado em algum ponto inescrutável da noite. E, no dia seguinte, La Duiva amanheceu sob uma chuva triste e determinada. Santiago não pôde descer à praia para brincar, Ignácio Casares teve que desenhar na varanda, e Cecília preparou uma sopa de peixe com pirão, pois a chuva a fez lembrar-se do mar e dos naufrágios de antigamente, e as sopas eram para ela, desde sempre, um carinho para os dissabores desta vida.

No jardim, as rosas pesavam de água, abrindo seus corações despetalados como se a tristeza inexplicável de Coral também estivesse doendo em cada uma delas.

E foi sob essa chuva misteriosa que Tomás Acuña chegou a La Duiva.

**TOBIAS, O BARQUEIRO, FOI QUEM** levou Tomás até a pequena ilha. É claro que o jovem marinheiro poderia chegar lá sozinho. Mas antes de deixar o Cabo, acertara que seu barco ficaria aos cuidados de um pescador de nome Nicodemus. Não queria o barco privado do mar e alugou-o por um preço módico. Depois do acerto, Tomás sentiu-se pronto para partir.

Havia um único telefone em Cabo Lipônio e ficava no térreo do farol. Foi dali que fez uma chamada até a vila, organizando sua viagem com Tobias. Afinal, tinha sido ele a juntar as duas pontas da meada, era com o velho barqueiro que Tomás deveria chegar na casa dos Godoy.

O combinado foi feito, e os dois alcançaram La Duiva no final da manhã sob a chuva fina e insistente. Na proa do barquinho de Tobias, Tomás viu o lado leste da ilha, cercado de rochas, lambido pelo mar e açoitado pelo pranto que o céu vertia.

A chuva era fina e intensa, teimosa. Lambia as pedras e escorria de volta para o mar, incansável. Um vento frio soprava vindo da península como se o verão tivesse desistido subitamente de chegar ao hemisfério sul. Era um daqueles dias destoantes, tristonhos, nos quais as pessoas não têm vontade de sair da cama, quando o tempo parece arrefecer as vontades e arrastar os ponteiros dos relógios.

O farol destacava-se na manhã cinzenta e pálida, e Tomás Acuña sentiu certa emoção ao vê-lo, como se tivesse um encontro amoroso com o próprio farol. Ele se lembrou das muitas viagens que fizera, das chegadas a lugares estranhos, inóspitos, assustadores. La Duiva nada tinha de assustador, mas Tomás estava, mais uma vez, mudando a sua vida. Aceitara o emprego sem pensar, talvez inconscientemente cansado da pasmaceira do Cabo, dos dias sempre iguais, das noites de silêncio.

Olhou o farol com atenção. Gostava dele, uma construção forte, o corpo cilíndrico contra o céu nebuloso, pintado de branco e vermelho. Gostou das rochas enormes que o protegiam da fúria marinha, do vento que jogava a chuva e as lágrimas das ondas no seu rosto. Ao contrário de Tobias, ele não usava capa de chuva. Estava ensopado, mas não se importava. Tinha trazido numa sacola de lona as suas roupas secas e seus pertences de uso cotidiano e se trocaria antes de falar com Tiberius.

O barco fez uns volteios como se regateasse com o vento, então Tobias subitamente atracou. Tomás saltou para o ancoradouro com a sua bolsa. O mar não estava agitado, apesar do vento, e ele viu a faixa de praia estreita e limpa. Viu o promontório que se erguia contra o céu escurecido, de nuvens baixas e densas. Viu a casa dos Godoy, e ela era exatamente como ele lembrava, branca, baixa e espalhada – tal uma mulher deitada numa cama, a casa debruçava-se preguiçosamente sobre o morro pedregoso.

— Os escritórios ficam por aqui — disse Tobias, escondido sob a sua capa de lona. Apontou um caminho que nascia do farol, serpenteando pelo lado leste da ilha entre sarças e árvores. — Tiberius deve estar lá. Avisei que viríamos hoje pela manhã.

— Então vamos — respondeu Tomás, deixando de lado seus pensamentos.

Caminharam rápido e em silêncio, embrenhando-se no verde úmido, até que uma pequena construção de tijolos se fez ver.

— Ali! — indicou Tobias, feliz com a descoberta, como se os escritórios pudessem ter desaparecido de uma hora para outra, talvez apagados pela chuva.

Eles aceleraram o passo, cruzando o caminho onde rosas amolecidas pela água espalhavam-se nas muretas de pedra, descendo para a areia e avançando em direção ao jardim. Tomás não comentou nada, e Tobias achou melhor que ele soubesse da história das rosas pela própria gente da ilha. Afinal, Tomás era um homem reservado, tinha saído a Gedeel, de quem Tobias lembrava umas poucas conversas durante a vida, um homem que se entendia melhor com o mar do que com as pessoas.


Na frente do escritório havia uma espécie de caramanchão com um teto baixo de telhas. Tomás trocou a sua camisa empapada, aspirando o cheiro pungente das rosas que subiam pelas pilastras. Nunca tinha visto tantas flores numa ilha, pois o solo arenoso não era propício para as rosas. No entanto, gostou daquilo, das flores esmaecidas pela chuva, gordas, vermelhas e desfolhadas pela tormenta, como restos de uma festa que ainda não tivessem sido recolhidos.

Olhou ao seu redor: para além do estaleiro e dos escritórios, havia um jardim cultivado com esmero, repleto de árvores frutíferas e de flores. O vento que soprava no mar não chegava ali com a mesma força. Era um lugar bonito e Tomás sentiu-se bem.

Tobias estava em frente ao escritório. O velho batera algumas vezes, de leve, na porta, e podia sentir que alguém caminhava lá dentro. Passava das dez da manhã e o céu dava ao dia um aspecto atemporal e lúgubre, mas o jardim e a construção eram aconchegantes, contrastando com o mar lá embaixo, rebelde e cinzento, e com a chuva que não dava mostras de arrefecer.

Depois de alguns instantes, Angus finalmente abriu a porta do escritório. Ao ver Tobias, abriu um sorriso fugidio, o que já era muito. Sempre fora um homem sério, mas havia uma doçura tácita no seu silêncio, uma doçura que ele só não conseguira entregar a Ignácio Casares. De fato, o bom Angus passara a noite pensando na promessa que fizera de mostrar o farol ao desenhista. Sentia-se inquieto com aquilo. Mas, ao alvorecer, quando ouvira o barulho da chuva batendo com força no telhado, alegrou-se porque poderia adiar o passeio.

Angus disse ao barqueiro:

— Os turistas querem ver as rosas chorando? Foi por isso que vocês vieram?

Tobias coçou a cabeça, rindo.

— Ah, não — respondeu. — Hoje os turistas estão todos dormindo. Eu vim trazer aqui Tomás, filho de Gedeel... Você sabe, o velho Gedeel Acuña, lá do Cabo.

Ao ouvir o seu nome, Tomás aproximou-se com alguma cautela. Era um homem no final da casa dos vinte anos, moreno, alto, de barba escura, cerrada. Tinha um corpo bem-feito, a cabeça era altiva, de fartos cabelos que ele mantinha muito curtos, agora molhados de chuva. Dois olhos negros, pequenos e ardentes, fitaram Angus sem segredos.

— Bom dia — cumprimentou Tomás, e sua voz era baixa, profunda.

Angus estendeu-lhe a mão calejada. O lampejo de um sorriso iluminou seu rosto tostado de sol:

— Seja bem-vindo, Tomás.

— Vim pelo emprego no farol — disse Tomás, simplesmente. — Mas também entendo de barcos. Fui marujo durante sete anos.

Angus abriu a porta, convidando os homens a se protegerem da chuva. Tomás olhou o escritório simples e asseado, as duas mesas repletas de papéis e de pastas, uma estante de livros contábeis, a parede recém-pintada e com antigas aquarelas marinhas. Num canto da peça, Netuno segurava seu tridente num desenho cheio de cores que, um dia, Orfeu tinha feito para o pai.

— Eu sei da sua história — disse Angus, avançando pela sala. — Aqui, nesta ponta do mundo, todos sabemos uns dos outros.

Tomás sorriu:

— Anos e anos viajando pelos lugares mais estranhos que se possa imaginar. E depois voltei para Cabo Lipônio e vivi da pesca, trabalhando no barco do meu pai.

— Você vai gostar daqui — prometeu Angus — se quiser mesmo ficar... Além de Tiberius e eu, temos Apolo e Vico para os serviços menores. Já que entende de barcos, vai poder me ajudar na oficina. O farol é um velho bicho bastante dócil, mas os invernos por aqui podem ser agitados. Tudo bem para você?

Tomás aquiesceu:

— Nunca tive medo de trabalho e acho que estava mesmo buscando algum tipo de agitação.

Ah, ele não sabia mesmo o que o esperava – era um homem cartesiano e honesto em cada fibra do seu corpo talhado em rotinas exaustivas e tempestades oceânicas. Porém, mais lágrimas são derramadas pelas preces atendidas do que por aquelas que morrem no vácuo dos deuses, e Tomás estava mesmo em busca de alguma agitação.

Iria encontrar bem mais do que isso, no entanto.

Chovia lá fora e o mar lambia as enormes pedras com suas mil línguas de água. Tomás Acuña tinha chegado em La Duiva, estava escrito no livro do tempo. Aquela ilha... Aquele jovem marinheiro de olhos de fogo.

Na casa no alto do promontório, no quarto que outrora pertencera a Orfeu, uma bela mulher sem passado recolhia da cama a sua fronha encharcada de lágrimas. Ela sentia-se apanhada em flagrante por aquela angústia, tão afiada como uma adaga. Não sabia por que estava tão triste, mas a chuva lá fora parecia um bálsamo. Presa de tamanha dor, Coral foi até o banheiro e começou a encher a banheira de louça, provando a temperatura da água com os dedos. Quando estava angustiada, somente aquilo a acalmava. Tirou a roupa com poucos gestos e mergulhou o corpo na tepidez do banho para livrar-se dos humores de uma noite de amor.

Coral ficou na banheira por um longo tempo, sem saber que Tomás tinha chegado à ilha. Ela não o esperava, assim como quase nunca sabemos os segredos que nos habitam. Ele era o mistério escrito havia muito, e, se Coral nada lembrava do seu passado, o futuro era-lhe também misterioso.

Assim, ela mergulhava na água como no seu destino irrevogável. Tapando o nariz com os dedos, submergiu na banheira, tentando em vão recordar o instante preciso em que saíra do mar naquela noite misteriosa, quando o pequeno Santiago Godoy a aguardava serenamente nas areias de La Duiva.

Sentado na sua mesa de trabalho, Angus olhou a praia lá fora. A chuva tinha aumentado de intensidade. Era uma daquelas chuvas longas que assolavam a ilha por dois ou três dias, jogando abaixo todas as obras laboriosas da primavera, desfolhando flores, arrancando galhos das árvores e eriçando o mar.

Finalmente, Angus virou-se para Tomás e disse:

— Sobre o salário, você terá que esperar o Tiberius. Ele está lá embaixo na oficina com os rapazes, mas vai subir logo. — Havia uma garrafa térmica branca sobre a mesa, e Angus apontou-a, dizendo: — Posso lhes oferecer um café?

— Seria como ressuscitar — respondeu Tobias, num canto da sala. — Estou congelado até os ossos.

Angus riu do velho marinheiro e serviu-lhe uma xícara bem cheia. Tobias sorveu-a aos goles, fazendo ruídos e estalando os beiços, mas Tomás apenas agradeceu:

— Eu gostaria de ver o alojamento — pediu com educação. — Se não for inconveniente.

Angus olhou-o por um instante. Gostara daquele homem quieto e atento. Abriu um sorriso e respondeu:

— Você vai ficar comigo. O velho estaleiro foi reformado e tem dois grandes quartos. Na parte de trás dormem os rapazes. É bastante agradável. Venha, vou lhe mostrar.

Os dois encaminharam-se para uma porta que dava para os fundos do escritório. Ao abri-la, um pouco do vento que sacudia as árvores lá fora se enrodilhou na sala. O barqueiro encolheu-se.

— Se vocês não se importam — disse Tobias —, prefiro ficar aqui e beber outra xícara de café.

Os dois homens saíram para a chuva forte. As nuvens escuras estavam mais baixas e já tinham engolido parte do farol. Do mar subia uma névoa espessa, apagando os contornos da praia e diluindo as pedras dos molhes como se eles fossem uma velha aquarela desbotada pela chuva.

— A ilha vai ser engolida pela névoa — comentou Tomás.

— Às vezes estar aqui é como viver num mundo à parte, você verá — respondeu-lhe Angus, profeticamente.

E os dois seguiram até os alojamentos.

O mau tempo obrigou Ignácio Casares a acomodar-se num canto da grande varanda com seus cadernos e canetas. Impossível desbravar a ilha sob a tormenta. Do alto do promontório, na visão privilegiada da varanda, o mar era uma massa difusa perdida numa densa névoa.

 Ignácio abriu seu caderno e começou a fazer um esboço desajeitado do farol erguendo-se, teimoso e imponente, em meio às brumas. Ele se sentia ainda um pouco intimidado pelos Godoy, que tão bem o tinham recebido. De fato, preferia passar o dia caminhando pela ilha, discreta e convenientemente, a ficar ali, obrigando Cecília e Tiberius a chamá-lo para o café da manhã na sala, embora só tivesse aceitado uma xícara de chá, e Cecília lhe houvesse entregado seus melhores sorrisos, prometendo um almoço especial para mais tarde.

 — Com esta chuva, há pouco para fazer por aqui — dissera ela. — Vou me distrair com as panelas.

 Ignácio indicara seu material de desenho, deixado sobre um aparador:

 — Eu sempre tenho onde me esconder, não se preocupe.

 Coral e Santiago não tinham aparecido para a primeira refeição, e, logo depois que Tiberius saíra para seus compromissos, Cecília metera-se na cozinha. Fora então que Ignácio se refugiara na varanda.

 Concentrado no seu trabalho, esfumaçando a bruma de grafite com a ponta do indicador, ele se assustou quando ouviu atrás de si a vozinha alegre de Santiago:

 — Você sabe desenhar as coisas molhadas de chuva?

 Ignácio virou-se. O menino estava ali, ainda desgrenhado, de pijama, os grandes olhos claros iluminando o seu rosto, bonito como o do pai.

 — Coisas molhadas de chuva? — Ignácio riu. — Estou aqui travando minhas pequenas batalhas com as coisas que meus olhos veem, molhadas ou não. Você não vai tomar café?

 O menino sorriu:

 — Vovó sempre me leva café na cama. Ela diz que as crianças devem ter a manhã para o ócio.

 — Você usa palavras difíceis — brincou Ignácio.

 — Eles me ensinam — respondeu o garoto, dando de ombros. — Sabia que foi aqui nesta varanda que a minha tia Flora escreveu o seu livro? Ela era uma escritora, a vovó me disse.

E então Santiago pôs-se a contar a Ignácio toda a história de Flora, do seu livro e da sua morte. Nem tudo o que dizia tinha sido Cecília quem lhe informara, pois o garotinho guardava seus misteriosos dons, como já lhes contei, e ouvia vozes perdidas no tempo ecoando pelos corredores da casa.

Santiago fez um apanhado de todas as coisas — fatos e sussurros — sem deixar de contar a Ignácio sobre Julius, o professor que viera de longe, sobre Orfeu e sobre os jogos amorosos que tinham abalado as estruturas dos Godoy num verão perdido no tempo, mas ainda vivo na memória de todos aqueles que o tinham vivido.

Quando o menino acabou, Ignácio estava completamente confuso. Como uma criança sabia tanto, tinha tantas opiniões e falava tão abertamente sobre o suicídio da própria tia, mesmo que não a tivesse conhecido? Ele não soube o que dizer ao garoto; puxou um bloco de folhas brancas, acomodou Santiago perto de uma mesa que estava por ali, dessas usadas para copos e aperitivos, e simplesmente sugeriu:

— Agora, vamos desenhar... Vou ensinar você. O que quer fazer primeiro?

O menino olhou-o docemente:

— Um peixe — ele respondeu. — Quero desenhar o rei dos peixes, como aquele que eu pesquei para a vovó e que vai virar sopa hoje.

Ignácio riu alto e começou a fazer algumas linhas. O garoto colocou toda a sua atenção na folha de papel, e os dois ficaram um longo tempo ali, entretidos com linhas, volumes e cores.


Quando Coral finalmente veio dar na varanda, ainda com os cabelos molhados do banho e os olhos levemente inchados de choro, Ignácio e Santiago estavam envolvidos nos seus projetos gráficos e pareciam se divertir muito.

Santiago correu até Coral e depositou-lhe um beijo no rosto, mas logo voltou para os desenhos com a mesma euforia com a qual descia à praia num dia de sol. A súbita mudança de órbita do menino, pois até então ele vivia ao redor da moça como uma mosca num pote de açúcar, deixou Coral ainda mais confusa e desamparada. Não que sentisse ciúme: Ignácio convidara-a a juntar-se a eles, e ela não tinha um pingo de maldade no seu coração de fada, mas ambos pareciam tão afinados nos desenhos que faziam e nas conversas que Coral julgou-se sobrando. Deu uma desculpa qualquer e se retirou, suspirando feito uma princesa na sua torre.

Foi até a cozinha como a um destino certo; mas Cecília preparava a sopa e um pirão e alegou não ter necessidade de ajuda. Ocupada com a trituração do peixe e o ponto exato da farinha fervendo na panela, Cecília sequer notou o desassossego da moça.

Coral pensou em ler um livro. A chuva seguia forte, alagando o mundo. Tiberius estava para os lados da oficina, e ela também não tinha certeza se queria vê-lo. Não podia assegurar a relação de Tiberius com toda aquela angústia, mas sentia-se devedora dos amores que ele lhe dedicava.

Entediada, ela remexeu nas estantes da sala até se decidir por um Flaubert, mas o esqueceu no sofá alguns minutos mais tarde sem qualquer interesse pelas desventuras do jovem Carlos Bovary no seu primeiro dia de aula.

Voltou ao quarto e atirou-se na cama. Seus pensamentos vagavam feito as gaivotas de La Duiva. O que seria amar? Seria aquela angústia que a rondava? Aspirou fundo, provando o perfume das rosas esmaecido pela chuva. Ela não tomara café e o seu estômago reclamava.

Num gesto intempestivo, Coral pulou da cama, abriu a janela do quarto, colocou a mão para fora, sentindo a chuva fria na pele, arrancou um botão de rosa ensopado e mastigou-o como se fosse o remédio tão esperado para aquela sua misteriosa inquietude.

Estranhamente, a rosa lhe fez bem – mas é claro que Coral teve o cuidado de não engolir nenhum dos seus espinhos. Sem pensar direito, com a janela aberta e o vento brincando com seus longos cabelos, Coral pegou mais uma rosa, e outra e outra, mastigando-as uma a uma como se fossem bombons fragrantes.

Comeu muitas rosas e certa paz apoderou-se dela. Sentia-se estranhamente bêbada de flores. Firmou seu olhar numa árvore do jardim e viu que estava enxergando em dobro. Sob a chuva, a árvore solitária parecia duas. A única experiência de Coral com o álcool resumia-se às taças de vinho branco que Tiberius lhe servia. Ela não se lembrava de uma única bebedeira, de nenhum porre lascivo ou vergonhoso, mas uma leveza boa e alegre tomava seu corpo e tudo que era bonito duplicara-se. Até mesmo o farol, lá longe, recortado contra a bruma e as nuvens pesadas de chuva, parecia ter achado o seu gêmeo.

Num arroubo, entre soluços perfumados de rosas, ela pensou no mar, nas suas ondas e na sensação de paz que toda aquela massa de água sempre lhe trazia. Para aplacar sua angústia, resolveu descer à praia. Fazia um pouco de frio, mas não o suficiente para afastá-la do seu elemento, a água salgada, e Coral simplesmente pulou a janela – era mais fácil, não precisaria dar explicações a ninguém – e seguiu pela chuva trilhando o caminho de cascalhos que contornava a casa branca.

Desceu os degraus de pedra com extremo cuidado, tudo parecia dançar sob os seus pés e as pedras estavam escorregadias, mas sentia-se leve, tão leve como naquela noite miraculosa em que saíra do mar, salvando-se de um suposto naufrágio cuja experiência não lhe deixara uma única marca na alma.

Coral ergueu os olhos para o céu pesado e disse:

— Oi, chuva!

Sentia-se criança novamente. Queria que Santiago estivesse ali com ela; às vezes era tão básica e simples como uma menina de oito anos; mas, enquanto vencia a escada que cortava o promontório, seus seios pesados balançavam sob a blusa já molhada e seus quadris perfeitos ondeavam como o mar inchado pela tormenta – e ela era em tudo aquela bela mulher que, de chofre, sequestrara o coração esquivo de Tiberius Godoy.

Tiberius chegou da oficina assim que Angus e Tomás saíram para conhecer os quartos. Lá estava Tobias, sorvendo a sua terceira xícara de café e preparando-se para enfrentar novamente a chuva e o mar irritadiço. Sentado numa cadeira, ele olhava pela janela o vento fazendo travessuras na galhada das árvores e as pétalas arrancadas das rosas que rodopiavam feito lágrimas de sangue no ar empapado de umidade.

— Num dia como hoje, dá vontade de nem sair da cama! — disse o velho barqueiro quando Tiberius entrou na sala, livrando-se da capa de chuva encharcada e sacudindo os cabelos.

Tiberius sorriu-lhe:

— Sempre há um motivo pra gente sair da cama, Tobias! Aliás, recebi um boletim informando que vem tormenta grande por estas bandas, acho que esta noite nem vou dormir.

— Está parecendo o seu pai cuspido e escarrado — respondeu o velho, soltando um assobio fino. — Ivan Godoy era assim... Parecia que farejava os naufrágios, tinha uns pressentimentos sombrios e nunca estava enganado.

Tiberius calou-se. O comentário do barqueiro o fez recordar a sua vida pregressa. Os sonhos de futuro, a angústia de evitar o inevitável. Era como se estivesse sempre tentando esvaziar o mar com um copo.

— Eu não tive um pressentimento — ele respondeu, finalmente. — Recebi um boletim da Marinha dando conta de que um ciclone extratropical está passando por aqui, Tobias. Melhor você voltar para a península e ficar por lá.

— Ah, sim — disse o velho, coçando a barriga lisa sonhadoramente. — Ficarei na minha cama quente. Mal posso esperar.

— Na sua cama quente — repetiu Tiberius, rindo.

— Mas eu vim trazer o rapaz.

— O faroleiro?

Tiberius sentou-se e tirou as galochas, que deixavam duas pequenas poças no chão. Tobias já vestia a sua capa de chuva, pois boletins marinhos eram mesmo uma coisa que lhe dava medo, mas riu e falou:

— Eu trouxe o rapaz certo pra trabalhar com você. Tomás Acuña, filho de Gedeel, lá do Cabo.

Tiberius precisou vasculhar a memória. Passara anos na Europa e as suas lembranças da infância se misturavam, mas chegou a ver flashes de um homem alto, sério, debruçado sobre o motor de um barco ao lado de Ivan, seu pai.

— Acho que sei — disse ele, finalmente. — Gedeel...

— O filho dele é um grande pescador e um marinheiro muito experiente. Tomás vai cuidar do farol. Ele também conhece cartografia e as coisas do mar e da lua. Além disso, é quieto, não vai atrapalhar por aqui.

Tobias nem desconfiava de que Tomás – que era mesmo um homem quieto e um marinheiro dos mais hábeis – não precisaria de palavras para transformar as coisas em La Duiva... Orfeu deve ter soltado um risinho em algum lugar, ou talvez Orfeu fosse a própria chuva que caía lá fora, materializando a transformação que Tomás trazia para a ilha.

Mas, antes que Tiberius pudesse dizer algo, Angus e o jovem Acuña entraram no escritório, sacudindo a água das roupas e falando baixo. Pareciam perfeitamente sintonizados um com o outro, e, quando o filho de Ivan apertou a mão do filho de Gedeel, nenhum dos dois sentiu nada de especial, a não ser a força daqueles dedos acostumados ao trabalho pesado. Tiberius Godoy intuiu a honestidade que brilhava naqueles olhos negros, mas não pôde entrever o que começava ali – prova de que realmente não havia mais vestígio dos seus antigos poderes mediúnicos.

O salário de Tomás foi combinado e as coisas se acertaram rapidamente. Eram todos homens confiáveis, amantes da palavra dada e da comunhão das gentes daquele litoral perigoso e tão bonito.

Tomás demonstrou interesse em trabalhar na oficina de barcos, entendia bastante de motores e de veículos náuticos. Angus ofereceu-se para cicereá-lo nas rotinas da ilha – tinha gostado profundamente do filho de Gedeel, além disso buscava uma desculpa para evitar o desenhista que viera da península.

Tudo ficou organizado em pouco tempo. Tobias decidiu partir antes que os ventos do ciclone resolvessem dar por aquelas bandas – ele já era velho e passara boa parte da vida no mar, mas queria morrer em terra firme e ser enterrado numa cova a sete palmos do chão.

— Eu vou com você até o barco — disse Tomás ao velho. — Assim, darei uma boa olhada no farol.

Angus estendeu-lhe um molho de chaves:

— Entre e veja tudo. Depois do almoço, iremos juntos até lá e lhe explicarei como as coisas funcionam. Agora, Tiberius e eu temos serviço por aqui.

Tiberius sorriu:

— Eu ainda estou molhado da última andança pela ilha. Mas creio que será assim por alguns dias. Talvez a tempestade acabe com as rosas, pelo menos.

Angus pensou nas rosas que voavam pela ilha, arrancadas pelo vento. No fundo, intuía que aquelas flores eram mais teimosas do que a chuva e o vento que causavam tantos estragos lá fora.

Tomás e o barqueiro saíram no rumo do ancoradouro, e o café que acalentava as tripas do velho mostrou-se muito útil, pois a temperatura baixava rapidamente. A região inteira tinha aqueles rompantes térmicos, quando o verão se transmutava em inverno sem avisos.

— Reze por mim — disse Tobias ao jovem moreno. — Vou atravessar essa tempestade por você.

Tomás riu:

— Sou um homem agradecido, e logo o senhor estará em casa, tenho certeza. — Ele farejou o vento. — Apenas à noite é que as coisas vão piorar, e então o senhor vai estar com um prato de sopa à beira do fogo.

— Estarei embaixo das cobertas, isso sim — respondeu o barqueiro, e enfiou o capuz de lona na cabeça, como uma tartaruga que se esconde no casco.

Ficaram parados por um momento, vendo a paisagem revoltada. Era um bonito espetáculo: as rosas arrancadas dos seus galhos dançavam soltas nas mãos invisíveis do vento.

Depois que Tobias partiu, Tomás foi conhecer o farol.

A resistente construção de alvenaria, perfeitamente cilíndrica – ele sabia que os faróis eram redondos para resistir melhor ao vento –, estava pintada com esmero.

Ali, à beira do mar, exposto aos sopros salgados do oceano, o farol sofria um tremendo desgaste, mas os Godoy cuidavam bem dele. Aquele farol já tinha enlouquecido havia alguns anos, acendendo e apagando como se tivesse vida própria.

Tomás tinha ouvido as incríveis histórias dos barcos que se chocaram contra as rochas por culpa das maluquices do farol. Ele abriu a porta pequena, sentindo o olor que vinha do interior da construção, descendo pela escada em caracol que levava à cabine luminosa, um cheiro pungente de mar, condensado, vívido... Era como se estivesse entrando em uma concha gigante.

Sorriu, subindo os degraus de madeira onde outrora Cecília tricotara o seu longo trabalho de memórias feito uma Penélope – Tomás não sabia disso, sequer desconfiava. Mas, enquanto vencia os degraus pensando que o farol se comportara como um daqueles afundadores dos quais os navegantes tinham tanto medo – homens que criavam falsos faróis com a intenção de atrair barcos para zonas perigosas, causando seu afundamento a fim de roubar-lhes a carga –, podia intuir que a escadaria guardava muitos segredos.

Ele sorriu e tocou a parede granulosa, fria e úmida como a pele de um réptil.

— Então você é temperamental, hein? — E a sua voz deu voltas pelo espaço exíguo. Subindo, subindo... Para voltar em pequenos ecos.

*Ein, einn, innn.*

*Ein, inn.*

Era uma escadaria enorme.

Tomás não contou os degraus, mas se emocionou ao chegar à sala da torre. Circular e toda envidraçada, ela tinha uma vista impressionante do mar, da ilha, da casa e do promontório. Ao longe, envolta na névoa, lá estava a península, estirada sobre as águas.

Tomás sentiu-se no alto do mais alto mastro de um navio mágico, como se fosse ele mesmo um dos Argonautas ou qualquer outro dos semideuses cujas histórias contara e ouvira nas perdidas noites de viagens nos conveses dos barcos ao redor do mundo.

Aproximou-se do aparelho ótico instalado no centro da sala, a própria medula do farol. As potentes lâmpadas estavam apagadas. Tomás viu seu rosto, grotesco e deturpado pelos espelhos refletores, muitas vezes repetido. Havia, ao longo de toda a circunferência de vitrines, uma espécie de mesa de comando com chaves e botões. Olhou tudo... Aprenderia a manusear seus mistérios? Qual daquelas chaves acionaria o sinal sonoro para as tempestades e nevoeiros perigosos? Aquele sinal que dava calafrios nos homens do mar, avisando-os da tragédia iminente, da morte que sempre os acossava como um lobo faminto a farejar seus calcanhares.

O coração do farol, a sua alma luminosa.

Tomás sentiu-se bem ali, sobre o oceano e sobre o próprio mundo, como se já tivesse vencido as pequenezas humanas, suas dores, seus sofrimentos cotidianos e banais, o amor que vinha e causava furor e angústia, as lágrimas, os abraços, as ânsias desesperadas, a solidão...

Tudo parecia distante. Suspirou, olhando o mar cinzento, as nuvens escuras que rolavam no céu, ameaçadoras. A tempestade viria, podia senti-la no ar como uma premonição, uma presença ainda invisível, inadiável.

Correu os olhos uma vez mais pela sala, pelo aparelho ótico que, àquelas alturas da tarde, estava desligado. Se a tormenta chegasse, escurecendo o céu e apagando o dia, o farol seria ligado mais cedo. Ele sabia que, lá embaixo, numa construção pequena, escondida atrás das árvores e das rochas, ficava o gerador de emergência para o caso de um corte de energia. Na ilha, era coisa frequente, Angus lhe tinha dito.

Tomás desceu as escadas, dando voltas como quem trilha o próprio tempo, chegou à base do farol, saiu e trancou a porta atrás de si. Lá fora, o vento espantava seus cabelos, um vento frio e úmido. A chuva agora estava mais fraca, mas também inquieta, os pingos caindo em todas as direções ao sabor do vento enrodilhado. Ele olhou o mar – era um volume cinzento, espumando nas pedras como se reclamasse de alguma coisa, mal-humorado feito um velho de mil anos.

Tomás estava sobre uma das pedras grandes do molhe sentindo a chuva no rosto e os salpicos marinhos nas pernas. Então, virou-se para a praia. Lá estava o braço de areia molhada que se estendia ao longo da ilha, as pequenas dunas que terminavam no promontório entre as sarças, culminado na casa branca dos Godoy.

Foi então que Tomás a viu.

Era uma mulher parada na chuva, no meio da areia, e olhava para ele.

Olhava-o como se o esperasse, calma e firmemente. Olhava-o como se o sol brilhasse, como se ambos tivessem marcado um encontro numa estação de trem ou num porto, e ela estivesse apenas aguardando o seu desembarque, a sua chegada. Olhava-o como um raio fulmina uma árvore.

Sob a chuva, Tomás viu seus compridos cabelos castanhos que desciam ao longo do corpo bem-feito, de cintura estreita. Ela usava uma saia e uma blusa. Suas roupas, ensopadas, coladas à pele, deixavam ver o volume dos seios e mostravam a barriga plana, abrindo-se na curva perfeita dos quadris.

Mesmo de longe, Tomás podia adivinhá-la. Ele sentiu um estranho calor no fundo do estômago, uma angustiosa inquietude. Também estava sob a chuva, as roupas colavam-se ao seu corpo e ele sentia um pouco de frio. A chave em suas mãos era a única coisa palpável, real. Tomás apertou-a com força.

*Uma chave, um farol, uma ilha, um emprego...*

Repetiu essas palavras como se dentro dele também uma voz ecoasse, como se dentro dele houvesse (e ele subitamente a tivesse descoberto só agora, parado ali sob a chuva e o vento) uma escadaria em caracol e uma sala sobre o mundo, de onde pudesse avistar todas as maravilhas da terra.

*Maravilhas.*

A palavra ancorou na sua alma. *Maravilhas.*

Sentia-se maravilhado.

Mesmo de longe, a mulher tinha alguma coisa tão especial, tão...

Ele não sabia dizer. Só aquela palavra ia e vinha, *maravilha*. Como uma revelação, como quando, no meio de uma tempestade e entre as ondas furiosas, o vento simplesmente se esgotava em si mesmo, serenando o mar, acalmando o mundo e devolvendo tudo à vida, renovado e batizado pela iminência da morte.

De fato, Tomás sentia-se como se tivesse chegado de uma tormenta em alto-mar. Vivo, exausto e maravilhado.

E foi assim que ele desceu as pedras do molhe, desceu-as quase distraidamente, pulando para a areia com a chave do farol bem apertada na palma da mão, e caminhou sob a chuva, sentindo o vento e aquele calor dentro dele, uma fogueira aquecendo a base do seu ventre.

Ao seu redor, o mar ressoava. Tomás não estava prestando atenção, não conseguia fixar-se em nada a não ser na figura da mulher para quem caminhava como se tivessem marcado um encontro. Mas o mar parecia dizer-lhe alguma coisa, um segredo talvez... *Shiss, shasss, shisss, shassss.*

Ele não podia decifrar a voz das ondas que lambiam a areia sob a chuva. Seguia em frente, cada vez mais perto, cada vez mais perto, mais perto,
sentindo um perfume de rosas, sentindo seu hálito de rosas,
vendo seus olhos escuros (olhos de tormenta, ele pensou),
vendo sua boca rubra, os seios,
os cabelos como anêmonas,
provando de longe o seu calor...


E então Tomás subitamente a alcançou.

Como se tivesse caminhado por uma vida inteira, parou em frente a ela. Na praia deserta, na chuva.

A mulher sorriu. Não perguntou o seu nome, nenhuma voz se ergueu da areia, a não ser o mar, *shiss, shasss, shisss, shassss*.

Tomás tocou-a com a mão direita, tocou de leve o seu rosto, que era quente, que era macio, que era lindo.

Foi um grande sobressalto.

Uma alucinação.

Tomás não pensou, a sua cabeça não funcionava. Só o mar, *shiss, shass*, e aquela palavra, *maravilha, maravilha, maravilhado*... Ele enfiou a mão esquerda no bolso das calças empapadas de chuva e ali guardou a chave do farol. Era seu último laivo de responsabilidade, seu gesto de fidelidade aos Godoy – porque não sabia, sequer desconfiava, não conseguia pensar.

Coral olhava-o.

Ela também não pensava. As rosas no estômago enchiam-na de uma letargia sensual. Mas seu coração acelerado era outra coisa, não tinha nada a ver com as rosas, e ela jamais experimentara aquilo.

Suas memórias não alcançavam mais do que dois meses e meio de vida, era pouco, Coral sabia. Mas não experimentara nada parecido com Tiberius, e então sorriu para o homem à sua frente, o homem bronzeado e bonito, e sentiu a mão dele no seu rosto – uma mão áspera e macia ao mesmo tempo, boa e exigente.

A chuva não a incomodava, e Coral não olhou para o mar, não viu as nuvens de tempestade avolumando-se no horizonte, sequer ergueu os olhos para o promontório onde a casa esperava pelo almoço de Cecília.

Ela não fez nada disso.

Seus olhos mergulharam naqueles noturnos olhos negros, o fundo do mar aonde o sol não chega... E ela atirou-se ao homem desconhecido num abraço, num pedido de socorro, colando seus lábios nos lábios daquele cujo nome nem sequer sabia.

Coral não olhou para o promontório... Se tivesse olhado, teria visto, lá em cima, sobre as pedras, um vulto masculino.

Era Angus.

Ele estava parado na chuva, quieto, apenas observando.


(Angus estranhara a demora de Tomás. Talvez tivesse se perdido; a ilha era pequena, mas os caminhos, tortuosos. Foi até a praia para chamá-lo. O almoço logo seria servido e tinham coisas a tratar antes da chegada da tormenta. Foi então que os viu. Os dois na areia, beijando-se sob a chuva.

Ele não os julgou. Não era do seu feitio.

Tinha gostado do rapaz e aquele beijo não mudava nada. Virou-se, tão quieto como chegara, e voltou sob a chuva pelo mesmo caminho por onde tinha vindo.)

## **ORFEU.**

Pode parecer que as coisas começavam ali, mas a verdade é que tinham começado muito, muito antes. A engrenagem do tempo move cem mil roldanas, vocês sabem. Dentes e encaixes e polias grandes e pequenas que fazem segundos, dias e anos andarem na sua eterna caminhada circular, os ponteiros do relógio sempre, sempre se movendo – *tic-tac, tic-tac* –, a areia caindo na ampulheta,

sempre, sempre, sempre...
E aqui em La Duiva pessoas nascem e crescem. Amam, vivem e morrem.
*Tic-tac, tic-tac.*
Mas nem todas as coisas começaram na ilha, o polo magnético desta história. O destino escolhe os seus personagens a cada nova rodada de acontecimentos. E aqui vieram dar Cecília, minha mãe, Julius Templeman, Coral, Ignácio Casares e Tomás Acuña.

Tomás Acuña é quem me interessa agora. Polia fundamental no andamento dos fatos, Tomás veio junto com a tempestade que se anuncia... Senhor dos trovões e das ondas, um outro Netuno talvez – quieto, sábio e íntegro.

Ele veio porque foi chamado.
*Precisa-se de um faroleiro para La Duiva.*
Essa foi a mensagem que meu irmão Tiberius espalhou, mandando publicar no jornal da península. Essas foram as palavras que ele disse aos marinheiros da região e informou na Capitania dos Portos.

Mas não se enganem!

Foi Coral quem trouxe Tomás até a ilha. Ela própria aqui chegou sem saber como. Nascida dos poemas de Sophia, Coral atravessou o oceano, carnificada, bonita como as coisas das quais a poeta contava. Coral saiu das águas e, nua, pura, vazia de qualquer memória ou julgamento, encontrou Santiago na praia naquela noite alucinada onde o sonho se pôde fazer real... Harmonia rara, tangência inequívoca entre desejo e possibilidade, disso foi que Coral nasceu.

Tomás, vocês já sabem, vivia não muito longe. Marinheiro de muitos portos, pescador em Cabo Lipônio. Estava escrito que Tomás viria dar em La Duiva... Ele, que atravessou meio mundo em navios de todas as bandeiras. Ele, que já visitara La Duiva junto ao velho Gedeel sem saber que aqui estava ancorado o seu destino – e que a vida, essa Moura, dava-lhe corda: que andasse, que navegasse pelos portos distantes e que conhecesse as cidades exóticas e os seus segredos. A sina não tem pressa: um dia – no dia exato, nem antes nem depois – Tomás Acuña haveria de voltar a La Duiva.

Deixem que eu lhes conte algumas coisas, eu que sou um falastrão poético, que gosto de ir aos deuses gregos pedir-lhes um pouco do seu brilho para enfeitar as minhas ideias bailarinas.

Vocês já me conhecem – *Vermelho* no bordado da minha mãe, *Amor* no dicionário de Julius, *Viado* na lembrança do meu pai... Já me chamaram *profeta, sonhador, desenhista, paraíso, maluco, coragem e saudade*.

Afinal, todos nós temos muitos nomes.

E o nome Tomás tem origem no aramaico, que foi a língua falada por Jesus, a língua dos impérios da Antiguidade. Com ela, foram escritos o Talmude e outros grandes livros bíblicos. Tomás, *Ta'Oma* em aramaico, significa literalmente "gêmeo".

Como o personagem que assim se nomina aqui nesta história, o nome Tomás vagou pelo mundo. Ao passar pela Grécia, *Ta'Oma* ganhou a sua versão latina – *Thomas* –, que gerou as variantes Tomé e Tomás.

Vinte e oito anos, sete meses e cinco dias antes da manhã de chuva em que ele viera dar em La Duiva, no Cabo silencioso onde vivera toda a sua vida e onde também iria morrer, uma mulher alta e morena, de nome Aita, casada com o pescador Gedeel, paria com dores atrozes o seu primeiro filho.

Durante mais de oito meses, enquanto seu ventre crescia, Aita achara estar gerando mais uma mulher para a sua família. Era um pressentimento que se revelou equivocado, pois, quando o tampão sanguinolento desceu-lhe pelas pernas e as dores do parto começaram, Aita gritou um nome, o nome do varão que estava por nascer: *Tomás*.

O nome trouxe o menino, creio eu.

E ele veio forte, graúdo, gritando na noite do Cabo, enquanto seu pai Gedeel orgulhava-se diante das estrelas, pois tinha dado a sua contribuição à terra e ao mar, mais um para as ondas, mais um para a cova, quando o tempo da cova finalmente chegasse.

*Do pó ao pó*, ele disse em voz alta, meio bêbado de vinho, naquela noite em que Tomás nasceu.

Ele cresceu e foi um bom filho. Depois ganhou o mundo, não estava por perto nem quando Aita morreu, nem quando morreu Gedeel. Culpou-se por isso, e depois voltou ao Cabo decidido a ficar lá até que a morte também viesse atrás dele. Tomás ainda não sabia que seu destino não tem âncora, como também não sabia que, em La Duiva, não o esperava apenas um farol, mas um amor.

Vinte e oito anos, sete meses e cinco dias passaram-se até que Coral chorou na sua cama, chorou amando o meu irmão, chorou no gozo e na delícia, e depois chorou no sonho e no pesadelo, hora após hora até que aquele dia amanhecesse trazendo a chuva e a tormenta enoveladas nas suas primeiras luzes.

Foram as lágrimas de Coral que trouxeram Tomás,

mais um estrangeiro em La Duiva,

a engrenagem do tempo girava uma outra vez, as polias do destino rangeram, *clapt, clapt, clapt*, uma Moira enredou-se nos seus novelos em algum lugar no mundo paralelo.

O gêmeo de Coral está em La Duiva, e é ele um erudito da natureza. Pois Tomás tinha aprendido os segredos do vento, os desígnios das ondas e os mistérios contidos nos intermináveis alvoreceres de verão.

Mas nosso jovem marinheiro não entendia muito de mulheres... Amara apenas uma. Uma mulher perdida num porto tão distante quanto o seu próprio passado, por quem Tomás chorara e desembainhara a sua adaga, a quem jurara nunca mais amar.

Mas os humanos gostam de promessas vãs. E agora Tomás acabou de beijar Coral.

Com o seu nome antigo, com os seus olhos escuros, com a sua vontade de acertar mesmo quando erra, Tomás segurou Coral nos braços por um longo tempo, a chuva caindo sobre eles, os dois ali parados como numa estação de trem, os dois como amantes reencontrados depois de uma pequena eternidade sem memória. Sem perguntas, só saudade.

Mas eles nunca se tinham visto, e esse é todo o mistério que lhes deixo.

Tomás veio dar em La Duiva chamado por Tiberius, chamado por Coral.

Ele não tem culpa de nada. É apenas como a matéria e a gravidade, como o ferro atraído pelo ímã, uma outra ponta da mesma meada, o fator que faltava numa equação.

Se eu estou com pena de Tiberius, meu irmão?

Bem, estou sim, pobre rapaz bondoso... Ele terá de viver o que está escrito, não há jeito para o destino. Mas a vida de todos nós é mesmo esta geografia de perigos, este labirinto de incertezas, este cânion do amor.

**ANGUS VOLTOU AO ESCRITÓRIO** com aquele espinho cravado no peito. O ar estava salgado e denso e o vento subitamente parara como se tivesse cansado, o que era mais um indício da chegada da tormenta.

Ele vira Coral e Tomás se beijando.

Não que tivesse se escandalizado com aquilo, nunca fora homem pudico e entendia perfeitamente as premências da natureza. Depois da infestação de rosas, cujas pétalas ainda voavam em redemoinhos pela ilha, embora seu perfume tivesse sido amenizado pela chuva, Angus também sentira arder em sua carne aquela velha fogueira. Mas, depois do que vira, era inevitável que pensasse em Tiberius. Gostava profundamente do caçula de Ivan Godoy.

Entrou no escritório e sentou-se numa cadeira. Teriam sido as rosas a fazer com que Tomás agisse daquele modo? O rapaz acabara de chegar à ilha. Angus não tinha como saber. A única coisa que estava ao seu alcance, a única atitude coerente era manter segredo daquilo que vira na praia. Três adultos já somavam uma conta alta, ele não precisava se meter naquela confusão.

Ficou alguns minutos em silêncio serenando as ideias, até que Tiberius, Apolo e Vico chegaram. Tiberius dava algumas ordens, que preparassem o barco e fizessem a contagem dos coletes salva-vidas, que deixassem um galão de combustível extra no porão do barco. Os dois ajudantes absorviam as palavras do chefe, que parou no meio do escritório, suspirou e disse, olhando para Angus:

— Vem aí uma tempestade violenta. Recebi um boletim sobre ventos fortíssimos.

Angus aquiesceu. Muitas coisas vinham vindo, como se tudo convergisse para La Duiva. O desenhista, Coral, Tomás e agora aquele ciclone tropical.

— Vou ligar o farol mais cedo hoje e levarei Tomás comigo. Depois, vou para a sala de rádio e faço o primeiro plantão.

— Vamos nos revezar durante esta noite — respondeu Tiberius. — Mas é preciso deixar o barco de resgate pronto.

Eles fizeram seus planos e, quando Tomás chegou no escritório, quieto e molhado de chuva, seus olhos baços de desejo não passaram desapercebidos a Angus, que achou melhor levá-lo consigo para abastecer o gerador. Angus sentia uma urgência de apartar aqueles dois, Tomás e Tiberius.

Havia muitas providências a serem tomadas, e cada um saiu no rumo das suas tarefas. Vico tinha de arrumar as camas de folha na oficina, pois, sempre que ocorriam resgates, os náufragos ficavam na ilha até que a Capitania dos Portos mandasse algum transporte. Angus deu algumas ordens específicas a Vico, depois desceu com Tomás pela senda que levava ao farol e à praia.

Os dois seguiram em silêncio, sentindo na pele a tormenta que se aproximava. Na sala do gerador fazia um calor pesado. Angus abasteceu o gerador e testou-o. De um segundo para outro, um barulho ensurdecedor encheu a pequena peça e Tomás experimentou as suas entranhas vibrando sob o terrível ranger da máquina, mas também apreciou aqueles instantes de solidão.

Separado de Angus pela barreira sonora, recordou o longo beijo que trocara com a moça na praia. Quem seria ela? Não tinham trocado palavra... Ele sabia que as duas garotas Godoy, as gêmeas, não viviam mais ali havia anos. A moça seria uma hóspede dos Godoy, uma parenta distante? Apesar da curiosidade, manteve-se calado, aprendendo com Angus a rotina do farol.

Quando os dois saíram da casa de máquinas, sob o peso da tarde cinzenta, o céu inchado de nuvens escuras, Tomás chegou a abrir a boca para perguntar a Angus sobre a mulher da praia, mas não teve coragem. E, assim, ficaram os dois trabalhando à espera da tempestade, mergulhados numa quietude que era, ao mesmo tempo, serenidade e nervosismo, medo e desejo.

Quando o vento recomeçou subitamente a soprar, nascido do mar e ganhando intensidade, varrendo a ilha com força e fúria, Tomás sentiu que alguma coisa se libertava dentro dele. Uma grande onda de alívio o inundou.

— Você está sorrindo do nada — disse Angus, enquanto seguiam para a oficina, encolhidos sob o caminho de árvores vergadas pelo vendaval.

Tomás apenas retrucou:

— Gosto de tempestades. Há uma beleza trágica que guardam...

Angus deu de ombros, apressando o passo:

— A ópera marinha, você quer dizer. Mas acho que o espetáculo ainda nem começou.

— Vi tempestades ciclópicas no Cabo — respondeu Tomás. — Não se preocupe comigo, não vim aqui ser plateia.

Angus lembrou-se dele na praia sob a chuva beijando a garota do patrão, e então respondeu:

— Tenho certeza disso, meu amigo.

Cecília atrasou o almoço naquele dia. A promessa da tempestade, mesmo depois de tantos anos, tantos invernos e naufrágios, a deixava nervosa, e ela entornou o pote de farinha e torrou demais o pão. Servira a mesa na varanda para aproveitar a calmaria perigosa, como ela disse, piscando um olho – todos sabiam que a comida estava excelente, e que seus dotes de cozinheira sobrepujavam com folga a sua ansiedade.

Na verdade, só estavam à mesa Ignácio, Santiago e Coral, que parecia muito distraída. Mal tocara na comida, pois ainda levava na boca o gosto daquele homem e, se fechasse os olhos, podia sentir o seu cheiro de maresia, um olor que lhe era tão misterioso quanto conhecido, ela não sabia dizer. Ah, estava muito confusa! Nunca vira aquele homem na ilha, sequer perguntara o seu nome e, depois que se tinham separado, começou a pensar que talvez fosse o novo faroleiro por chegar. Essa possibilidade a enchia de medo, e Coral ficou brincando com a sua colher sem provar a sopa, até o pequeno Santiago exclamar:

— Coral, é feio brincar com a comida!

Ignácio e Cecília riram, mas os olhos da mãe de Tiberius pareciam analisá-la, pressentindo, na sua estranheza, algum motivo preocupante. Era a primeira vez que Coral sentia culpa – aquela navalha no peito, aquela angústia sem palavras.

Mas, também – e era isso que mais a assustava –, era a primeira vez que Coral sentia aquele êxtase. Com Tiberius, fora diferente. Ela encontrara nele refúgio e segurança, enquanto o homem que havia beijado na praia lhe trazia uma sensação de deliciosa incerteza, como se ele fosse mesmo a tempestade pela qual todos esperavam.

Tinham sido as rosas, só podiam ser as rosas. Coral estava com o estômago cheio delas e às vezes, embora tentasse disfarçar, pequenos arrotos fragrantes escapavam pelos seus lábios. Quando Cecília recolheu os pratos e serviu a sobremesa, um enjoo súbito subiu-lhe pelo esôfago e ela sentiu na boca o gosto amargo das folhas das roseiras.

— Fiz torta de morangos — disse Cecília, alcançando um prato para Ignácio, que agradeceu. — Você vai querer, Coral?

Coral olhou o doce e sentiu que todo o seu sangue descia-lhe ao estômago. Levantou-se subitamente e, sem balbuciar desculpas, correu para vomitar no lavabo.

Sentados na varanda, Cecília, Santiago e Ignácio ouviram os ruídos suspeitos vindos lá de dentro.

— Ela deve estar doente — conjecturou o desenhista.

— Coitadinha da Coral — gemeu Santiago, preocupado em terminar um desenho que tinha começado segundo os conselhos do novo amigo.

Cecília ergueu-se, contrafeita:

— Temos um dia verdadeiramente estranho por aqui hoje. Vou lá ver o que se passa com ela.

E qual não foi o seu espanto ao chegar ao lavabo e ver que a moça deitava fora uma massa de rosas dilaceradas e parecia arder em febre. Cecília ajudou-a como pôde, sem questionar o motivo que a fizera comer um buquê de rosas. Lavou-a, trocou sua blusa e deitou-a na cama, recomendando que dormisse, logo voltaria com um analgésico.

— Fique quieta, você deve estar doente.

Depois de medicar Coral, Cecília voltou à varanda.

— Acho que ela bebeu escondido, só pode ser — foi o que falou, começando a recolher os pratos.

No céu, as nuvens pesavam, densas e escuras. A tempestade estava por chegar e, como se despertado pela voz de Cecília, o vento ergueu-se do mar, soprando sobre a ilha com força.

— Veja — disse Ignácio. — A coisa está começando.

Cecília tratou de tirar a louça às pressas enquanto Ignácio recolhia as cadeiras da varanda e fechava os janelões. Os desenhos de Santiago saíram voando, arrastados pelo vento furioso, e, por um momento, Cecília lembrou-se das páginas e páginas do romance de Flora, que juntara aos pedaços pela ilha no dia seguinte à sua morte.

— Meus desenhos! — reclamou o menino. — Foram embora como passarinhos.

Ignácio riu:

— Não se preocupe, faremos outros mais bonitos. Vou ensinar você a fazer o desenho escorrer pelos seus dedos direto para a folha em branco.

Pouco tempo depois, já dentro de casa, com Coral dormindo seu sono febril no quarto de Orfeu, eles viram a ilha se descabelar, agitada pelos mil dedos da tormenta, que espalhava pétalas e arrancava galhos das árvores, levantando a areia da praia lá embaixo como se ela fosse um fino véu de noiva a recobrir o promontório.

Na sala, sentado ao lado de Santiago, que cochilava com a cabeça numa almofada, Ignácio Casares ouvia os trovões rimbombando. E então, como num curto-circuito fantástico, o mundo se acendeu e apagou incontáveis vezes em relâmpagos que riscavam o céu. Um cheiro de terra espalhou-se no ar, entrando pelas frestas das venezianas. Lá fora, tudo se acelerou – trovões, relâmpagos e vento – até que a chuva também chegou, compacta, forte, batendo com violência nas vidraças e ribombando no telhado.

— Nessas horas — disse Cecília — céu e terra parecem se misturar, você não acha?

Ignácio admirava aquele jeito que ela tinha de filosofar sobre as coisas mais telúricas, mais mundanas. Era como se alguma entidade poderosíssima desse as cartas lá fora, comandando aquela súbita voragem de ar e de água, aquele desconsolo da natureza.

— As tempestades podem ser belas — ele falou, sorrindo.

Sentia-se contente de estar ali em La Duiva, vendo as rosas dançarem no ar lá fora, arrancadas pelo vendaval.

Cecília deu de ombros e pegou o seu bordado:

— Mas os afogados são sempre feios. A noite promete ser longa, você verá.

Ele pensou nas muitas histórias de barcos afundados e de pessoas que morriam em alto-mar. A ilha parecia agora o único lugar no mundo, e todas as forças da natureza a açoitavam com inusitada raiva. Ignácio lembrou-se da paisagem azul e dourada que vira ao chegar ali. Tudo agora transmutava-se em ruído e eletricidade, e ele podia sentir o mar crescendo lá na praia, espumando nas pedras do molhe, inchado de raiva.

Ao seu lado, Cecília se ocupava de bordar flores. Parecia calma, mas também atenta, em misteriosa comunhão com a tempestade.

— Você já viu um naufrágio? — Ignácio perguntou em voz baixa, pois o menino dormia calmamente ao seu lado, alheio ao furor da natureza.

Cecília ergueu o rosto e respondeu:

— Nunca estive de fato num deles, mas socorri inúmeros náufragos aqui em La Duiva. Já tivemos muitos afogados... Ainda lembro de um menino, quando eu estava grávida... — Sua voz se enterneceu: — Isso faz muito tempo.

Ela deitou um olhar para o neto adormecido, apaziguando suas memórias.

— E como está a moça? — perguntou Ignácio. — Fiquei preocupado com ela.

Cecília suspirou:

— Pobre coitada. Acho que Coral realmente adoeceu.


A paixão é uma espécie de doença. Coral passou a madrugada ardendo em febre, enquanto lá fora a tempestade piorava de hora em hora. Acordou no meio da noite, ou numa hora indefectível transmutada em noite pela densa e premonitória escuridão da própria tormenta. Abriu os olhos e, sob a luz pálida de um abajur, Santiago aplicava-lhe diligentemente compressas de água fria e álcool.

Coral forçou um sorriso e o menino lhe disse:

— Vovó me mandou ficar aqui e colocar estes paninhos na sua cabeça. Você está bem?

— Estou melhor... — Coral sentou-se na cama com algum esforço. — Onde estão os outros?

O vento e a chuva uivavam lá fora. Coral podia sentir a profunda fúria da tempestade e imaginava o mar batendo contra as pedras do molhe, avançando pela orla, tentando engolir a estreita faixa de areia branca onde ela costumava caminhar.

Santiago torceu o lenço que usava nas compressas, tomando o cuidado de não deixar que a água pingasse fora da bacia sobre a mesa de cabeceira, e então disse:

— Vovó está na cozinha fazendo café e sopa. Avisaram pelo rádio que um barco se perdeu. Papai saiu para o mar com os outros. Ignácio ficou no rádio. — Santiago abriu um sorriso orgulhoso: — Ele também quis ajudar.

Coral levantou-se. Estava trêmula e o menino a olhava com comiseração. Ela sorriu para ele:

— Estou bem, não se preocupe.

— Você não devia sair da cama. A vovó disse: não deixe que ela saia da cama.

— Vou só até a janela — respondeu Coral.

Ela deu alguns passos, chegando o rosto contra o vidro molhado de chuva. O que acontecia lá fora, ela podia mais imaginar do que ver, mas seus ouvidos apurados captavam a fúria do vento e da chuva, a agitação marinha, o caos elétrico que parecia insuflar vida nas coisas inanimadas, arrancando galhos e pedaços da cerca do jardim, devastando as flores e os canteiros.

Coral suspirou fundo. O homem moreno estava lá fora também, à mercê da mesma intempérie na qual Tiberius mergulhara. Ela imaginou-os no barco, lutando contra as ondas, as grandes lanternas acesas varrendo o oceano com sua luz, procurando o barco que se perdera e corria o risco de ir para o fundo do mar com a sua carga e os seus tripulantes. E então Coral sentiu que conhecia perfeitamente bem o fundo do mar, suas anêmonas de cores extravagantes, seu denso silêncio granuloso, os peixes cegos, as algas enrodilhadas nos calcanhares dos corais mais profundos. Era um bom lugar, um bom refúgio... Mas talvez a febre prejudicasse suas ideias, o seu entendimento daquela catástrofe de raios, chuva e vento.

— Venha deitar, por favor — pediu o menino. Ele caminhou até a janela, estendendo-lhe a mão: — Você está quente, a vovó disse que é febre. Fique na cama, as coisas já estão bem agitadas por aqui.

Coral obedeceu-lhe como se ele fosse o adulto e ela, a criança. Acomodou-se entre as cobertas, sentindo os espasmos da febre correrem pelo seu corpo exausto. Ela fechou os olhos por um momento, viu o fundo do mar e então olhou para Santiago:

— Seu pai está lá em alto-mar?

— Sim — disse o menino. — Mas ele vai voltar.

Santiago tinha daquelas coisas, e Coral apenas sorriu. Então, encheu-se de coragem e perguntou:

— Você conheceu o moço que veio cuidar do farol?

Santiago já estava outra vez preparando as compressas, pois se sentira muito importante quando a avó o designara para cuidar de Coral.

— Eu ainda não o vi. Mas sei que se chama Tomás.

Coral ficou ali pensando naquele nome, naquele homem, naquela tarde sob a chuva. De olhos fechados, considerava: como podia estar triste e feliz ao mesmo tempo? Talvez de tal confusão de sentimentos é que nascesse o seu mal-estar.

**ONDAS QUE CRESCIAM EM VOLUTAS DE ÁGUA**, vagalhões furiosos e o vento obrigavam Tomás a agarrar-se à amurada do barco. O feixe de luz amarela do refletor de bordo vasculhava o oceano à sua frente, caminho que seus olhos perscrutavam ansiosamente. As ondas castigavam o costado do barco e faziam água no convés; mas o barco, parecendo menor do que já era, avançava cortando com dificuldade a massa de água na escuridão da noite.

Era uma embarcação leve, de calão baixo. Um barco bonito, se é que existia beleza naquela noite elétrica e raivosa. Mas Tomás vira muita coisa em alto-mar, já recebera os presentes e as vinganças de Netuno, como quando cruzara o Cabo Horn numa noite parecida com aquela, de tormenta invernal, e um dos marinheiros caíra no oceano para nunca mais ser visto, engolido pelas ondas como a boca de um homem faminto daria fim a um pedaço de pão.

Eles avançavam na noite. Angus pilotava o barco, Tiberius trabalhava com as luzes, a chuva molhava tudo, o mar subia e descia em ondas que aumentavam feito crinas de água perigosamente instáveis, morros movediços que se sucediam ameaçadoramente.

— Lá, lá!

Ele ouviu a voz de Tiberius às suas costas, entrecortada pelo barulho do próprio mar e da chuva.

— Tem alguém ali! — gritou Tiberius.

E então Tomás focou o olhar, procurando na escuridão daquela massa de água alguma coisa que se movesse, algum sinal de vida humana. Com a sua lanterna de mão, vasculhou o palco iluminado pelo refletor do barco. Tudo era instável, céu e mar pareciam perigosos, numa desesperada junção quase sexual de forças. Alguns metros à frente, Tomás viu o que poderia ser um salva-vidas alaranjado, o volume de uma cabeça humana inclinada, e ele gritou:

— À direita, mais à direita! Eu vi! Lá, Tiberius!

Na cabine, Angus desligou o motor e acionou a âncora. Das entranhas do barco, ruídos metálicos misturavam-se ao barulho da tempestade. Tomás tirou a camisa e vestiu um colete que retirou de uma pilha amarrada ao convés, seus dedos ágeis prenderam as fivelas, fixando-o ao seu tronco molhado de chuva e de mar. Angus surgiu, debruçou-se sobre a amurada e viu o vulto abandonado nas ondas.

— Vou pular! — gritou Tomás.

Angus aproximou-se dele, segurando-se na balaustrada, pois o barco dançava em meio à tempestade. Não era fácil se comunicar em meio aos estrondos do céu e do mar.

— Eu jogo a corda, você o amarra e o içamos — gritou Angus. — Depois você precisa subir rápido, não podemos ficar muito aqui. A água está entrando, fazendo poças no convés direito.

Tomás testou o colete, subiu na balaustrada e se jogou no mar com um pulo leve, bem calculado. Ele deu braçadas vigorosas até chegar ao ponto iluminado pelos refletores e, então, em meio à massa de água que oscilava, em meio à chuva que caía em golfadas, Tomás agarrou o náufrago pelo braço. Um homem já desfalecido, boiando preso ao colete salva-vidas. Ele ainda estava vivo, mas devia ter bebido água demais ou sofrido alguma pancada. Tomás amarrou a corda ao redor do colete, puxou forte e sentiu que, lá do barco, Angus tinha começado a içar o náufrago desacordado.

Uma onda enorme se formou mais à frente, jogando o barco para trás. Tomás mergulhou, sugado pelo influxo, e foi fundo na escuridão silenciosa do oceano. Seu coração batia forte, mas ele era bom nadador e seguiu mexendo braços e pernas, avançando para o lado oposto ao da embarcação. Quando subiu à superfície, respirando fundo, viu mais destroços boiando ao seu redor. Nadou um pouco, procurando por mais sobreviventes, a chuva batia no seu rosto, o mar rugindo incessantemente. Tomás avançou na escuridão; ele crescera no Cabo e não temia o mar furioso. Olhou para os lados e então viu um par de mãos agarradas a um volume que flutuava. Tinha mais alguém, mais alguém na escuridão da noite, mais um dos passageiros do barco que tinha ido para o fundo do mar.

— Aqui, aqui!

Tomás gritava alto. Sua voz se perdia na chuva. Ele levantou o braço, acenando na noite tempestuosa.

No barco, Tiberius fez o seu trabalho. O feixe de luz se movimentava, varando a superfície da água ao redor de Tomás. Ele viu um homem barbudo, assustado, que gesticulava com uma única mão. O homem não gritava, parecia ter perdido as forças, e até a sua mão movia-se com lerdeza.

Agora Tomás não tinha mais nenhuma corda. Deu algumas braçadas até o homem, que se segurava numa espécie de tonel vazio.

— Calma — disse Tomás. — Vamos levar você para o barco.

— Meu Deus — gemia o outro num sussurro. — Joel e Vitorio... Eles...

Uma onda inchou a superfície marinha, eles subiram e desceram no ritmo da água. Os olhos do homem estavam cheios de pavor.

— Fique quieto — disse Tomás. — Guarde suas energias.

Agarrou-o pelo braço, remando apenas com uma mão.

— Mais alguém? — perguntou, olhando ao redor em meio aos destroços, à espuma da água e à chuva.

— Não... — disse o homem. — Eles se foram.

— Então vamos.

Tomás nadou com força, puxando o marinheiro já semiconsciente, vencendo as ondas até o ponto onde nascia a luz amarelada do refletor, onde o barco os esperava, onde Angus, já tendo içado o outro náufrago, aguardava-o com a corda nas mãos. Fazia frio e ventava, mas o corpo de Tomás estava quente do esforço. Ele deu uma, duas, três braçadas. Chegou perto do barco, que balançava, inquieto. O barco como um porto, como a salvação no meio daquele oceano procelado e vingativo. Tomás sabia que tudo que o mar dava ele pediria de volta depois.

Angus jogou a corda, ele segurou com força, amarrando-a ao redor do peito do marinheiro. A um grito seu, Tiberius e Angus começaram a puxar o náufrago para a segurança do barco.

(Antes do alvorecer, Tiberius preencheria seus relatórios contando que um barco proveniente da região de Datitla afundara a duas milhas náuticas de La Duiva. Eles haviam resgatado dois sobreviventes, e outros três tripulantes provavelmente tinham morrido afogados por volta das duas da madrugada. Foi uma noite terrível, mas não desprovida de emoções: a lareira acesa, os dois náufragos tomando o café quente de Cecília, Ignácio operando o rádio, Tomás aprendendo na prática os perigos do mar da região, e toda La Duiva palpitando ao sabor da tempestade tropical, como se o cerne das coisas confluísse para a ilha, e a morte e a vida brotassem dali.)

## ORFEU.

Amor, morte, vida – as três linhas que costuram a nossa passagem neste mundo. As Moiras fiadoras do destino trabalharam bastante naquela madrugada.

Foi uma noite como aquelas outras, as antigas noites da ilha, quando meu pai, o próprio Netuno carnificado, reinava sobre os mares e a terra, quando até mesmo o farol ganhava vida própria enganando marinheiros, trapaceando com suas luzes a fim de ser, ele também, o deus destas paragens austrais.

A cozinha de minha mãe recobrou as suas antigas tintas naquela madrugada: conversas em voz baixa, rostos contritos, o café quente feito na hora, o fogo chiando na lareira, as roupas molhadas secando no calor, as botas enfileiradas perto da porta como colegiais obedientes, a tristeza pelos mortos pairando sobre as latas de biscoito no aparador. Falava-se baixo, e às vezes alguém olhava pela janela a noite escura e tormentosa lá fora, como se um dos afogados pudesse retornar por vontade espontânea à costa, subir a escada de pedra e se juntar aos vivos, corrigindo, assim, os desacertos da sorte.

O fato é que um barco pesqueiro naufragara levando três dos seus tripulantes para o fundo do mar. E Santiago, que fazia vigília ao lado de Coral lá no meu quarto, disse que chegou a ver três vultos à janela, três seres inquietos como chamas trêmulas.

Quando, mais tarde, o garotinho contou essa história para Cecília e Ignácio, a quem ele se afeiçoara e com quem estava aprendendo a desenhar, minha mãe balançou a cabeça de modo irritado

– que Santiago parasse com tais invenções, decerto andava lendo os livros malucos que tinham sido meus!

— Ninguém vê mortos, muito menos uma criança! Hoje você vai dormir comigo, está decidido. Ficarei de olho no seu sono.

Ignácio ficou muito impressionado com as histórias do menino, pois como é que Santiago haveria de saber que eram três os afogados? Ele não estava na cozinha quando Tiberius narrara as aventuras marítimas da madrugada, nem quando os dois homens resgatados deram seus depoimentos entre goles de café. Ignácio apreciava a nossa família e as suas esquisitices – rosas que causavam paixão, um menino que via fantasmas, uma ilha cheia de segredos, a jovem saída do mar sem memória alguma. E ainda havia Angus, a quem ele não conseguira classificar, mas que vinha rondando a sua alma desde que chegara a La Duiva.

Mais tarde, em seu quarto, sem sono e fervilhando de ideias, Ignácio desenharia várias cenas daquela noite, até mesmo os três vultos à janela, cercados de rosas voadoras e de raios inquietos, pois meu sobrinho jurara-lhe que a coisa toda tinha sido exatamente daquele jeito.

É claro que tinha sido.

Eu também vi as três almas subindo o promontório, incandescendo na noite. E eu já lhes disse que Santiago tem lá os seus dons – muito mais profundos do que aqueles que meu irmão caçula carregara na sua própria juventude.

Três foram os fios que Átropos cortou diligentemente com a sua tesoura de mistérios. O mar exigiu, pois ele cobra os seus impostos.

Os sobreviventes, aqueles dois marinheiros salvos por Tomás, Angus e meu irmão, foram acomodados com Apolo e Vico, e lá dormiram uma noite de pesadelos e de louvor, sonhando com as violências marinhas, agradecidos pela ajuda da gente de La Duiva, já que ambos tinham certeza da morte iminente quando foram resgatados em alto-mar.

E o que aconteceu com a minha gente naquela madrugada tormentosa?

Muita coisa.

Ninguém pregou o olho a madrugada toda...

Depois de regressarem ao ancoradouro, com o barco fazendo água e precisando de reparos após se chocar contra uma rocha na saída para o mar, Tiberius, Angus e Tomás foram para a cozinha também. Eles estavam cansados e excitados de igual maneira. Os náufragos já tinham recebido comida e cuidados e estavam recolhidos aos quartos do estaleiro.

Ficaram lá os três, e Cecília lhes serviu pão quente e biscoitos, rainha que ela era em sua cozinha. Eles beberam vinho para aquecer seus corpos e trocaram comentários sobre a terrível tempestade, unidos pela experiência que tinham experimentado. A visão da morte tem seus efeitos – e Tomás, nosso faroleiro, menos de um dia depois da sua chegada, foi aceito no seio da nossa família.

Sim, ele tinha a fibra das gentes de La Duiva. Encaixava-se perfeitamente, era um homem do mar.

Talvez, creio eu, tenha sido exatamente isso que atraíra Coral – em suas veias, em vez de sangue rubro e denso, parecia correr as águas do Atlântico, e em seus olhos Tomás tinha guardados os segredos das marés e das correntes escondidas no fundo dos oceanos.

Ele poderia ter sido um Godoy, mas sua estirpe fincara pé no Cabo onde viviam há mais de cem anos. Porém, eram farinha do mesmo saco, os Godoy e os Acuña, e nossos passados, como linhas infinitas que se cruzam, talvez já tivessem se encontrado antes...

O fato é que Tomás era a peça que faltava no tabuleiro de La Duiva. Cecília atendeu-o com cuidado e zelo. Embora não quisesse mais estrangeiros em sua casa, Tomás era corajoso, e minha mãe não poderia dizer que um homem nascido no Cabo Lipônio fosse propriamente um estrangeiro por aqui. Ela serviu-lhe o pão caseiro e o leite e, muito mais tarde, quando o dia já amanhecia timidamente e a tempestade furiosa transmutara-se numa chuva regular, como se Netuno ou o próprio Zeus já tivessem serenado seus violentos quereres, Tomás pediu licença para se retirar ao seu quarto: precisava dormir.

A própria Átropos já dormia, creio eu, após terminar o seu laborioso trabalho de morte, quando Tomás deixou a nossa cozinha, atravessou a varanda a passos largos e, contornando o terreno enorme que ladeava a casa, seguiu no rumo da habitação que dividiria com Angus.

Ele levava uma lanterna acesa, mais por conforto do que por necessidade: do céu tormentoso, uma luz avermelhada nascia entre os raios já. A ilha estava mergulhada numa luz baça e todas as coisas exalavam um cansaço silencioso.

Tomás estava com as roupas secas, mas seus pés descalços pisavam a grama encharcada e ele caminhava em silêncio, devagar, sentindo ainda o gosto de mar na sua boca, misturado ao café forte que minha mãe lhe servira.

Ele salvara dois homens da morte e saboreava isso enquanto avançava pelo jardim. Sentia-se regozijado, quase milagroso – meu pai contava dessa alegria de tirar do mar as gentes condenadas ao afogamento. O chão da ilha estava coalhado de rosas, e as paredes da casa exibiam os galhos espinhentos e nus das roseiras já com alguns botões estourando, apressados. Tomás pensou nas rosas voando durante a tempestade. Para onde elas tinham ido? Para o fundo do mar? Novos botões já se abriam, nem a procela mais violenta poderia conter aquelas rosas.

Acho que ele não sabia da história das rosas, de como elas tinham invadido a ilha quando Tiberius se apaixonara por Coral. O fato é que, com a sua chegada, já que Tomás trouxera consigo a procela, as rosas se tinham desfeito.

Mas voltemos ao alvorecer...

Lá está Tomás caminhando pelo jardim encharcado. Ele ladeia a casa, a cabeça perdida em pensamentos.

Ele se sente levemente ansioso, um calor sobe pelo seu ventre, mas também o cansaço o assedia – tinha nadado naquele mar inquieto, puxara dois homens através da água, e tudo o que ele quer agora é uma cama e boas cobertas.

Ele passa pela lateral da casa, cruzando a sua fileira de janelas fechadas. Tiberius ainda está lá na cozinha fazendo as últimas anotações. Ele tinha dito que passaria seu boletim à Capitania dos Portos antes de dormir – era mesmo um homem organizado. Angus tinha ido até o farol, e Cecília levara o neto para a sua própria cama, pois temia que o menino inventasse novas histórias de mortos. Tomás ainda não tinha conhecido o nosso desenhista – e em breve nos ocuparemos de Ignácio, cujo paradeiro agora não importa.

Afinal, a madrugada que já parte ainda guarda seus desígnios misteriosos.

Cuidemos, primeiro, de Tomás.

Ele está a poucos metros do final do corpo da casa quando uma janela se abre inesperadamente. As gelosias cantam, rangendo levemente. Já não venta mais, pois a tempestade se esgotou em si mesma, deixando atrás de si os galhos arrancados das árvores, as rosas desfeitas e a praia coalhada de destroços do barco afundado.

Tomás ouve o rangido da janela atrás de si. Ele se vira.

E, então, lá está ela.

Coral.

Febril e descabelada, Coral sorri para ele.

Tomás para de andar, esquecido do sono, esquecido da tormenta e dos náufragos. Para os lados do oceano, as primeiras tintas da manhã tingem o céu entre nuvens densas, pesadas. Ele não sabe o que dizer, apenas fica ali olhando a mulher que lhe sorri.

Ela então diz, num fiapo de voz:

— Pensei que você tivesse morrido afogado.

— Eu? — É a vez de ele sorrir: — Salvei dois marinheiros, mas outros três morreram. Um barco afundou aqui perto.

Coral baixa os olhos:

— Eu vi os mortos, Santiago me mostrou.

Tomás caminha em direção à janela onde a moça está, os cabelos soltos e despenteados descem-lhe pelos ombros. Quando a toca, sente que ela está quente, muito quente. Ela delira, falou em mortos.

— Você está com febre — ele diz.

— Foram as rosas... Eu as comi. E elas tinham o seu gosto.

— Você está delirando — Tomás insiste.

Coral dá de ombros, pouco se importa se tem delírios, se são as rosas, se não tem um passado ou um futuro de seu. Dentro dela, cresce uma vontade enorme de abraçar-se àquele homem, de seguir com ele até onde for possível, perto ou longe, não importa. Basta vê-lo para que essa certeza se materialize. O dia inteiro pensou nele.

Coral diz:

— Eu esperava por você, ainda bem que o mar não o levou. Seria muita injustiça, porque ele me trouxe até aqui e eu não sabia o motivo, mas agora sei.

Ela pula a janela com tamanha leveza que Tomás ri baixinho. Coral parece uma criança fazendo travessuras, desobedecendo a seus pais. Mas ela não é uma criança, é uma mulher bonita, de seios pesados, pernas bem-feitas, e o fita com seus grandes olhos escuros e ardentes.

Tomás se lembra das conversas que ouviu; sim, ele escutou os homens do escritório dizerem que aquela moça tem alguma relação com Tiberius. Coral, porém, parece não se importar com nada nem com ninguém: quando se firma no gramado sobre os dois pés, o que faz é se jogar nos seus braços, colando sua boca na boca de Tomás.

Num canto do jardim lateral, eles se beijam por um longo tempo, então Tomás afasta-a de si:

— Você está doente, assim vai piorar.

Coral sorri:

— Ao contrário, faroleiro. Agora é que eu estou me curando.

Tomás diz então o seu nome e de onde veio. Ela o ouve atentamente. Não conhece o Cabo, não conhece nada a não ser La Duiva e a península. Em pouco tempo, atabalhoadamente, Coral conta a ele também da sua própria chegada, das suas relações com Tiberius e da sua falta de memória.

— Você entende? Eu não sabia de nada, de coisa nenhuma. E agora já sei de uma coisa.

— Sabe o quê? — pergunta Tomás.

— Sei que quero você — ela diz com franqueza.

Ele é um bom homem, acreditem. Está confuso quando responde:

— Eu vim aqui trabalhar para os Godoy e já beijei duas vezes a namorada de Tiberius. Isso não é certo.

Afasta-se dela, sentindo seu coração e suas entranhas reclamarem da pequena distância que agora os separa. Isso é como voltar à terra em dia de boa pescaria, mas é o correto. Seu espírito pesa de cansaço e de culpa. Coisas loucas correm pela sua cabeça. Tomás acha que deve partir, que deve voltar para o Cabo, para sua casa vazia e sua consciência limpa.

— Oh, não — diz Coral, como se pudesse ler os pensamentos dele. — O certo deve ser aquilo que queremos realmente. Eu falarei com Tiberius e ele vai entender.

Tomás pede:

— Não fale nada. Volte a dormir. Eu também preciso descansar, estamos todos exaustos. Depois pensaremos juntos.

Coral toca o seu rosto, a barba negra e espessa que desenha sombras no seu queixo forte. Ele é tão diferente de Tiberius, da sua beleza loira e suave. Tomás é forte, moreno, compacto. Ela sente que alguma coisa se solta dentro de si, um cadeado cujo segredo parecia perdido se abre de repente.

— Ele vai entender — diz.

— Volte para o seu quarto e durma — pede Tomás. — Você está doente, eu estou insone. Prometo procurá-la mais tarde.

Coral finalmente concorda, baixando os olhos por um instante. Encontra uma rosa caída no chão, ainda cheia, pesada de chuva. Agarra-a entre seus dedos pálidos, leva-a ao nariz buscando seu cheiro doce, e então a entrega para Tomás:

— Se pensar em mim, coma uma pétala.

Ele segura a rosa, colocando-a no bolso da camisa aberta. Seus olhos pesam de sono, mas é difícil deixá-la para trás, é difícil dizer a Coral que pule a janela outra vez, que fique sozinha na sua cama esperando, provavelmente, a visita de Tiberius Godoy.

Pensar em Tiberius deixa Tomás infeliz. Tinha gostado do meu irmão, da nossa casa, do farol, do trabalho em La Duiva.

Então ele fala:

— Levarei a rosa, mas durma. Falaremos mais tarde, eu prometo.

Coral pula a janela. Já dentro do quarto, diz:

— Se você não vier, irei procurá-lo.

E então ela corre para a cama como uma menininha obediente, jurando a si mesma que contará tudo a Tiberius, que lhe dirá desta paixão, que lhe dirá de Tomás. Sente que Tomás fecha a veneziana e que o seu quarto escurece suavemente, então Coral fecha os olhos pesados de febre e sonha que se explica ao pai de Santiago.

Quando acorda, algumas horas mais tarde, ela não consegue fazer nada do que se prometeu. Todos os seus planos, outrora tão simples, parecem-lhe impossíveis.

Ah, o amor e os seus mistérios... Vocês sabem, não é?

A pobre Coral, nascida dos poemas de Sophia, a bela Coral, metade mar, metade sal, ainda não sabe de nada disso. Ela viera dar em La Duiva por causa do amor, é verdade. Mas, se o amor é uma rosa, ele também pode ser espinho.


E o que mais sucedeu naquela noite de tormentas?

Deixemos Coral e Tomás mergulhados nos seus sonhos febris, regados a culpa e desejo. Há muito a ser contado ainda antes que o dia instale as suas certezas, pois é nesta hora mágica, quando a escuridão e a luz formam um único amálgama, que as coisas acontecem – que todas as coisas em semente estouram e brotam as suas primeiras folhas de futuro.

Quero contar-lhes também de Ignácio...

Ignácio Casares, o desenhista, deixou a cozinha quando Cecília levou Santiago para o quarto. Estava cansado, também contribuíra durante o resgate. Tiberius lhe ensinara sucintamente a operar o rádio e os alarmes sonoros, ele vira a tempestade lá de cima, do alto do farol, e seus olhos se tinham fartado de fúria e de luz, seus olhos se tinham lavado na violência elétrica da natureza.

Ignácio se recolheu já bem tarde e, fechado no seu quarto, foi desenhar. Encheu páginas de ondas, de raios, de misteriosas figuras como aquelas que Santiago jurara ter visto. Desenhou os náufragos, o barco vencendo a procela, a praia descabelada, o farol... Ainda assim, depois de se gastar em cores, depois de despejar no papel tudo aquilo que seus olhos tinham visto e tudo aquilo que sua alma intuíra, ele não tinha sono algum.

E o que Ignácio fez então?

Vestiu um agasalho mais pesado – pois a temperatura aqui, nestas madrugadas de procela, pode cair drasticamente –, calçou suas botas de borracha e saiu para a noite.

Ele queria ver como a ilha tinha ficado depois da tormenta. Tal qual um salão de baile quando o último casal de dançarinos abandona a pista, os restos da tempestade estavam por todos os lugares: galhos caídos, o belo jardim desfolhado, uma treliça que outrora exibia vivos botões de jasmins do céu estava jogada a metros do seu lugar original. Ignácio viu telhas pelo chão, viu ninhos caídos das árvores, e as sarças, descabeladas, pareciam mortas pelo caminho.

Ele desceu a grande escada escalavrada na pedra, contornou o promontório e chegou à praia. A areia batida pela chuva estava, aqui e ali, coalhada de restolhos. Havia uma beleza terrível naquilo, e ele seguiu caminhando pela areia sob a chuva fina enquanto, lá no horizonte, o dia se esforçava por nascer, as luzes e as nuvens pesadas disputando espaço no céu.

Trilhou a praia inteira e pulou tábuas trazidas pelo mar e velhas garrafas cheias de areia, recolheu uma corda retramada de algas e chegou a temer que algum dos mortos tivesse ido dar ali na orla; mas não, Netuno já os tinha engolido com a sua bocarra, os náufragos desaparecidos não viriam dar à praia, e então Ignácio Casares seguiu o seu caminho enquanto a manhã se fazia lenta e tristemente, uma manhãzinha pálida de chuva fina, de ressaca e de canseiras.

Mas ele não se sentia cansado. Ao contrário, seus olhos tinham visto tanta coisa! Até mesmo a morte, até mesmo o horror dos afogados o seduzira... Aquilo sim era viver, e não os anos que gastara na cidade, entre horários rígidos e salas de reuniões. Ali estava a vida latejante e pura, e onde havia vida ele poderia desenhar. Enquanto trilhava a areia molhada, deixando fundas pegadas com as suas botas de borracha, Ignácio se sentia cheio de inspiração. Era como se Vênus e Netuno andassem pela ilha espalhando belezas e horrores.

Mesmo a tempestade furiosa, mesmo a procela marinha, tudo o tinha encantado. O terrível também sabia ser belo, e foi pensando nisso que Ignácio Casares chegou aos molhes e escalou as pedras cinzentas e pontiagudas; depois buscou, porque já o conhecia, o caminhozinho que levava à porta do farol, destrancada àquela altura.

E então ele subiu.

Subiu os degraus nos quais minha mãe gastara tanto tempo, sentada tramando seu bordado de histórias à espera de que algum dos seus filhos finalmente voltasse para casa.

Ele subiu e subiu e subiu e logo estava lá no alto da torre, de frente para a grande vitrine de vidro circular. Estava no cimo do farol e via o espetáculo do amanhecer e do mar exausto, ambos se tingindo um ao outro – o mar róseo de luz, e o céu cinzento de água. Sentiu-se emocionado como se algum deus pudesse sair das ondas lá embaixo apenas para cumprimentá-lo, para abençoar a sua decisão de mudar de vida e, talvez, ficar para sempre em La Duiva ou na península.

E foi então que ouviu uma voz:

— Achei que todos estivessem dormindo agora que a tempestade acabou.

Ignácio virou-se, sobressaltado. Seus olhos úmidos de emoção, seus olhos que perscrutavam a própria Vênus nas espumas do mar lá embaixo, viram Angus parado à entrada da sala de máquinas com um molho de chaves na mão.

— Oh — exclamou ele. — Você?

Angus riu, bem-humorado:

— Sou responsável pelo farol, ao menos até que Tomás aprenda todos os seus afazeres. Vim conferir as coisas, desligar as chaves e fechar a sala de máquinas.

— E encontrou um intruso — disse Ignácio, dando de ombros. — Desculpe, mas esta sala como que me chamou. Talvez eu não devesse ter subido sem a autorização de um de vocês.

Angus recostou-se na porta. Ainda usava as roupas da noite, mas elas tinham secado ao pé do fogo, embora suas meias, ainda úmidas, o lembrassem das aventuras marítimas, da chuva e das ondas que invadiam o barco.

— Os Godoy confiam em você. Não se preocupe.

Ignácio sorriu:

— Mas você... Você não confia.

Angus sacudiu o molho de chaves. Estava cansado, mas também inquieto. Ali em cima, longe das rosas, longe até mesmo do mundo, era mais fácil manter a serenidade. Aquele desenhista tinha alguma coisa. Ou, riu baixinho, talvez ele mesmo, Angus, tivesse um fraco por desenhistas... Só podia ser.

— Eu sou um homem desconfiado — disse finalmente. — Todos os pescadores são.

— O mar é traiçoeiro?
— O mar é o que é. Ele não dá garantias.
— Este lugar é fantástico — elogiou Ignácio.
— É uma bela vista daqui desta sala... Imagino que isto valha muito para alguém como você. Alguém que desenha, que registra olhares. Agora preciso fechar isto aqui. Estou virado, foi uma longa madrugada.

Ignácio encaminhou-se para a porta.
— Já amanheceu — disse ele. — O sol virá?
— Não... Ainda teremos um ou dois dias de chuva fraca, a natureza está se recuperando da sua própria fúria.

Eles saíram para o corredor estreito que desembocava na escadaria. Ignácio sentia a proximidade do outro, do pescador forte e quieto, de gestos controlados. Viu-o fechar a porta a chave, depois guardar o molho no bolso e começar a descer os degraus.

Quando Angus falou, sua voz ganhou eco:
— Vamos.
*Amos, amos, amos, os,*
*Os, os, os...*
Os dois desceram em silêncio, atravessando o próprio ventre do farol, enquanto Ignácio sentia o coração bater mais forte.

E, eu preciso dizer-lhes, Angus também. Mas acho que vocês já sabem, não é mesmo? Acho que vocês entendem que Angus é um desses homens duros, resistentes, talhados a sol e a sal; mas, por baixo de uma carapuça aparentemente inexpugnável, ele guarda um centro macio e quente, um coração vivo e latejante. Eu mesmo cheguei até esse coração um dia... Faz muito tempo, numa tarde azul e dourada em La Duiva, Angus talvez tenha me ensinado a amar.

Mas ali, descendo a escadaria interminável do farol, ele não pensava no amor, apenas sentia medo. Sim, temia Ignácio como quem teme as rochas submersas do Cabo, os mapas errados, os perigosos peixes carnívoros do fundo do mar.

Ah, pobre Angus – talvez eu tenha feito isso com ele...

Vocês sabem como eu era, o jovem Orfeu louco e ardente, um fio elétrico desencapado, um salto mortal de um penhasco.

E talvez o velho e bom Angus tenha mesmo saído chamuscado de algum dos nossos pequenos incêndios particulares. Mas vamos dar tempo ao tempo... Eu sou um narrador paciente agora que já não faço mais parte deste jogo.

**QUANDO A MANHÃ FINALMENTE SE INSTALOU** no mundo, Coral abriu os olhos após um sono sem sonhos. Por um momento, não sabia onde estava. Então, reconheceu o quarto, a cama com seu edredom azul, a cortina axadrezada, o antigo tapete um pouco desbotado pelo tempo; lembrou do encontro que tivera com Tomás no jardim e essa lembrança lhe arrancou um sorriso.

Virou o rosto e viu que ao seu lado, dormindo quieto, exausto dos trabalhos noturnos, estava Tiberius. Não chegou a tomar um susto, e a contrariedade que imediatamente sentiu logo se transformou em alguma coisa perto da emoção, da delicadeza.

Não sabia explicar...

Mas Tiberius estava tão perto, tão docemente entregue ao sono. Ele tinha a cabeça fora do travesseiro e seus cabelos loiros, cortados à altura das orelhas, espalhavam-se como um halo. Eram cabelos finos, de um dourado luminoso de trigo, e todo o seu rosto – a boca carnuda, o nariz reto, pequeno, o queixo másculo com a barba incipiente, as sobrancelhas castanhas – era tão agradável de se ver que Coral sentiu uma nova angústia dentro dela.

Com cuidado para não o acordar, Coral recostou-se no travesseiro. Por que, afinal de contas, Tiberius e Tomás tinham de ser tão diferentes e tão especiais? Ah, ela não sabia... Não conhecia nenhuma outra garota da sua idade e, de fato, sequer podia dizer qual era mesmo a sua idade, mas a injustiça de ter tanto a afetou como se toda a coisa fosse o oposto: se não poderia escolher, talvez o melhor seria partir, deixando os dois homens para trás.

Ela não os merecia, tinha certeza. Ao deitar-se, ainda com o gosto de Tomás na boca, jurara a si mesma que diria toda a verdade a Tiberius. E, afinal de contas, a verdade não era algo assim tão vergonhoso: vira Tomás na praia no dia anterior e alguma coisa dentro dela se quebrara, como se a sua bússola interna finalmente encontrasse o fatídico norte.

Coral olhou Tiberius, que se remexeu levemente, passando os dedos pelo rosto como se afastasse algum inseto imaginário. Agora, ao lado dele, Coral também sentia amor. Era um sentimento diferente, de fato, do desejo puro e vigoroso que Tomás lhe provocava. Mas também havia desejo, e ela tocou de leve os cabelos dele, macios e tão parecidos com os cabelos do menino que ela adorava. Seu toque foi quase um sopro, mas Tiberius abriu os olhos e, fitando-a, esboçou um sorriso distraído.

— Olá, sereia — ele disse.

Coral devolveu-lhe o sorriso com um esgar tímido. Mas Tiberius estava tão cansado que sequer percebeu o nervosismo que se desenhava nos seus lábios.

— Como você está? — ela perguntou.

— Tivemos uma noite e tanto. Três homens morreram afogados perto daqui.

Coral desviou os olhos:

— Eu sei. Santiago me contou. Viu-os na janela ontem à noite. Ele vê coisas, você sabe.

Tiberius sentou-se na cama, aquele era um assunto delicado... As premonições do filho eram uma coisa que tentava diligentemente ignorar. Mesmo assim, não conseguia se irritar com Coral.

Então disse:

— Não vamos falar disso agora... Você melhorou da febre?

Coral deu de ombros. Na verdade estava fresca, não sentia mais nada.

— Acho que estou bem.

Tiberius esticou o braço e correu os dedos pelos cabelos da mulher que adorava. Sim, concluiu, adorava-a. Era uma coisa tão estranha, tão inesperada, encontrar ali mesmo em La Duiva o amor.

Recordou-se de Zoe, e as feições já um pouco desbotadas da ex-mulher pareceram bailar diante dos seus olhos por um momento, então Tiberius sacudiu de leve o rosto, focando seu olhar em Coral.

— Acho que eu mereço alguma coisa por ontem à noite — ele falou, rindo. — Alguma espécie de prêmio por arriscar a minha vida.

E foi-se achegando ao corpo macio e morno da mulher até tocar as suas coxas rijas, levemente arrepiadas de excitação. Por um instante, Coral pensou em sair da cama. Tinha dito a Tomás, tinha dito... Mas, agora, com Tiberius tão perto, com seus dedos avançando feito aranhas no rumo do seu ventre, ela já não tinha mais certeza de nada; deixou seu corpo resvalar, deitando-se ao lado dele, e se entregou aos lábios que Tiberius lhe oferecia.


Eles ficaram ali até depois que o relógio badalou as doze horas. A casa estava silenciosa, todos ainda dormiam, e lá fora caía a chuva fina e persistente que Angus tinha anunciado a Ignácio.

Quando finalmente Tiberius deixou o quarto de Coral, avisando que iria tomar um banho e preparar alguma coisa para o almoço tardio da família, ela permaneceu deitada, sentindo no peito um estranho vazio, como se a chuva a lavasse por dentro com a mesma insistência que lavava o mundo lá fora.

Não sabia o que fazer com o futuro, e, se olhasse para trás, nada havia para ver. Era um vazio entre dois homens. Tinha vindo do mar, talvez tivesse sobrevivido a um naufrágio como o da noite anterior, não saberia dizer – mas não havia alternativa viável.

Havia uma alternativa, é claro – mas a pobre jovem jamais poderia se imaginar fruto da imaginação de outrem. Então, o que Coral pensou, enquanto arranjava forças para tomar um banho, vestir uma roupa e ir ajudar Tiberius com a refeição, foi que ali mesmo na ilha havia outros dois homens iguais a ela... Os dois náufragos!

Quem sabe poderiam ajudá-la? Teriam eles perdido a memória no choque do naufrágio? Coral era diferente de todos ali – diferente dos Godoy, os donos da ilha, diferente de Angus, o pescador silencioso, diferente de Ignácio, um artista gentil e distraído. Ela era diferente dos jovens ajudantes de Tiberius – mas aqueles dois náufragos que, segundo o próprio Tiberius, ainda descansavam lá no depósito à espera de que a Capitania viesse buscá-los para interrogatório, abrindo assim um boletim sobre o naufrágio, aqueles dois eram como ela: tinham vindo do mar.

Para evitar perguntas de Tiberius ou de Cecília, o que ela fez foi saltar pela janela do quarto uma vez mais e seguir sob a chuva fina, trilhando os caminhos que levavam até o alojamento onde os dois pescadores descansavam. Quem sabe um deles poderia ajudá-la a lembrar-se de alguma coisa, a resgatar do fundo do nada das suas memórias um peixe qualquer? Coral precisava tanto, queria tanto...

E assim ela apressou o passo, seguindo a trilha onde os restos do temporal se deixavam ver: árvores caídas, galhos soltos, folhas e mato espalhados. Sentia pena da vegetação machucada pela intempérie e, quando dobrou a esquina da casa e espiou o jardim lá nos fundos, deu-se conta de que todas as flores tinham sido arrancadas com o vento, que a lavanda fora completamente arruinada e que os roseirais estavam nus.

— Oh, não...

Tinha cuidado do jardim com tanto esmero e aquela devastação lhe doeu na alma. Mais tarde voltaria ao trabalho, replantando as mudas, podando as roseiras, consertando as cercas-vivas que tinham sido desfalcadas pelo furioso vendaval.

E Coral foi andando, andando sob a chuva miúda. Como em nenhum momento olhou para trás, não poderia saber que, por onde passava, os botões de rosas brotavam inesperadamente, abrindo-se cheios de esperança para a manhã nebulosa.

A luz cinzenta do começo da tarde entrava pelas janelas altas, derramando-se no chão de madeira, formando um padrão granuloso que ressaltava os nós das tábuas sem acabamento, enfileiradas com esmero, separando o chão de terra fria e úmida dos pés das pessoas que ocupavam aquela construção rústica, metade alojamento, metade depósito de materiais.

Mas a faina organizadora de Tiberius não deixara de passar por ali, e o lado escolhido para fazer as vezes de quarto tinha cortinas escuras e três camas enfileiradas, com seus cobertores idênticos e bons travesseiros de penas. Havia uma porta que dava para a dependência ocupada por Vico e Apolo, os dois ajudantes, mas ela estava fechada e trancada a chave, de forma que os homens resgatados do mar na noite anterior estavam ali, simplesmente dormitando, como se gozassem do grande privilégio de sonhar um pouco mais quando o provável destino deles, sem a ingerência dos Godoy, seria a fome ancestral dos peixes.

Eles eram dois, como já sabemos. Um deles, o mais jovem, dormia a sono solto, roncando de vez em quando na placidez de quem tinha empenhado a própria vida e a recuperado depois. Não fazia muito tempo, os dois tinham recebido alguma comida das mãos de Apolo, e o cansaço de sobreviver deveria ser mesmo absoluto, porque o jovem, depois de mastigar o sanduíche que lhe fora dado e esvaziar dois copos de leite, virara para o lado e voltara a roncar.

Mas o mais velho deles, aquele que Tomás resgatara já sem sentidos, boiando agarrado a um pedaço de madeira, bem, esse não conseguia mais dormir. Estava ali recostado nos travesseiros. Esperava apenas, não sabia bem o quê. Fazia já alguns anos que, depois de ter deixado para trás mulher e dois filhos, aventurara--se naquela vida sem destino, trabalhando em barcos pesqueiros. Ouvira histórias, é claro, elas eram as mais variadas possíveis – sereias, monstros marinhos, piratas do além, correntes enganosas e patrões assassinos –, mas fora a primeira vez que se vira diante da morte. E ele não tinha gostado.

Quando a porta do alojamento se abriu devagar, ele levantou os olhos sem muita curiosidade. Sentia frio, um frio que lhe vinha dos ossos, embora usasse um pesado cobertor. Era como se o mar tivesse, de alguma forma, entrado para dentro dele. Quase podia ouvir o mar cantando nos seus ouvidos... Estava cansado, mas não conseguia dormir. Dormir era confiar, e ele se sentia por demais apavorado para confiar em qualquer coisa, até mesmo no conforto enganoso da ilha. Então, focou seus olhos no feixe de luz que entrou pela porta, mas estava um pouco escuro. Ele piscou uma, duas vezes, e somente na terceira vez foi que pôde reconhecer com clareza a mulher bonita que avançava timidamente em sua direção.

— Eles chegaram? — foi o que lhe ocorreu perguntar.

Estavam esperando os funcionários da Capitania dos Portos, mas até mesmo os órgãos governamentais precisavam aguardar o final da tempestade para fazer o seu serviço.

Ele piscou uma quarta vez e viu Coral parada à sua frente.

Ela disse:

— Boa tarde, espero que o senhor esteja passando bem.

O homem respondeu:

— Pra dizer a verdade, ainda sinto frio, muito frio.

— Posso lhe arranjar mais um cobertor.

Ele deu de ombros:

— Não é essa espécie de frio.

Ao lado dele, na segunda cama, o mais jovem dos dois roncava serenamente. Coral olhou-o e sorriu. Na terceira cama estavam duas bandejas com os restos do café da manhã que viera da cozinha.

— Vim lhe perguntar uma coisa — disse Coral. — Mas não quero incomodar.

O homem olhou ao seu redor, a peça simples e limpa, o dia chuvoso lá fora. A moça era bonita e parecia cheia de viço.

— Eu não tenho nada para fazer e vocês salvaram a minha vida — ele falou. — Quer dizer, sou todo agradecimentos. Pergunte o que você quiser.

Coral sentou-se na beirada da cama, olhou-o no fundo dos olhos e perguntou:

— Você preferia ter morrido?

O homem soltou uma gargalhada:

— Ainda estou com medo. Mas eu quero viver. Veja o meu companheiro, dormindo aí tranquilamente. E eu estou com medo de dormir e, dormindo, voltar ao pesadelo que foi a noite de ontem. — Ele fungou, como se quisesse encher os pulmões de alguma coisa, algo como coragem. — O seu irmão me salvou, senhorita. Eu estava quase morrendo, bastava mais um pouco... E, então, ele surgiu nadando no meio das ondas...

— Ele era loiro ou moreno? — perguntou Coral.

O homem disse:

— Moreno. Ele não é seu irmão?

Coral sorriu. Imaginou Tomás lutando com o mar bravio na noite escura, tormentosa.

— Não, ele não é meu irmão. E eu não sou uma Godoy. — Ela olhou o chão, viu a poeira cintilando sob a luz baça da manhã e, numa voz um pouco mais baixa, acrescentou: — Eu também saí do mar.

— Ontem à noite? — O homem parecia espantado. — Mais um barco?

— Oh, não... Já faz tempo. Eu não me lembro de nada, não consigo lembrar.

— Sinto muito — disse o homem. E, numa camaradagem nova, estendeu sua mão calosa: — Eu me chamo José.

— Sou Coral.

— Você foi a única que se salvou? No seu barco, quero dizer... Coral abriu um sorrisinho triste:

— Eu não sei... Não lembro nem ao menos se havia um barco. Este é o meu problema. Por isso vim.

— Para saber? — indagou o marinheiro mais velho. — Para saber como as coisas aconteceram conosco? — Ele suspirou, olhou o homem que dormia a sono solto. Conheciam-se havia apenas alguns meses e nunca tinham sido íntimos, mas apenas os dois tinham sobrevivido e aquilo era talvez a maior intimidade possível. Sentiu pena da moça e continuou: — Veja, eu lembro de tudo. Dos raios, das ondas enormes lavando o convés... Então, ouvimos um estrondo, o barco chocou-se contra umas rochas e, depois do barulho horrível e do baque que nos jogou ao chão, a água começou a invadir a coberta e o barco adernou.

Coral olhava-o fixamente. Cada palavra que o homem dizia, cada uma daquelas palavras poderia ser a chave que abriria suas memórias. Mas ela ainda era um vazio sentado na ponta da cama, escutando.

— Sinto muito — disse.

E sentia mesmo. Sentia pelo homem, cujos olhos estavam úmidos, e sentia por ela mesma, porque nunca haveria de se lembrar de nada.

— Não há problema. Afinal de contas, estou aqui. Graças a Tomás e ao Godoy... Tiberius é o nome dele, não?

Coral aquiesceu:

— Tiberius Godoy. — Ela levantou-se, fazendo menção de ir embora.

— Já vai? — perguntou o homem.

— Vou ajudar com o almoço. Traremos comida para vocês.

— Acho que eu preferia beber, beber até cair duro, sabe? — E, piscando um olho, sussurrou: — Veja bem, não se apoquente. Talvez o melhor mesmo seja não lembrar. Sinto como se o mar estivesse dentro de mim e eu ainda pudesse me afogar a qualquer momento.

Coral titubeou por um instante. Não lembrar? Teria ele razão, e esquecer era uma chance de recomeçar? Correu os olhos pela peça grande e silenciosa. A chuva caía fina e persistente lá fora. Como um choro conformado. Sentia-se intimidada porque aqueles dois marinheiros lembravam o que ela tinha esquecido.

O homem chamou-a e pediu:

— Se você me conseguir uma cerveja, ficarei agradecido.

Coral respondeu que faria o possível. Saiu apressada, ganhando o pátio sob a chuva. Ela caminhou por alguns metros seguindo a trilha entre as sarças e sentiu a angústia crescendo dentro do peito, crescendo como uma planta cheia de gavinhas, e o nó que se instalou na sua garganta a incitou a correr.

Corria sem sequer cuidar o chão molhado, tropeçando nos galhos que atravancavam o caminho aqui e ali. Correu e correu até o farol e viu o mar revolto lá embaixo, o mar cinzento e taciturno. Ofegante, sentindo o vento bater em seu rosto, finalmente parou de correr. Estava úmida e desfeita, mas desceu as escadas de pedra até a trilha do farol respirando fundo o ar cheio de maresia, o ar salgado de Vênus com suas promessas de amor e de delícia.

Então Coral contornou o grande corpo do farol, caminhando até o pequeno ancoradouro, e viu o barco branco com a bandeira uruguaia tremulando no vento, içada bem alto, o barco da Capitania que tinha vindo buscar os dois homens lá no antigo depósito. Eles seriam levados até a delegacia na península, onde prestariam depoimento sob o *clec-clec* das arcaicas máquinas de escrever, assim como ela mesma fizera; no seu caso, nada houvera para contar. Ela calara as máquinas e frustrara os policiais em menos de cinco minutos. *Não me lembro de nada*, tinha dito. *Não me lembro*. E Tiberius segurava a sua mão.

Apoiou-se no farol, recuperando o fôlego. Olhou de novo para baixo e viu, no ancoradouro, um vulto que se aproximava para receber os tripulantes do barco. Era Tomás. Ele caminhou alguns metros e ficou parado sob a chuva, muito ereto, sereno. Talvez falasse alguma coisa, mas, de onde Coral estava, era impossível escutá-lo.

Coral olhou-o por um longo tempo e, embora já tivesse recuperado o fôlego, seu coração batia descompassado.

— Tomás — ela disse, experimentando o nome. — Tomás... — repetiu, como quem nomeasse uma fruta, como quem mordesse um pêssego cheio de sumo.

Decidiu voltar para casa. Tiberius estaria decerto servindo o almoço com Cecília e o menino. Coral correu novamente. Se lhe perguntassem se corria de Tomás ou se corria para Tiberius, ou se tudo era o contrário disso, não saberia responder.

Quando entrou na cozinha, depois de contornar a casa e cruzar o pátio devastado pela tempestade, Tiberius não estava mais lá. Ela abriu a geladeira e viu uma caixa de garrafas de cerveja, pensou no homem deitado lá na cama, mas desistiu. Não queria voltar, não queria ver o outro náufrago acordado, e a Capitania dos Portos já estava na ilha.

Deixou a cozinha e atravessou a casa silenciosa. Não viu ninguém pelo caminho, mas encontrou Ignácio desenhando na varanda. Quando irrompeu ali, cruzando as portas duplas da sala, Ignácio Casares levantou os olhos do seu caderno e abriu um sorriso:

— Boa tarde — disse, achando que ela não deveria estar de todo curada do seu mal-estar, pois parecia pálida e um pouco nervosa.

— Onde estão os outros? — Coral perguntou.

Ela viu sobre a mesa os restos do que deveria ter sido o seu almoço, mas só havia um prato, um copo e um jogo de talheres. Ele parecia sozinho havia algum tempo.

Ignácio disse:

— Cecília e o menino comeram no quarto. Estão muito cansados, creio eu. Tiberius desceu para o escritório, parece que havia trâmites legais a serem cumpridos. Os outros homens estão trabalhando... E eu estou aqui, rabiscando a vida.

— Ah — gemeu Coral. — A Capitania dos Portos chegou.

— Acho que Tiberius foi avisado.

De repente, Coral se sentiu exausta das suas correrias pela ilha: estava descalça, suada e úmida de chuva, a camiseta meio colada ao corpo, os pés cheios de areia e terra. Riu da própria aparência, puxou uma cadeira e sentou-se ao lado de Ignácio:

— Você deve me achar meio louca, não é?

— Na verdade, simpatizo com você — disse Ignácio.

Coral desviou o olhar para a praia lá longe. Havia certa nostalgia, uma tristeza quase palpável na tarde desbotada e quieta. A ilha, arranhada pela tormenta, parecia dormitar como um convalescente.

— Eles me acolheram. Os Godoy... — explicou Coral, de repente. — São pessoas boas. Não sei se mereço, entende? Não tenho certezas ao meu respeito.

Ignácio olhou-a com calma. Pegou um lápis e fez alguns traços numa folha de papel, como se pensasse com as mãos. Era assim que colocava as ideias em ordem.

Finalmente, respondeu:

— Eu sempre prefiro a dúvida... E, se você quer saber, também não tenho certezas ao meu respeito.

Então, como se só estivessem os dois ali, somente os dois em toda a ilha, no mundo inteiro talvez, como se tudo tivesse ficado longe, inalcançável e até mesmo desimportante, Ignácio Casares contou a sua vida para a jovem morena, perdida de amores e molhada de chuva.

Era uma vida interessante, com certeza. Ele tinha feito fortuna de modo mais efetivo do que criara raízes, mas não me caberia narrar aqui tudo o que aquele homem vivera. Acomodado na cadeira de vime, usando uma camisa xadrez sobre uma camiseta de malha branca, balançando a cabeça de bastos cabelos escuros que já exibiam as primeiras cãs nas têmporas, Ignácio falava. Parecia um menino que crescera rápido demais, pensava Coral. Talvez fossem as suas mãos inquietas... Seguravam o lápis com força e faziam rabiscos indecifráveis; depois, soltas, dançavam no ar como se quisessem dar forma às suas palavras.

Ignácio chegara em La Duiva havia uns três dias, de maneira tão inesperada como ela. E os Godoy o tinham recebido em sua casa.

Eles eram assim. Agora, estavam ali na varanda, olhando a chuva. Coral não tinha um passado que pudesse colocar em palavras, mas Ignácio abusava delas para lhe contar a infância, o trabalho que deixara para trás e o seu amor ao desenho.

Ele fizera muitas coisas. Cruzara o mundo e estudara em países distantes, gastando até a última nota da herança recebida dos avós. Depois, começara a trabalhar. Tivera sorte e o negócio que abrira com mais dois amigos cresceu facilmente como se fosse grama. É claro, disse Ignácio rindo, os olhos perdidos no tempo, que tudo aquilo não tinha sido exatamente uma maravilha: trabalhara duro, mas ele mantivera-se razoavelmente intacto nas suas convicções mais importantes. Ganhara dinheiro, ao menos bastante para não precisar mais pensar no assunto.

Coral, cujo coração novo em folha palpitava feito um passarinho, quis saber:

— E do amor? O que me conta?

Ignácio riu alto. Suas mãos voltaram ao caderno, rabiscando angustiosamente. Um vulto surgiu na página em branco... Sim, ele tinha amado.

— Muitas vezes — disse sorrindo.

E então contou a Coral do seu casamento. Ela era uma jovem morena, artista plástica. Adorava-a, e ambos passavam longas horas no ateliê que tinham montado no andar de cima da cobertura onde viviam. Entre gozos e desenhos e esculturas, dez anos se haviam passado. Um dia, o amor saíra pela janela sem avisos. Os dois brigaram ainda por algum tempo, perdidos nas ruínas daquela paixão. Um dia, ela partira. Então, durante os anos que se seguiram, Ignácio experimentara de tudo: drogas, mulheres, homens... Amara um rapaz e depois outro, e assim, lentamente, começara a se interessar mais pelos homens do que pelas mulheres. Houvera um catalão e um norueguês. Mas o final sempre chegava rápido demais: Ignácio só conhecera a estabilidade com a artista plástica.

— Nunca mais eu soube dela. Um dia, recebi um telefonema... Isabel, o nome dela era Isabel... Bem, ela tinha morrido num acidente de carro.

Coral não soube o que dizer. Nunca pensava na morte, nunca mesmo. Parecia ter nascido da morte, vinda do mar sem memória, mas, desde que se vira na praia, naquela noite, tudo tinha sido vida em profusão: Santiago, o barco, o mar, o farol, Tiberius. E, agora, Tomás.

— Faz muito tempo isso? — Coral perguntou.

Ignácio deu de ombros:

— Foi no ano passado. Depois dessa notícia, eu mudei de vida. Resolvi cuidar do meu desenho e viajar pelo mundo... E estou aqui.

Os dois se calaram. Lá embaixo, na praia, a neblina parecia condensar-se sobre o mar, densa como um cobertor. Coral ergueu os olhos e viu que as primeiras nesgas de azul surgiam no céu, abrindo caminho entre as nuvens e a chuva fraca.

— Veja. — Ela apontou, feliz como se aquilo mudasse tudo. — O sol voltará.

— Angus falou que choveria por três dias — respondeu Ignácio.

Coral deu de ombros:

— Ele errou. Ou talvez o céu esteja apenas nos pregando uma peça.

Queria o sol de volta, queria tanto! A chuva parecia afetá-la intimamente, não sabia explicar. Coral ficou algum tempo mirando o céu, mas os pequenos rasgos de azul eram constantemente tomados pelas nuvens e pela nebulosidade. Ele sentiu fome de repente e se lembrou de que ainda não comera nada.

— Que horas são?

— Já passa das três — disse Ignácio, olhando seu relógio. — Acho que vou descer até a praia e fazer alguns rabiscos, algumas anotações.

Coral ergueu-se. Tinha ouvido a história dele... Mas ela não tinha nada para contar. Olhou-o, reunindo seus materiais numa sacola plástica. Concentrado no seu objetivo, escolhia as canetas, os lápis ideais. Pensou em lhe contar sobre Tomás, mas não teve coragem. Não devia falar nada a ninguém.

Coral disse um "até logo" distraído. Ignácio olhou-a desaparecer casa adentro, deixando atrás de si um leve olor de maresia. Gostava da garota. Queria desenhá-la, mas não tivera coragem de lhe propor que posasse. Parecia arisca, volátil. Então, ele vestiu sua capa de chuva, juntou o material de desenho e desceu para a praia, sentindo a garoa fina no rosto.

O mar ressoava como um animal enjaulado. Ignácio pisou a areia fria, avançando até a orla onde as ondas se embolavam como se brincassem umas com as outras. Uma andorinha passou voando, gritando no céu, semiescondida pela neblina. Ignácio imaginou, mais do que viu, o voo do pássaro. E, neste momento, Angus veio--lhe à mente.

Olhou a praia deserta. Melhor andar, gastar energia. Iria até o farol, se abrigaria sob o telhado da casa de máquinas e ficaria desenhando ao som do oceano revoltoso. Desenhar sempre o acalmava. Ele não queria partir, mas quantos dias ainda poderia durar a hospitalidade dos Godoy?

Acelerou o passo, sentindo a umidade lamber o seu rosto. A chuva fina tinha gosto de mar e parecia dissolver-se na neblina densa que circundava a ilha como um halo.

**NO FINAL DAQUELA TARDE,** finalmente a chuva deu mostras de amainar. As rosas voltaram a brotar com toda a força como olhos que se abriam para a luz violácea que descia do céu, rasgando as nuvens.

Angus errara em suas previsões, mas até ele mesmo se sentia feliz. Longe, no mar ainda nervoso, o sol fraco parecia desenhar sinuosidades cambiantes, tingindo o oceano de vários tons de azul e verde.

Mas não havia tempo para distrações. A tempestade danificara a ilha, arrasando o jardim, espalhando galhos e sujeira por todos os lados. Além disso, Tiberius gastara boa parte da tarde envolvido com o despacho dos dois náufragos, e eles ainda precisavam dar início ao conserto do barco. Um grande rombo na sua velha barriga cascurrenta revelava-lhe as misteriosas entranhas.

A solda funcionou por muitas horas na oficina. No calor do fogo, os homens aqueceram e vergaram a madeira necessária para fechar o buraco no casco. Tomás nunca tinha trabalhado com a solda ou a madeira vergada, mas aprendia rápido, era quieto e eficiente.

Enquanto as horas passavam na oficina, Tiberius pensava em Coral e nos prazeres da noite que viria – depois da madrugada dos trabalhos e da tempestade, nada mais justo do que se meter sob as cobertas com ela. De certa forma, já a considerava sua noiva, mas intuía que tal arroubo iria assustá-la. Coral era esquiva, e a perda de memória lhe causava um grande sofrimento. Sabia que era preciso ter paciência... Ela queria um emprego, e ele lhe daria um trabalho na seguradora. Depois, quando estivesse se sentindo mais ajustada, mais estável, então ele haveria de pedi-la em casamento.

Enquanto Tiberius pregava e soldava a barriga do seu barco, tais pensamentos ocupavam sua alma. O trabalho braçal era também libertador, e essa descoberta o alegrava: metido sob o corpo enorme do barco, ele tinha a mesma liberdade de pensar do que outrora, quando passava largas horas sob as constelações lá na praia.

O que Tiberius não sabia é que, do outro lado da oficina, trabalhando na verga da madeira e aparafusando peças, Tomás também pensava em Coral. Ela tinha sido uma espécie de epifania, e até mesmo seus pensamentos eram mágicos, ardentes, incontroláveis – Tomás via-a diante de si, linda e molhada de chuva, e todo o seu corpo parecia se abrasar nessa visão. Talvez fosse o calor da solda, pois Tomás suava enquanto trabalhava; mas havia algo mais, havia aqueles olhos submarinos, aquela boca tão rubra como as rosas mágicas de La Duiva.

Os instintos de Tomás Acuña dirigiam-se a Coral como uma bússola ao seu norte magnético. E assim, na febre da paixão, ele esperava a chegada da noite ao mesmo tempo que a temia.

Tomás desligou a solda e tirou a máscara que protegia o seu rosto. Sob o barco, erguido com a ajuda de roldanas de ferro, viu o vulto de Tiberius. Ele trabalhava pacientemente no encaixe das tábuas vergadas.

Sabia que Tiberius era um bom homem, também um excelente marinheiro. Além do mais, o contratara por um salário justo, até mesmo generoso. E ele estava ali pensando em Coral. Queria-a, a despeito de ela ser a garota de Tiberius Godoy. Tomás sentia um peso na alma. Vieram-lhe à mente a sua pequena casa no Cabo, o seu barco e a solidão pacífica dos dias que lá tinham ficado. Mas não achava em si coragem para voltar. Precisava de um pouco de ar puro, o suor escorria pelas suas costas.

Tomás viu que Angus tinha acabado de desmontar o motor do barco. Aproximou-se e disse:

— Vou dar uma caminhada e já volto... Preciso respirar.

Angus concordou. Lembrava-se bem da cena do dia anterior, mas não podia culpar o outro. A vida tinha os seus jogos, e, se a ilha era um tabuleiro, ele iria simplesmente deixar a partida se desenrolar sozinha.

Largou a chave de fenda e, olhando Tiberius, ocupado sob o casco do barco avariado, refletiu. O caçula dos Godoy tinha toda a condição de competir, não precisava da sua interferência.

— Não demore — pediu Angus, quando Tomás já estava à porta. — Vou precisar da sua ajuda daqui a pouco.

— Pode deixar.

— Na volta, traga Apolo com você.

Tomás saiu da oficina. Já não chovia. Ele olhou o céu e viu as últimas luzes do dia abrindo espaço entre as densas nuvens. O mar ainda brigava com as pedras dos molhes, porém parecia mais claro, prometedor de delícias futuras.

Caminhou em direção à praia. Um pensamento dominava a sua mente. Talvez ela estivesse lá. Talvez... Era mais um desejo do que um pensamento concatenado. Uma vontade que lhe ardia no fundo do peito, inquietando seu ventre, fazendo seu coração bater mais depressa.

Seguindo pelo caminhozinho de cascalho, Tomás enfiou a mão no bolso da camisa e então lá estava a rosa. A rosa! Por um momento, ele olhou o botão vermelho com estranheza, como tinha ido parar ali? Então, lembrou-se do seu encontro com Coral.

Ela lhe dera aquela rosa!

Arrancou duas pétalas e meteu-as na boca. Se lhe perguntassem o motivo de tal gesto, ele jamais poderia explicar. Mas as pétalas dançavam na sua boca, macias, delicadas. Mastigou-as quase com carinho e um sabor adocicado o surpreendeu.

A textura das pétalas era suave. Macia como o veludo dos ricos. Como a pele de Coral. Tomás comeu mais duas pétalas e, então, outras duas. E logo mastigara e engolira a rosa inteira como se ela fosse uma fruta. Um calor bom se espalhou pelo seu corpo, emanando da sua boca, que pulsava como um coração.

Ao chegar à praia, sentia-se tonto como se tivesse usado alguma droga, como se tivesse bebido o absinto que provara numa cidade longínqua. Sentou-se na areia perto das pedras, fechou os olhos e a viu.

Inteira e linda.

Como uma daquelas ninfas das histórias gregas, Coral saía da espuma das águas, a própria Afrodite encarnada. Ela era a absoluta luxúria e também a inocência, e ele teve certeza de que estava totalmente perdido. Era um barco numa tempestade em alto-mar.

Enquanto delirava na areia, enchendo seus pulmões de maresia, digerindo as pétalas que Coral lhe dera, o jardim atrás da casa fervilhava outra vez. Rosas explodiam em botão, galhos nus geravam folhas pequeninas e verdes que se esticavam por magia, alastrando-se sobre a terra ainda ensopada de chuva, alcançando as paredes da casa e subindo em centenas de gavinhas ávidas que buscavam o sol.

Como um exército disposto à conquista, as roseiras se abriam, espalhando seu perfume na tardinha quieta. Centenas de botões de um vermelho cor de sangue e, por trás deles, os espinhos, milhares de espinhos, já que não existe beleza sem o seu quinhão de violência.

(Quando Cecília saiu do quarto – tivera uma terrível enxaqueca e passara a tarde entre compressas, atendida pelo neto, que parecia ter jeito para cuidar dos outros –, qual não foi o seu espanto ao ver o jardim pulsante sob a luz das primeiras estrelas. Para cada rosa arrancada pelos ventos da tormenta, outras três tinham nascido, numa beleza tão violenta que parecia lúbrica.

Cecília olhou o milagre das flores e fez o sinal da cruz. Não era católica, mas o gesto nasceu das suas memórias mais profundas de uma infância perdida. Ao seu lado, Santiago riu alto de pura felicidade. Ah, ele gostava da infestação de rosas! O menino respirou fundo, aspirando o ar açucarado pelas flores.)

# SANTIAGO.

Dormi a tarde toda hoje ao lado da vovó. Ela estava com a cabeça doendo tanto que parecia um tambor. Coitada da vovó, ela anda tão cansada! Disse que já não tem mais idade para cuidar das gentes que o mar cospe aqui na praia.

Ela contou muitas histórias para mim,
histórias de naufrágios,
de barcos afundados,
até de um menininho morto com seus cabelos de algas.

A vovó diz que a morte não é um tabu. Eu não sei o que é um tabu, mas a escuto contar dos mortos e acho engraçado porque eu posso ver eles.

Alguns são tristes, outros não.

Tem a tia Flora, tem o tio Orfeu.

Tio Orfeu é igual ao mar, quando eu o vejo ele faz *shis-shas, shis-shas*, ele borbulha como as ondas, passeando por aí, grande-pequeno, homem-mulher, dia-noite, tudo misturado. Como nas figuras dos livros que deixou lá no quarto da Coral. Homens com parte do corpo de animais, mulheres com rabos de peixe.

A vovó diz *seres híbridos*.

Um pouco de cada coisa, uma coisa grávida da outra.

Eu e a vovó temos essas conversas, mas com o papai eu não falo disso. Ele não gosta, eu sei... Ele quer que eu fale em árvores, em barcos. Ele quer que eu fale das coisas que se pode ver sem susto. Eu até posso falar das estrelas que não podemos tocar, mas elas são o mais distante que as minhas palavras podem ir.

Nunca até o invisível.

Papai não gosta do invisível.

Ele gosta dos números, das marés, dos telefones com seus fios retorcidos, das canetas com suas cargas de tinta azul, das caixas de ferramentas cheias de pregos.

A vovó diz que papai não foi sempre assim. Que, um dia, como eu, papai via coisas invisíveis aos outros. Ela me deixa ser quem eu sou. *Não se pode mudar a sina*, diz. Quando eu for para a escola, vovó falou, vou me esquecer um pouco dessas coisas que vejo por aqui. Vou aprender a somar com tampinhas de garrafa e a fazer contas de multiplicação, e lá eu não poderei falar de sereias, nem de tios que passeiam na praia ao cair da noite, tios que já morreram, mas que ainda estão aqui.

Quase como sonhos, sabem?

É assim que vejo essas coisas, como se eu estivesse sonhando de olhos abertos. Confundido pelo sol, tonto de calor. Eu me queimo por dentro, como se tivesse uma fogueira na minha barriga. Então os vejo volitando lá na praia, e meu pai fala *esse menino é muito impressionável, ele in-ven-ta coisas.*

Mas eu não in-ven-to coisas.

A ilha está cheia de tudo que não se pode ver nem tocar. Até o Angus sabe disso, mas o papai não.

Hoje, enquanto a vovó dormia, cansada da sua enxaqueca, eu vi os três afogados. Eles vieram até o quarto e a água que pingava dos seus cabelos fez uma poça no chão. Um deles tinha corais presos às orelhas, como os brincos que vovó gosta de usar. O outro abriu a boca e cuspiu conchas vazias, ele parecia estar com muita fome. Havia um terceiro, quase um velho. A barba dele era tão branca como aquelas nuvens que a gente vê no céu pela manhã. Mas os caranguejos já moravam ali, e eu vi as suas pinças afiadas beliscando as bochechas do velho.

Coitados daqueles três.

*O mar cobra o seu tributo*, diz a vovó. Ela sabe dessas coisas, ela foi casada com o meu avô, que viveu sua vida toda salvando marinheiros da fome do mar.

Aqueles três eram um tributo estranho, eu achei. Enquanto a vovó dormia, com seu lenço enxarcado de álcool sobre a testa, enquanto eu respirava fundo porque gosto do cheiro do álcool e ele me faz rir por nada, os três afogados ficaram ali.

Parados aos pés da cama, olhando para nós.

Pareciam mendigos, pareciam reis magos esfarrapados.

Os mortos não fazem mal nenhum, eles vêm porque sentem saudade do mundo dos vivos.

Mas eu senti medo.

Os brincos de coral, a língua de conchas, os caranguejos briguentos.

Eu senti medo. Então, peguei o lenço da vovó com todo o cuidado, peguei devagarzinho para não acordar a coitadinha, e respirei fundo, enchendo minha cabeça com o cheiro do álcool. Tão bom.

Eles ficaram ali por mais um tempo, aqueles três, ficaram ali pingando água no piso de madeira. Depois foram embora.

# ORFEU.

As rosas fervilharam no jardim e, naquela noite, sob uma lua nova límpida, o mundo recém-lavado se encheu do seu perfume ensandecedor.

Peço que vocês as imaginem nascendo de si mesmas, pululando feito sangue em ebulição, espalhando-se palmo a palmo pela ilha. É verdade que, quando a noite desceu sobre La Duiva, as rosas já tinham chegado à porta da nossa cozinha e alguns galhos mais inquietos davam a volta no corpo da casa, buscando a luz amarelada das lâmpadas da varanda à beira-mar.

Era espantoso, era mesmo. Elas eram violentas, aquelas rosas... Eram a abolição de todas as regras da natureza. Brotavam da terra movidas por uma força misteriosa, as pétalas se abrindo sob a luz das estrelas.

O perfume delas tinha tomado a noite como o próprio hálito de Afrodite, e Tiberius agradeceu mentalmente que os dois marinheiros resgatados na madrugada anterior já tivessem partido de La Duiva. Aquele perfume libidinoso era um perigo, e ele não gostaria de ter dois homens a mais sob o seu encargo com as rosas exercendo aquele estranho efeito sobre a ilha e os seus moradores. Com a paixão solta no ar, Tiberius não podia dar garantias sequer de si mesmo.

Enquanto ele trabalhava no barco, Angus viera lhe contar do renascimento das flores. Tiberius estava inquieto naquela noite, mas não creio que intuísse – ainda não – as angústias que assolavam o coração de Coral. Quando meu caro Angus aproximou-se, encurvando-se o suficiente para falar com o patrão que trabalhava sob o casco do seu barco, Tiberius logo associou o seu desconsolo às rosas. Eram elas! As rosas deixavam-no daquele jeito: ansioso, desassossegado.

Tiberius podia sentir, entrando pelas janelas, os seus sopros lúbricos. Ele ansiou por uma banheira cheia de água morna onde pudesse afogar aquele desejo perpétuo que sentia por Coral. Mas ainda tinha muito trabalho pela frente e era preciso manter a calma. Então, a resposta que deu a Angus foi simplesmente:

"Temos coisas mais concretas com as quais nos preocuparmos por aqui".

Tiberius sentiu uma ponta de vergonha pela sua resposta. Angus aquiesceu, como era o seu costume, e voltou ao trabalho. Ele adivinhava que aquela seria uma noite de inquietude. As suas entranhas pareciam se aquecer a cada lufada do perfume que vinha do jardim. Vico, que trabalhava no conserto de uma rabeta do barco, suspirava com a chave de fenda na mão. Tomás saíra para tomar ar puro, segundo ele mesmo lhe dissera, e não retornara ainda. Os efeitos da floração misteriosa pareciam atingir a todos, e Angus tentou se concentrar no seu serviço, afastando da cabeça aquele jardim de sandices.

Mas era coisa impossível, posso lhes garantir!

Até eu, meus caros, até eu que já não existo, palpitei na brisa fresca e fiz gemer o mar... Até eu, no meu caso de amor com esta ilha, me senti ébrio daquelas rosas de sangue.

Para além da oficina, as coisas não andavam de modo diferente. Minha mãe tomou um susto ao ver as rosas novamente espalhadas pelo seu jardim. Creio que Cecília estava inconformada. Sua sabedoria de tecedeira lhe dizia que os pontos de alguma malha misteriosa vinham sendo tramados em perfeito segredo, sem que ela pudesse adivinhar de qual novelo a coisa toda nascia.

Mas Cecília tinha uma pista: olhando as rosas que já subiam as paredes, tentando entrar pela janela da cozinha, quase podia apostar que tinha a ver com a paixão... Ela ainda podia farejar o cheiro. Ainda se lembrava do desejo, do fogo que a abrasara na juventude, quando fugia da malvada avó Doña para encontrar Ivan pelos caminhos da ilha.

Enquanto preparava o jantar com as janelas abertas para a noite onde as estrelas brilhavam refeitas depois da tormenta, o perfume das rosas deixando o ar pesado de suspiros, Cecília perscrutou as possibilidades. Havia os dois jovens ajudantes, Apolo e Vico, mas eles não eram importantes o suficiente para a ilha, não lhe provocariam tamanho desconcerto botânico. Havia Angus também. Ele sim, pensou Cecília, batendo os ovos para o suflê. Angus estava ali já havia algum tempo, e minha mãe não desconhecia a natureza das suas antigas relações comigo... Ela considerou que poderia ser Angus o causador daquele fenômeno.

E se fosse Angus, qual seria o objeto do seu amor?

Cecília deixou-se pensar um pouco. Depois de misturar o queijo aos ovos, experimentou a temperatura do forno e colocou o prato de suflê no ventre aquecido do fogão. Foi fácil para ela supor que o foco da paixão de Angus era o desenhista. Cecília gostara profundamente de Ignácio Casares, e seu caderno de desenhos com o misterioso esboço da minha pessoa, a quem Ignácio desconhecia, havia tocado profundamente a alma impressionável de minha mãe.

Com o suflê no forno e a carne dourando na panela, Cecília cortou os tomates em rodelas, cortou também a mozarela de búfala, lavou e acomodou as folhas de manjericão sobre a travessa de salada. Seu coração agora já estava leve: não havia o que temer daquele amor que nascia em La Duiva. Depois de espalhar o azeite de oliva sobre a *ensalada caprese*, Cecília Godoy mirou as rosas com olhos apaziguados e até conseguiu ver a beleza fantástica daquela loucura: as flores rubras brilhavam sob a lua nova, se espalhando pelo chão e subindo as paredes da casa. Através da janela, entravam as primeiras gavinhas verdes, como se quisessem espiá-la trabalhando.

Cecília lembrou que tinha guardado as tesouras numa gaveta perto dos talheres de carne, mas considerou dar mais um tempo às rosas. Afinal de contas, Angus merecia mesmo ser feliz.

Ah, mamãe...

Você não costumava se enganar, é verdade. Mas ali, na cozinha plena de aromas, com o seu suflê, cujo gosto ainda recordo, borbulhando no calor do velho forno, você cometeu um grande equívoco.

Ou não...

Talvez você não estivesse completamente errada, mamãe.

Angus lutava, nas profundezas daquele seu agreste coração, contra o chamado da carne. Pois ele, de fato, se sentira intimamente tocado pela chegada de Ignácio. O desenhista era um belo homem, com seus bastos cabelos negros, com seu sorriso de dentes brancos e as suas mãos cheias de sonho – se eu não tivesse virado bruma e chuva e sol e vento, mamãe, meus instintos sexuais me teriam levado até Ignácio e minhas mãos teriam novamente tocado as estrelas.

Ou desenhado as estrelas.

Mas havia mais... As flores não eram obra de ninguém de carne e osso. Mágicas e lúbricas, haviam nascido das artimanhas de Vênus, assim como Coral brotara das páginas de um livro de versos.

Tudo vêm de Vênus, a deusa do amor. Eu sempre disse a vocês: os deuses regem La Duiva. Eu nunca deixei de escutar as risadinhas disfarçadas. E, agora, Vênus resolveu brincar por aqui.

Primeiro, Coral chegou do mar, enlouquecendo o sereno coração de Tiberius. Depois, quando Coral passou a cuidar do jardim, de modo a não se sentir totalmente inútil na rotina da família Godoy, as rosas começaram a brotar vertiginosamente, germinando das suas mãos.

E as rosas eram como ela, mamãe – violentas, belas e fugazes. Lutando contra o tempo, inteiras por um dia ou dois, donas da mais absoluta perfeição, capazes de arrancar lágrimas aos mais céticos, as rosas logo feneceriam sob o sol.

Como nós, mamãe, como todos nós...

Alimentadas pelo desejo, as flores se espalhavam, tão mágicas e inexplicáveis como a própria Coral. E era no seu coração marinho que o amor travava as suas violentas batalhas. No quarto onde outrora eu acalentara as minhas paixões, Coral se revirava na cama, deitada no escuro, pensando no marinheiro moreno que chegara do Cabo. Coral conhecia pouco da vida, muito pouco mesmo – mas já temia e desejava o amor.

Dividida entre Tiberius e Tomás, dois opostos, Coral chorava sobre o travesseiro. Não tinha fome e a hora do jantar se aproximava rapidamente. A única coisa que poderia descer pela sua garganta seca de paixão eram justamente aquelas rosas cuja faina palpitante ela sentia como se fossem o seu próprio coração. Coral queria correr para os braços daquele homem de barba negra, queria mergulhar nos seus olhos profundos, aspirar seu cheiro de maresia, ouvir aquela voz que dizia tão pouco.

Ao contrário de Tiberius, Tomás era um homem de silêncios. Isso me agrada, mamãe. Não fique triste se eu confessar que torço por ele. Acho que o amor pregou uma nova peça no nosso jovem loiro – Vênus é assim, imprevisível.

Falemos de Tomás então...

Sua eloquência era silenciosa, ele era como um búzio perfeito de segredos. À primeira vista, tinha encantos comuns. Mas como um búzio, bastava levá-lo aos ouvidos com cuidado e, dos seus escondidos labirintos de madrepérola, brotavam as mais belas cantigas, a verdadeira e eterna voz do mar.

Coral estava apaixonada e eu posso entendê-la. Eu conheci essa paixão cabal, uma paixão mais violenta do que a ira. A paixão como um rio que nunca descansa. Era assim o desejo furioso que a corroía por dentro, ah, pobre Coral...

Como o vento de tormenta que devastara os jardins de La Duiva, a paixão esfacelara o pouco que Coral construíra nos dois meses que vivera na ilha. Ela não tinha passado, e o futuro que planejara ao lado do meu jovem irmão, o seu querido e confiável Tiberius, mamãe, o futuro que Coral planejara – com Santiago brincando na sala, a paz da casa e o esteio da família Godoy – agora de nada lhe valia.

Seus planos tinham perdido todo o sentido, como um livro que tivesse caído numa piscina. Não a culpe, mamãe... Ela foi um títere dos deuses, assim como nós. Foi uma peça do jogo do amor, esse jogo que nunca acaba. E, enquanto o seu suflê dourava e crescia no forno, também crescia o desejo no jovem coração daquela mulher.

Coral levantou-se da cama, vestindo-se às pressas sob a baça luminosidade que entrava pela janela. Aqueles raios de prata eram-lhe suficientes, e então Coral penteou seus cabelos tão longos como os da Helena de Troia, escancarou a janela que dava para o jardim destruído pela tormenta (o jardim onde as rosas cresciam tão furiosamente decididas) e pulou para fora.

Ela correu,

correu,

correu.

Correu entre as sarças úmidas, pisando a terra e depois a areia, enfiando os pés na areia molhada como se tivesse um destino, como se corresse por instinto. Depois de alguns minutos dessa furiosa corrida, ela chegou ao promontório e então desceu os degraus às pressas, sentindo a umidade escorregadia das pedras. O pensamento de que, se escorregasse entre um degrau e outro, a coisa toda teria um fim rápido chegou a lhe passar pela cabeça, e então eu mesmo lhe soprei na brisa:

*Não!*

Coral parou por um instante, sôfrega de angústia e de cansaço, os dois pezinhos brancos sobre a pedra molhada. O seu coração era um peixe rabeando dentro do peito. Ela parou (creio que me ouviu) e olhou o céu estrelado, viu o mar lá embaixo, uma massa escura e prateada pela lua, e então a sua voz subiu no céu quando ela respondeu:

*Quebrar o pescoço não vai resolver nada.*

Pode ter sido instinto de sobrevivência, pode ter sido coragem, ou foi mesmo a paixão falando pelos seus lábios, pois morrer seria a não realização do encontro daqueles dois, a não efetivação da primitiva dança da vida, mamãe.

Então, depois disso, Coral se recompôs. Desceu todo o resto da escadaria com cuidado, pisando os degraus um a um, até chegar à faixa de areia lá embaixo.

A brisa salgada a recebeu. Coral sentiu o olor marinho, acre e profundo, de sal e de pedra e de restos de conchas roladas pelo mar e ovas de peixes fenecendo sob a areia e – talvez porque voltasse ao seu próprio elemento de origem – um sorriso nasceu no seu rosto tão bonito.

Depois de um instante, constelada com a praia e a natureza, ela começou a correr novamente, agora em direção à luz intermitente do farol e às grandes pedras do molhe.

Era como se entendesse, assim como eu entendi quando Julius veio dar na ilha, era como se Coral soubesse que as coisas estavam escritas, que ela e as rosas faziam parte de uma única manifestação e estavam em simbiose completa, dividindo a mesma paixão e a mesma brevidade.

Foi nesse estado de espírito que ela chegou ao molhe e escalou as pedras com a agilidade de um felino, cruzando para o outro lado da praia, até que chegou à parte agreste da ilha, cujo acesso, mamãe, você nunca nos permitia na infância – o que sempre nos estimulou a ir até lá.

Na prainha pedregosa, com a respiração alterada pelo esforço e pelo desejo, Coral correu os olhos ao redor. Eu a vi parada perto do mar, naquele mesmo lugarzinho onde amei meus marinheiros escondido do meu pai e onde provei das bocas e mistérios dos meus primeiros homens.

E lá estava ele...

Tomás.

Esperando por ela sem sabê-lo.

Ele tinha saído da oficina em busca de um pouco de ar fresco e não se animava a voltar ao trabalho. Descera até o molhe e se sentara na areia à beira-mar. O cheiro das rosas já o tinha entorpecido.

Foi assim que Coral o encontrou, olhando as ondas como se ele mesmo fizesse parte da praia. Ela sorriu ao vê-lo, antes ainda que Tomás virasse o rosto em sua direção. E, na umidade da noite, no labirinto da vida, enquanto Ignácio a ajudava com a mesa de jantar, e você, mamãe, preparava o pão com azeite e controlava o tempo de forno (e Santiago desenhava, e Tiberius terminava o conserto do barco, e Angus cogitava, levemente angustiado, o motivo do sumiço de Tomás), enquanto cada coisa caminhava,

girando na roda da vida,

Tomás olhou para o ponto onde as grandes pedras do molhe se erguiam, uma espécie de muralha mineral que delimitava o comum do proibido, que dividia a ilha em duas e, ao mesmo tempo, a protegia da fúria marinha,

e lá estava Coral.

Ele ergueu-se de um pulo. Coral caminhava em sua direção.

Nem uma única palavra foi dita quando os dois se abraçaram, nada precisou ser explicado, ajustado ou barganhado quando se deitaram na areia, encaixando-se com perfeição.

Ah, mamãe... Você ainda se lembra de como é isso?

Eu quase os invejo, quase.

Eles se fartaram na cama natural dos meus velhos amores, tendo apenas o farol por testemunha daquela noite túrgida de La Duiva.

Longe dali, no jardim descabelado, as rosas suspiraram profundamente e seu perfume se espalhou com ainda mais força pela ilha.

**TIBERIUS CHEGOU ATRASADO AO JANTAR** e a primeira coisa que notou foi a ausência de Coral à mesa.

Cecília já tinha fatiado a carne e servido Santiago, que mastigava distraidamente, pensando no desenho que deixara inacabado na varanda – o garoto andava descobrindo, intuitivamente, é claro, as possibilidades cognitivas da arte. Para que se calar sobre antigas vozes e rostos que o visitavam pelos corredores da casa se podia simplesmente encher folhas com eles, usando vermelhos e azuis e verdes ao serviço das suas visões? E depois, quando o pai analisasse o resultado das suas horas de concentração, não haveria de achar que aquilo era "a imaginação incansável da infância", ou qualquer das outras frases que Tiberius repetia quando tentava se esquivar da certeza de que o filho herdara seus dons mediúnicos?

O menino passara algumas horas com Ignácio aprendendo a arte de esfumaçar o desenho, trabalhando sombras e testando a utilidade prática de cada tipo de grafite, e assim ele mastigava a comida da avó, enlevado de felicidade.

Santiago não notou, portanto, o desconforto do pai ao ver o lugar de Coral vazio, nem percebeu que Ignácio tentava alegrar o jantar contando algumas histórias das suas antigas viagens. Cecília tinha servido um vinho rosé e, depois de preparar o prato do filho, pois não conseguia abdicar da honra e da prisão de ser a cuidadora da família, ela suspirou e disse:

— Coral estava muito adoentada. Deve ter ficado na cama, eu não quis incomodar. Depois levarei uma bandeja com o jantar.

— Eu mesmo farei isso — respondeu Tiberius, mastigando a carne sem prazer nenhum, e tomou dois grandes goles de vinho, empurrando o bocado de comida para o estômago.

O que Tiberius não tinha dito é que, antes de seguir para a mesa, passara pelo quarto de Coral. Batera três vezes na porta, depois entrara.

E ela não estava lá.

Mas Tiberius não queria que Cecília soubesse do sumiço da garota. Seu desejo de se casar com ela era, além de visceral, também intelectivo, e Tiberius Godoy necessitava da simpatia da mãe. Assim, vencendo a comida entre goles de vinho, tratou de embarcar na conversa simpática do desenhista, e logo estavam todos ouvindo sobre certa noite em Roma, quando Ignácio tentara invadir o Coliseu apenas para se sentir mais perto daquilo que ele chamava de "época divina".

Ora, o próprio Ignácio também jogava. Depois que voltara da praia, após a arrumação da mesa, tinha ido até o quarto de Coral. Ficara preocupado com a sua angústia tão palpável. O encontro na varanda o marcara, Ignácio queria ajudá-la de algum modo. Assim, tinha sido o primeiro a saber que Coral não estava lá. E ele podia jurar que sabia onde ela andava a uma hora daquelas.

De algum modo, os quatro terminaram o jantar com alguma alegria e meia dúzia de risadas. Mas, antes da sobremesa, Tiberius disse que precisava voltar à oficina: deixara seus homens ocupados no conserto do barco. Cecília depositou o pote de compota de pêssegos sobre a mesa e, olhando o filho de soslaio, recriminou-o:

— Tiberius, você anda trabalhando demais!

Ele não tinha dormido desde a tempestade, e seus olhos, vermelhos de cansaço, olharam a mãe com carinho. Ah, se ela soubesse! Se pudesse ao menos entender que ele só descansaria ao lado de Coral!

Mas nada falou. Vestiu o casaco leve, deu um beijo no filho, despediu-se de Ignácio e desceu um a um os degraus da varanda, sumindo pelos fundos da casa no rumo da oficina, cujas luzes se podia distinguir lá longe, depois do jardim.

\*\*

Cecília foi colocar o neto na cama. Ignácio se viu sozinho e a noite estrelada, a noite perfumada de rosas, pareceu-lhe bela demais para ser deixada de lado.

Ele também sentia o perfume, ele também segurava os suspiros.

Juntou suas coisas de trabalho, calçou as botas de borracha, vestiu um agasalho e cruzou a varanda no rumo da escada de pedra que se escondia entre as sarças. Ignácio já conhecia o lugar. La Duiva parecia estar dentro dele desde sempre, esperando apenas que a reencontrasse.

Na praia, o odor intenso das rosas diluía-se na maresia, o ar era picante e sedutor. Respirou fundo, sentindo que se acendia por dentro, o coração palpitante, seus olhos captando a grandiosidade da noite, a benevolência daquele céu cheio de estrelas depois da terrível tormenta da madrugada anterior.

Ignácio seguiu caminhando e seus pés o levaram ao farol.

Não havia vento e ele ponderou sobre a transformação da natureza: a tenebrosa tormenta descabelara o mundo, fizera o mar rebelar-se assustadoramente, mas a serenidade reinava outra vez. Além de uns poucos destroços espalhados pela praia, nada havia que lembrasse a fúria da noite anterior.

O farol se erguia em direção ao céu. Ignácio olhou-o por um longo tempo, enternecido. Era, de fato, um homem viajado, mas encontrara alguma coisa em La Duiva. Ele podia captar os mistérios, podia quase ver os três afogados que o pequeno Santiago desenhara. Os corpos daqueles homens ainda não haviam sido encontrados, talvez a maré os trouxesse até a praia.

Seguiu pela linha de areia na direção das grandes pedras do molhe. O mar era cinza-prateado como um grande peixe. Talvez o mar regurgitasse os três mortos. Talvez, na manhã seguinte, o triste espetáculo da morte manchasse a praia tão bonita.

O mar tirava e devolvia, ele tinha escutado Cecília dizer isso. Os Godoy mantinham uma íntima relação com o oceano. Ignácio olhou as ondas que se sucediam, quebrando nas pedras. Achou um caminho menos íngreme e subiu para o molhe segurando a sacola com seu material de desenho. O farol luziu como um coração que palpita.

Sentiu vontade de subir até a sala de comando, olhar o mundo lá de cima, agora que a grande fúria da natureza tinha finalmente cessado. Mas testou a porta e ela estava trancada. Sentou-se, então, sob a estreita marquise, abriu o seu caderno e começou a desenhar. A luz intermitente do farol também fazia seus desenhos, transformando o mar à sua frente.

Quando trabalhava, Ignácio se esquecia de si mesmo. Captava o mundo com os dedos, deixando as imagens fluírem dos olhos às mãos, as imagens transformadas pela sua sensorialidade, pelas suas emoções. Imagens que borbulhavam dentro dele, ganhando contornos de coisas sem nome, híbridos de sonho e de realidade.

Do seu lápis, nasceu um rosto na folha do caderno.

Sim, ele desenhou um rosto.

Fez isso sem pensar, fez isso como se caminhasse no escuro, tateando sem destino certo rumo ao seu futuro, aos seus desejos recônditos, aos seus medos secretos. Ele não sabia e sequer pensava na sua ignorância a respeito, por isso desenhava, porque a linha na folha era a sua liberdade, era o seu mundo além do mundo, interminável caixa de pandora, cheia de possibilidades e de futuros.

Enquanto Ignácio Casares desenhava, não muito longe dali, do outro lado da praia, onde o vento soprava um pouco mais forte, onde Cecília proibira seus filhos de brincar, dois amantes separavam-se entre beijos.

Sujos de areia, úmidos de amor e de maresia, diziam-se adeus. Cada um deles precisava voltar ao seu posto, mesmo sabendo que não havia mais lugares marcados, que a dança da vida mudava tudo, transformando tudo tão cabalmente que nenhum dos dois tinha certeza se, ao menos, haveria um dia seguinte.

Assim, Tomás voltou pelo caminho que trilhara horas antes, o peito desafogado, feliz e triste, torturado porque a vida lhe tinha dado um presente, mas também o obrigava a uma traição.

Mas seria mesmo uma traição?

Havia um pacto, certamente, havia um futuro imaginado por Tiberius junto a Coral, e esse futuro já não seria possível. Mas ele,

Tomás, recebido no seio da família Godoy, era realmente culpado pelo raio que o fulminara?

Trilhando o caminho entre as sarças, ele pensava sinceramente na sua situação. Não houvera uma escolha: ele estava lá, Coral estava lá, a vida era assim.

Quando entrou na oficina, Tiberius e Apolo terminavam a instalação do motor. Angus e Vico já tinham se recolhido, e Tiberius cumprimentou-o distraidamente, enquanto, com as mãos sujas de graxa, apertava um parafuso.

— O seu jantar está na cozinha — ele disse a Tomás. — Pode passar lá e se servir. A mãe deixou tudo no forno. Angus e Vico já foram.

Tomás recolheu suas coisas da bancada de trabalho, dando alguma ordem ao lugar, e agradeceu educadamente. Seu estômago apenas alimentado de rosas e de beijos roncava de fome. Ele iria até a cozinha dos Godoy e pegaria a sua porção de comida; depois disso, queria apenas dormir. Queria apenas não pensar.

Ajeitou tudo na oficina, despediu-se dos dois homens e tornou a sair para a noite. No caminho, seguindo pelos lados do jardim, o cheiro de rosas atacou-o de chofre, quase um tapa na cara. Diante da intensidade daquele olor, Tomás Acuña soube que não havia volta.

Respirou fundo, enchendo de doçura os seus pulmões, e seguiu pela noite entre as árvores de galhos caídos, cruzando o jardim ainda maltratado pela tempestade.

Tomás decidiu que falaria com Coral.

Eles precisavam partir, deixar La Duiva. Havia toda uma vida pela frente e a casinha pequena entre as dunas, lá no Cabo Lipônio, pareceu a Tomás, naquela noite túrgida de rosas, o refúgio perfeito para o seu amor.

Angus chegou à cozinha, mas, na porta, desistiu subitamente do jantar. Não sentia fome, talvez um vago cansaço das últimas duas noites quase insones, mas o cheiro das rosas, pungente e lúbrico, entrava pelas suas narinas como uma espécie de queimor, como um fogo invisível. Viu as luzes acesas na casa, viu a cortina entreaberta revelando a grande mesa de madeira onde Cecília sovava o pão e onde, depois das noites de tormenta, os homens se reuniam para o café e para comentários lacônicos e profundos como velhos ditados que passam de geração em geração numa família. Angus se sentiu também parte da família, um dos Godoy e um pedacinho da ilha, uma parte importante da ilha – como um rim ou um pulmão num corpo humano. Então ele sorriu e fez meia-volta, tomando o rumo do farol. Apenas precisava conferir se a casa de máquinas estava em ordem, se havia diesel no gerador, e depois iria direto para o seu quarto.

Contornou a casa, saindo na varanda larga, e tomou o rumo da escadaria que Ignácio havia pouco descera, sem perceber que, de uma das janelas laterais, o pequeno Santiago, que não tinha sono depois de ter dormitado a tarde toda ao lado da avó, espiava-o com um sorrisinho doce no rosto bonito. Havia alguma agitação na ilha, uma inquietude, e o menininho, da janela, observava tudo.

Angus seguiu pela praia, aspirando a brisa marinha, as mãos nos bolsos do casaco. Fazia um friozinho agradável, típico das noites de primavera pós-tempestade. Ele usava botas escuras e seus pés se enterravam suavemente na areia. Talvez intuísse que Ignácio estaria no farol, talvez não – seus olhos perscrutavam distraidamente a noite e, de vez em quando, o seu pensamento dava com o jovem do Cabo.

Tomás se encontrara com Coral, ele podia ter quase certeza... E o perfume das rosas, e os botões que ele vira, vermelhos, gordos e felizes, brotando por entre as pedras da escadaria, vencendo a areia e chegando até quase o penhasco de pedras, eram um aviso de que o amor andava aprontando alguma.

Enquanto caminhava, lembrou-se de Orfeu. Se o jovem sátiro estivesse vivo... Angus suspirou na noite. Aquelas rosas pareciam coisa dele. Mas não eram, infelizmente. Por vezes, quase não acreditava que Orfeu estivesse mesmo morto, e, em noites como aquela, poderia jurar que o encontraria sentado pelos lados do molhe, desenhando, bebendo vinho direto da garrafa com aquele seu jeito displicente, ou apenas declamando poemas para as estrelas, como se elas fossem a mais atenta das plateias.

Sorriu dessas lembranças e começou a subir as pedras do molhe. Tinha prática, e seu corpo ágil se movia com rapidez. Do alto do molhe, viu o mar cantando baixinho. Seguiu até o farol e ali, recostado na parede branca que o próprio Angus pintara havia alguns meses, não estava Orfeu, mas Ignácio – e ele desenhava calmamente, tão sereno que parecia fazer parte da própria paisagem, como uma pedra, uma concha ou uma das sarças que dançavam na suave brisa noturna.

— Buenas — disse baixinho.

Ignácio levantou o rosto, abrindo um sorriso. Estranhamente, Angus não sentiu aquela velha irritação, nem o medo que sempre o visitava, e soube que as rosas estavam fazendo o seu trabalho, que elas eram mesmo mágicas.

Caminhou até Ignácio, plantando bem os pés no caminho de pedra, a chave do farol na palma da mão suada. Entendeu que Orfeu não tinha morrido de fato, mas que, de algum lugar, orquestrava aquelas maluquices, entendeu que Orfeu era as rosas e era o mar, era as estrelas e era também Ignácio... Era aquele fogo que o queimava e também o riso, o riso que nascia na sua garganta, alegre e debochado, mas principalmente livre.

Livre, ele pensou.

Então Angus se sentou ao lado do desenhista e viu o seu caderno e viu o mar reproduzido na página. Tocou de leve a página com seus dedos fortes e falou:

— Muitas coisas estão acontecendo por aqui.

Ignácio olhou-o, curioso.

Ele já se tinha rendido. Desde a morte de Isabel, sabia que nenhuma outra mulher o prenderia. Era uma mudança radical, mas também tão natural como o dia que virava noite, o verão que se transmutava em outono. Tão incontrolável como o começo da velhice, a alternância das marés.

— As coisas acontecem o tempo todo — Ignácio respondeu, fechando seu caderno.

E virou-se para Angus.

Angus suspirou. Tinha de conferir o diesel, mas não ainda, não ainda. Guardou a chave no bolso, passou os olhos pelas estrelas. O cheiro das rosas também estava ali, dançando com as ondas.

— Coral e o rapaz do Cabo — Angus disse, finalmente, numa voz muito baixa, quase um sussurro. — Preciso contar isso para alguém.

Ignácio sorriu.

— Agora eu entendo... A pobre moça não parecia nada bem.

— A paixão pode ser uma doença — sentenciou Angus, e falava por ele mesmo.

Ignácio pôs-se de pé, ajeitou a sacola com seu material de trabalho nos ombros e o convidou:

— Venha, vamos caminhar um pouco. Arejar as ideias.

— Ainda preciso verificar algumas coisas — respondeu Angus.

— Não vamos demorar.

Os dois desceram as pedras, cruzando para o outro lado da ilha, o lado agreste, onde as rochas negras brilhavam para a lua como gigantescas pedras preciosas.

Demoraram-se bastante por lá, mas, na volta, Angus abriu a casa de máquinas e cumpriu o seu trabalho: conferiu a quantidade de diesel, examinou as lentes do farol, testou e mediu cada detalhe como se, na minúcia das coisas, pudesse ter certeza de que tudo seguiria igual, mesmo estando diferente.

**TIBERIUS TERMINOU TODO O TRABALHO**, correu ao seu quarto, banhou-se e foi ter com Coral, vencendo o corredor com passos leves, levíssimos. Podia ouvir o ressonar de Cecília atrás da porta, e imaginou que o filho estivesse com ela, pois seu quarto estava vazio.

Dessa vez, Coral estava esperando por ele. Vestia uma camisola leve, e dos seus cabelos soltos evolava-se um perfume tão intenso quanto o das rosas lá fora.

Havia alguma coisa, algo pairando no ar, e Tiberius sentiu-se subitamente tímido diante da moça. Coral o mirava com seus enormes olhos escuros, e, quando ela começou a chorar, um choro manso, baixinho e entrecortado de suspiros, Tiberius apenas sentiu pena, uma profunda e dolorida pena, tal qual quando Santiago sofria por algo ou se machucava em alguma brincadeira.

Era o amor, o magnânimo amor. E ele a abraçou, acomodando-a entre seus braços sob a colcha macia. Ficou assim por um longo tempo, acarinhando os cabelos ainda úmidos, até que Coral finalmente dormiu. Embora Tiberius sentisse a lava correndo nas suas entranhas e o perfume violento das rosas assediasse seu desejo, ainda que inquieto e túrgido e voluptuoso, tratou de apagar a luz do abajur e buscou algum sono – não sem antes traçar um plano de ação, que era a única coisa capaz de lhe dar segurança quando ele se via perdido na areia movediça do amor.

Na manhã seguinte, Tiberius Godoy acordou cedo. Com cuidado, acomodou Coral entre os travesseiros. Tinha um grande desejo de despertá-la, tirar a camisola que cobria seu corpo e mergulhar nela com a fome hereditária dos Godoy, que tinham varado todos os oceanos deste mundo. Mas não fez nada disso. Os séculos não se haviam gasto à toa; Tiberius voltou ao seu próprio quarto, vestiu-se com cuidado, depois saiu da casa enquanto todos dormiam. Foi até o atracadouro, pegou o barco e navegou para a península.

No mar, sentindo a brisa fresca no rosto, acreditou que haveria um jeito. Não perguntaria nada a Coral, quisera Deus saber o que se passava naquela sua cabecinha sem memórias, afogada em traumas desconhecidos e medos sem nome. Mas ele precisava agir com calma.

Tiberius Godoy não era tolo. Tinha sido um dos primeiros a entender o amor violento que separara Flora de seu irmão preferido, Orfeu. Podia perceber que alguma engrenagem misteriosa dera uma volta, que o tempo das acontecências tinha voltado a La Duiva.

Mas, afinal, o que era o tempo a não ser uma medida aleatória?

Tiberius chegou ao porto e dirigiu o barco à marina. Ainda não eram oito horas da manhã, e a vila se preparava para um belo dia de primavera. O verão aproximava-se rapidamente e as pousadas já estavam repletas de turistas. Ele viu uma equipe de limpeza da prefeitura trabalhando duro para retirar da praia os entulhos que a tempestade trouxera. Sentia-se exatamente como eles enquanto se dirigia à imobiliária para fechar o contrato da loja que estava alugando para a sua seguradora. Depois disso, iria até a escola para matricular Santiago num curso de verão. Tinha ouvido falar em módulos de pintura e de desenho, e assim talvez o menino se ocupasse um pouco enquanto Coral começava a trabalhar na seguradora.

Tiberius planejara tudo e andava pela rua a passos largos, tomado pela certeza de que o método podia, sim, vencer o mistério, e que o homem alcançara a lua não porque ela o fizesse sonhar desde sempre, mas porque soubera executar os cálculos corretos.

# ORFEU.

Ah, meu irmãozinho querido... Às vezes sinto pena de você. Mas, na situação privilegiada em que me encontro (desde que possamos ver na morte algum privilégio, não é mesmo?), ainda há esperanças para o seu caso, meu bom Tiberius.

Não sei quando papai começou a habitá-lo, mas o fato é que Ivan agora parece brotar de todos os seus poros, como se tivesse renascido em você, seu filho mais novo, tal qual uma árvore está escondida, inteirinha, na semente do seu fruto.

Mas agora você atravessa a rua, cabeça erguida, determinado. Eu sei que o seu generoso coração, que um dia o obrigou a trilhar boa parte da Europa e da África atrás de mim, está confrangido sob a camisa bem passada que você tirou do armário. Uma neblina pálida sobe do mar, se espalhando pelas calçadas onde os primeiros garçons arrumam cadeiras e mesas.

Você não gasta mais do que trinta minutos na imobiliária, ignorando a cara sonolenta do corretor. O contrato já lhe foi enviado e você o leu e o corrigiu como se tivesse, algum dia, cursado uma universidade de Direito, embora tenha apenas estudado nos seus livros e nas bibliotecas deste mundo.

Você alugou o pequeno sobrado onde vai montar a seguradora, e onde, também, pretende que Coral se instale durante algumas horas por dia, longe o suficiente daquilo que a inquieta. Sim, você está perdendo a garota, você pode sentir isso como um espinho sob o pé... Existem opções e você poderia analisá-las, mas seu jeito combina mais com a ação. Como é que o papai dizia mesmo? *Cabeça vazia é a morada do diabo.*

Ah, pobre papai... Ah, pobre você.

Mas vamos em frente, seguirei ao seu lado. Você não ouve a minha voz, meu caro Tiberius? Sou este inseto voando ao redor da sua fronte, irritante e insistente como um pressentimento.

Não me espante assim, com tanta impaciência. Sei que você tem muito a fazer. Comprar móveis, um aparelho de telefone e um computador, um fichário e material de escritório. Você precisa passar na prefeitura, pois o mundo é cheio de formulários e autorizações e carimbos, tudo palpável, tão organizadamente triste, como se a burocracia pudesse enganar a morte ou o amor.

Eu ainda acho que você tem alguma chance. Com a garota, a pequena nereida que o mar cuspiu na nossa praia. Filha de Vênus, filha de Afrodite – o Amor tem muitos nomes, nós sabemos. Filha de Sophia também...

*A maré alta sete vezes cresce, sete vezes decresce o seu inchar, e a métrica de um verso a determina.*

O poema já diz tudo, meu irmão.

Ida e volta, o velho círculo do mundo.

Pois, já disse, creio que foi uma confluência de coisas que trouxe Coral até a nossa ilha e até os seus braços. E também houve outra confluência e ela trouxe Tomás. Eu poderia chamá-lo de seu antagonista, o jovem touro belo, enérgico como o mar, misterioso também.

Há algo em Tomás que já houve em você um dia, meu irmão. A reticência, o silêncio cheio de palavras não ditas, aqueles olhos. Olhos que mitigam, mas também alcançam. Olhos como um sol que guarda a sua própria sombra, o seu avesso.

Enquanto eu volejo ao seu redor com meus deuses e poemas e teorias, você atravessa a rua. Já os primeiros turistas surgem na praia, caminham à beira-mar, respirando o fresco ar do dia que lentamente vence a bruma e se azula. E você segue, cruza a praça com suas árvores floridas, vê os restos do temporal também aqui, alguns galhos pelo chão, um homem que refaz o telhado de uma casa... Mas você segue até o sobrado amarelo-ocre onde se lê *Escola*, e entra, sorridente, decidido, um verdadeiro pai de família.

Uma jovem surge lá de dentro, uma moça delgada e loira, de belos olhos azuis. Mas você não consegue perceber a graça dessa moça, Tiberius, enfeitiçado que está pela nossa nereida. Você apenas sorri, diz que tem um filho, que Santiago é talentoso. Duas tardes talvez, um curso, um pequeno programa de artes.

A moça o escuta atentamente. Eu posso farejar os feromônios, você é um homem bonito, meu irmão, alguma coisa máscula brotou das entranhas daquele jovem sonhador, alguma coisa intensa, forte, decidida. E a professorinha abre um caderno, mostra-lhe um pequeno programa, três tardes por semana, janeiro e fevereiro. *Desenho, pintura, música.*

Você suspira aliviado. Como se estivesse salvando Santiago das próprias Fúrias. Você abre a carteira, paga o curso à vista.

A moça guarda o dinheiro numa gaveta chaveada. E então você diz *Santiago Godoy*, e esse nome, esse simples nome acende seus olhos como uma luz. Falam que as mulheres procuram um bom pai para os seus filhos, não é culpa delas, é apenas instinto, a violenta capacidade humana de perpetuação, a necessidade de deixar uma marca, pois não somos deuses e a vida eterna não nos pertence.

Assim, não passa desapercebida à moça a sua perfeita adequação ao papel paterno, enquanto ela lhe estende a mão e sorri, dizendo: "Eu me chamo Lucília, esperarei seu filho na semana que vem".

Você não sabe, Tiberius, que o simples toque dos seus dedos acelerou a corrente sanguínea de Lucília. Você não viu, ao deixar a casa e atravessar a rua sob o sol de uma manhã sem nuvens, você não viu o suspiro da jovem.

Lucília, guarde esse nome.

Mas você não me ouve. Você deixou seus instintos para trás, lá em Almeria. Eu o perdoo, meu irmão. Eu o perdoo enquanto você segue para o porto, satisfeito por ter tomado as devidas providências, como se o destino não passasse de um cavalo que você acabou de encilhar.

Mas o destino é um cavalo de vento, meu irmão.

Um cavalo de vento sem encilhas.

**E ASSIM, SOB A APARENTE NORMALIDADE** do verão que se instalava, pleno e azul em La Duiva, as coisas pareceram retomar seu ritmo por algum tempo. Tiberius, ocupado com seu novo empreendimento, ausentava-se bastante da ilha, deixando tempo para que Coral pudesse se encontrar às escondidas com Tomás. Ah, ela o amava. Nunca tinha entendido o amor, mas era um raio na alma e era um soco no estômago, e era a garganta seca e a umidade brotando da gruta entre as suas pernas. O amor era sentir, rosas mastigadas às pressas e noites inteiras insones... Era o cheiro pesado e doce que subia do jardim, inquietando toda a gente em La Duiva como um aviso da mortalidade. *Vivam, vivam*, as rosas pareciam dizer. Coral pensava então em Tomás, porque viver, para ela, era estar perdida com ele naqueles embates românticos e irracionais.

Mas, quando Tiberius aparecia de súbito em seu quarto, Coral era incapaz de negar-se a ele. Havia nele uma doçura que a sequestrava – nada do desespero dos mágicos balés corporais que experimentava com Tomás.

Tiberius lhe trazia calma, e era entre cálidos abraços que Coral cedia a ele seu corpo, às vezes angustiada, noutras serenada pela sua presença reconfortante. Tais e tão frequentes rompantes amorosos a fragilizavam – ela estava mais magra, um pouco abatida, e sua distração atingira píncaros assustadores: deixara secar uma chaleira no fogão, quase provocando um incêndio; descuidara-se ao encher sua banheira e fora até o jardim colher rosas, causando um alagamento que enfureceu Cecília; perdia livros pelos cantos da casa; não contava suas regras e repetia a sobremesa por simples esquecimento.

Enquanto isso, Tomás mergulhou de corpo e alma no trabalho, absorvendo alegremente as tarefas que Tiberius deixava para trás a fim de preparar o novo escritório na vila – o que era, ao seu ver, a desculpa que o jovem Godoy escolhera para se ausentar enquanto Coral não tomava a sua decisão. Para Tomás, não era possível que Tiberius desconhecesse as suas relações com a garota. Tiberius apenas tivera a calma necessária para dar tempo ao tempo; talvez confiante de que, no final, seria o escolhido. Afinal, ele era Tiberius Godoy: tinha uma ilha, tinha sua empresa e seus barcos, uma bela casa e um nome respeitável; enquanto Tomás Acuña não passava de um marinheiro do Cabo, filho de pescadores.

De qualquer modo, Tomás aceitara aquele jogo.

Ele confiava nas suas fichas. E também experimentava a paixão, a boca seca e as horas de insônia e desejo, quando rolava na cama com saudades de Coral.

Mesmo depois dessas noites maldormidas, Tomás Acuña acordava antes do sol, esperando que ele surgisse da finíssima coberta de neblina. Passava, então, muitas horas na oficina, trabalhando nos consertos navais. Criara uma franca e silenciosa relação com Apolo e Vico, os três eram capazes de permanecer muitas horas em harmoniosa quietude, rompida apenas pelo tilintar de ferramentas, pelo ruído da solda e pelas imprecações que Apolo às vezes dizia, principalmente ao pensar nas garotas da vila – com a chegada do verão, havia um grande sortimento de mulheres interessadas em rústicos e bronzeados marinheiros.

Depois do almoço, Tomás escapava para a praia à espera de Coral. Ele também costumava sair para pescar, era um pescador e um marinheiro até o mais fundo da sua alma. Quando conseguia um arranjo decente, Coral o acompanhava.

No mar, eram felizes e livres. E, dessas idílicas pescarias, voltavam ambos cheios de gozos e de peixes. Havia alguma coisa na garota que parecia atrair os peixes para a rede, notava Tomás.

— Como uma sereia com os marinheiros — dizia ele, entre beijos.

Mas Coral, deitada no piso de madeira envernizada do barco dos Godoy, punha-se a rir das tolices do amante.

— Eu não sou uma sereia. Nunca tive um rabo de peixe.

— Você não lembra do passado, não lembra de um único dia antes de pisar em La Duiva — brincava Tomás, correndo os dedos pelos longos cabelos escuros da mulher, esparramados como algas. — Talvez você tivesse sim um enorme rabo de sereia. Dizem que algumas delas preferem a vida humana e abdicam da sua eternidade no mar.

Coral olhava o céu, olhava os olhos escuros de Tomás e respondia:

— O único marinheiro que eu quis foi você. O único.

Eles se beijavam sob o sol. Mas Tomás pensava em Tiberius e na sua longa, antiquíssima linhagem de homens do mar. Ele mesmo era mais um pescador, um homem simples que entendia de marés e de ventos.

Tomás não a contestava. Aqueles momentos eram apenas dos dois. E, sob o sol da tarde, sentindo a brisa no rosto, ele planejava o futuro. Um futuro longe de La Duiva, um futuro com Coral. Ainda não era o tempo, mas em breve...

— Em breve — ele dizia, entre beijos. — Ficaremos juntos. Só nós dois.

Coral aquiescia. Porém, lá no fundo do peito, como um pássaro a bater asas, sentia o roçar da tristeza. Sentia-se presa a Tiberius. Sentia-se atada aos dois, como um eixo de sustentação entre dois pesos, e, embora seu desespero por Tomás fosse inquietante, abandonar Tiberius lhe causava certo medo.

Coral estava mais perdida do que nunca, mas seu desejo se inclinava ao jovem pescador de olhos escuros. Havia alguma coisa neles... Mais do que desejo, fado. Quando estavam juntos, uma engrenagem parecia girar como uma chave na sua fechadura, abrindo dimensões que Coral desconhecia. O mar lhe parecia mais azul, as ondas corcoveavam com mais graça, o labirinto do tempo se transformava num caminho natural e sem percalços.

Tomás e ela despediam-se no barco. Depois, enquanto ele atracava, limpava o convés, lavava e preparava os peixes para a cozinha de Cecília, Coral voltava à casa por caminhos tortuosos, alegando um longo banho de mar ou o trabalho no jardim. Tratava, então, de brincar com Santiago por algumas horas, ocupando o seu lugar no esquema cotidiano da família como se realmente fosse a futura esposa de Tiberius.

Se Cecília desconfiava de alguma coisa, é impossível dizer. Às voltas com a infestação de rosas, ela podava e cortava e limpava e incinerava. Vivia aos espirros e fora vista suspirando em frente a um antigo retrato de Ivan. Cuidava do neto e ajudava o filho, cozinhava para todos, trocava poucas palavras com Tomás, a quem considerava doce, porém arredio.

Cecília vigiava as rosas como quem cuidasse de uma fera perigosa para que não fugisse da sua jaula. Chegara à conclusão, não de todo equivocada, de que aquela sandice floral tinha origem no amor de Angus e Ignácio – agora tinha certeza, ela reconhecia os sinais.

Havia anos, tivera de reconhecê-los em seu filho Orfeu e no jovem professor Julius Templeman. Havia anos, dera-se conta, de repente – como se uma parede tivesse nascido no seu caminho da noite para o dia –, de que aqueles dois se adoravam. Lembrando disso, redimensionou os olhares, as frases, os encontros casuais de Angus e Ignácio.

A mesma coisa sucedia em La Duiva, mas ninguém do seu sangue estava envolvido em nenhum amor trágico. Outrora, seu coração de mãe tivera de torcer por Flora e por Orfeu, e depois ela fora obrigada a acalentar o perdedor e a aceitar o vencedor, apoiada apenas no seu amor equânime.

Com Angus e Ignácio, a coisa era diferente. Podia se deixar observar aquela paixão sem medos ou angústia: via os sorrisos, os olhares, os pequenos desaparecimentos, torcendo para que fossem felizes, porque a vida só valia a pena ser vivida por amor.

Cecília estranhou quando, certo dia, depois de servir a mesa do almoço (estando sozinha com Ignácio e com Santiago, pois Coral estava atrasada e Tiberius tinha ido com Angus até a vila), Ignácio Casares lhe disse:

— No final da semana, volto para a vila. Aluguei uma casinha por lá.

Ele servia o vinho branco, e havia um brilho de uvas maduras nos seus belos olhos escuros. Cecília provou o vinho e falou:

— Mas você vai embora? — Olhou para Santiago, que ouvia tudo. — Meu neto e eu nos acostumamos com a sua companhia, Ignácio. Isso não me parece justo!

O menino largou o garfo sobre o prato e reclamou:

— Quem vai me ensinar a desenhar?

Dos olhos verdes do garoto correram algumas lágrimas – embora ele já soubesse, como sabia sempre, que algo naquele sentido estava prestes a ocorrer. Nos seus cadernos, Santiago desenhara um sobrado amarelo pequeno com uma janelinha quadrada no alto que dava para o mar.

Era a casa que Ignácio tinha alugado na vila, numa ruazinha estreita que terminava no porto. Um lugarzinho perfeito, pois Angus podia chegar ali à noite em cinco minutos, depois de deixar o barco no ancoradouro da península. Na casa também havia um pequeno solarium, onde Ignácio pretendia montar o seu ateliê.

— Você vai lá desenhar comigo, não é mesmo? — Ignácio respondeu.

— Depois da aula, irei todos os dias! — falou o menino, um pouco mais animado.

Deixando a comida esfriar no prato, Santiago correu até o seu quarto, pegou o bloco de desenho que tinha deixado sobre a cama e voltou à varanda, onde abriu o caderno na página da casinha amarela. Não precisou dizer nada, o espanto nos olhos de Ignácio era tão claro que Cecília quis saber:

— O quem tem aí? O que você desenhou, Santi?

Santiago olhou a avó com um meio sorriso. Ele estava tão parecido com o pai que os traços genéticos de Zoe eram quase irreconhecíveis, pensou Cecília.

— Ele desenhou o sobrado — respondeu Ignácio. Estava pasmo. — O sobrado que eu aluguei ontem, Cecília. Ninguém sabia... A não ser Angus, e nem ele chegou a vê-lo.

Era uma confissão de espanto e também uma capitulação amorosa, e Cecília soube deixar de lado as intuições do neto para dizer:

— Espero que vocês sejam felizes. Estou cansada de amores infelizes por aqui. — Ela suspirou, tomando mais um gole de vinho.

— Deve ser a ilha, alguma coisa nesta ilha.

Ignácio pensou nas rosas, na lubricidade das suas pétalas vermelhas. A ilha parecia sensualmente voltada para o amor.

— Fale mais — ele pediu. — La Duiva me parece um lugar feliz.

Cecília riu. Depois de mandar que Santiago comesse a sua comida, falou:

— Muitos amores nasceram aqui. Mas a maioria deles foi trágica. Eu tive sorte, você sabe... Com Ivan, meu esposo. Nós fomos felizes. Mas, antes, houve minha sogra, Doña... Ela era uma mulher amarga. Creio que seu espírito ainda vagueie por aqui... — Cecília olhou a praia lá embaixo, todo aquele azul e dourado parecia contradizer cada uma das suas palavras. — Depois, como você sabe, Flora amou Julius, que amou Orfeu. As coisas terminaram muito mal. Então — ela baixou a voz — foi a vez de Tiberius.

Ignácio aquiesceu. Cecília já lhe tinha contado de Zoe e dos seus muitos amantes.

— Mas Tiberius voltou para cá — ele acrescentou.

— Sim, voltou. Mas as coisas não me parecem bem, não é mesmo?

Ignácio viu Cecília deitar os olhos por um instante no lugar de Coral, que estava vazio. Ela tornara a se atrasar para o almoço. Em breve chegaria com as desculpas mais doces e aqueles seus olhos venusianos, dilatados de paixão. Não era preciso muita perspicácia para entender que um triângulo amoroso se desenrolava.

Cecília deixara o assunto de lado, como algo inconveniente. Fatiando a carne assada, pensava no futuro. Ignácio reconhecia nela a persistência dos fortes. Cecília não era mulher de olhar para trás, não era a esposa de Lot.

Sorriu, enquanto ela dizia:

— Você fez bem, Ignácio. Uma casa na península, e poderá nos visitar... Eu quase não saio da ilha, mas você virá sempre.

— Sempre — ele repetiu.

Santiago, empurrando o prato vazio, anunciou solenemente:

— Já comi tudo, vovó. Eu vou até a praia procurar Coral. Ela perdeu o almoço outra vez.

Sem esperar resposta, o menino saiu correndo, desceu a escada de pedras com agilidade, seus cabelos loiros brilhando ao sol do começo da tarde.

Ignácio aspirou o ar fresco e pontuado pelas rosas, sentindo o sal na brisa e ouvindo, lá embaixo, na praia, o rumorejar preguiçoso do Atlântico.

A vida era boa. E Cecília, sentada ao seu lado, mordiscando a carne que ela preparara com tanto zelo, piscou-lhe um olho. Sim, a vida era boa, ela parecia concordar.

A pele queimada de sol. Como açúcar. Vontade de lamber. E a língua quente correndo, rastros de saliva pelo tórax. Pescoço e peito, descendo, descendo até o púbis. O segredo do púbis, a flor roxa, palpitante. E a língua, os lábios. A vontade nascendo de dentro, vinda das profundezas, do mar da sua carne.

Vento e areia, a maresia nos cabelos, e aquele gosto. Ela quer sempre, sempre, sempre mais. A voz rouca se perde na tarde. Um pássaro no azul, longe... Por trás das costas dele, ela o vê. Cortando o céu, um ponto negro que seus olhos abandonam. Ela fecha os olhos, concentrada no movimento, línguas e lábios e mãos.

E a voz dele, a voz dele como o vento.

Não havia nada antes. Todas as memórias apagadas.

E agora ela ali, este não pensar.

Vida.

Ela se sente viva colada a ele. As mãos dele nos seus cabelos, e um gesto, um único gesto chamando-a e ela se ergue. Boca com boca. Púbis com púbis. Eles se deitam na areia.

Depois das pedras, o farol os observa.

Todas as tardes, aquele lugar... A areia, o sol, a boca dele, seu sexo, suas mãos. Olho no olho. O verão tão azul. O mar. *Shisss, shasss. Shisss, shasss.* O mar cantando só para eles.

Não havia nada antes, nada.

Mas agora isso enche a sua alma. Este viver sem palavras. Língua e mãos e pernas. Este querer. O anzol que ela sempre morde.

Sempre.

Todas as tardes.

Ele se deita sobre ela. O peso exato, o movimento exato. Ela geme. Cheia dele, aberta para ele, toda para ele.

Não havia nada antes, absolutamente nada. Ela se lembra da noite, das estrelas, do vento e do frio. Lembra-se da espuma das ondas nas suas coxas nuas. Mas é tudo tão distante agora, aquela noite, o menino, a paz da casa. Tudo tão distante, até mesmo a sua desmemória já não importa. Vazia, oca para ele.

Aberta para ele, toda para ele,
ela grita.

"Psiu", ele diz. "Vem alguém aí."

Ela vira o rosto, abre os olhos, cega pela luz por um instante. Então, no alto do molhe, ela vê o menino. Toda a luz do sol nos cabelos do menino. Ela sob ele, atados os dois.

Lá nas pedras, para seu espanto, para seu desespero, o menino sorri.

# ORFEU.

Mamãe está certa, embora a sua capitulação seja espantosa para mim.

Eu disse tantas vezes, ela nunca me ouviu.

Sempre lá com as suas agulhas, tecendo o seu tricô como uma Penélope, tentando segurar o futuro entre as laçadas. Mas mamãe já não é mais a mesma, os anos e os sofrimentos modificam as pessoas. Ela cozinha agora. Horas à beira do fogão, assando, fatiando, marinando... Carnes, peixes, claras em neve, tão brancas como a alma de um bebê. Caldas, frutas secas, açafrão e canela.

Todos os gostos.

Mamãe tentando reduzir a vida a um prato de sobremesa. O sexo? Uma vitela tostada, seu cheiro de pimenta e mel, todo o olfato canalizado para os condimentos. Ah, aquele mesmo nariz que outrora ela metia entre os pelos pubianos de Ivan... Mamãe e as suas fugas.

Mas eu morri e ela segue viva, reinando sobre La Duiva como uma Penélope finalmente superior aos deuses, ignorando chantagens e armadilhas.

Mamãe e suas tortas, os pêssegos, os biscoitos confeitados, as amêndoas. E sempre tão magra, tão enxuta. Aprendeu a se satisfazer no prazer alheio. Esqueceu-se das tardes com Ivan na praia proibida onde eu também fui feliz, e onde Coral e Tomás transcendem agora mesmo as amarras da carne. Aqueles dois lascivos, aqueles dois místicos, aqueles dois amantes atados ao coração da ilha por um fio de prata.

Mas deixemos que eles se divirtam, aqueles dois.

Deixemos enquanto é o tempo...

Mamãe está certa mais uma vez – certas coisas não acabam bem por aqui. La Duiva é um palco de testes para os deuses, eu sempre tive absoluta certeza. Eu os via na praia sob o sol lancinante das três horas – Poseidon nas espumas do mar e a própria Vênus andando na areia com seus cabelos pontilhados de pérolas. Eu os via... Mercúrio com suas sandálias aladas, sentado à beira do promontório, apreciando a vista magnífica.

Talvez seja por isso que nós, os Godoy, sejamos uma estirpe trágica. Eu sou o bardo, eu sou o fauno, eu posso contar. Desde o tempo de Don Evandro, meu avô. E antes até. Cada criatura desta família levou para o túmulo a sua dose de tragédia. Sófocles não teria feito melhor.


Mamãe aceitou a partida do desenhista. Mas, de fato, ele não é um dos Godoy. Talvez Angus, em cujas veias corre outro sangue, já se tenha incorporado ao nosso destino. Talvez... Mas o desenhista, o belo Ignácio, o salvará.

Não sei bem por que Ignácio decidiu deixar La Duiva, pois ama esta ilha – sina de quase todos que aqui aportam. Mas foi uma sábia decisão, para ele ainda há tempo. Eu sinto que as coisas se encaminham para um desfecho. Num crescendo, os fatos incham, pesando como frutas num galho frágil demais.

Algo rebentará em breve. Alguma coisa se constrói em silêncio, no vácuo dos amantes de La Duiva, alguma coisa se arma sob esse oceano verde e azul, entre essas ondas, na raiz mais profunda do farol que tudo vê.

Eu sinto, como sinto o vento passando pela ilha ao anoitecer. Enquanto as rosas vermelhas crescem e avançam feito um exército, enquanto Coral e Tomás se lambem e se beijam, e Santiago os espiona – cúmplice na sua profunda inocência de menino.

Alguma coisa desabrocha enquanto Tiberius assina seus recibos e manda fazer os cartões de visita, e anota e suspira e se masturba no banheiro à noite antes de seguir para o quarto da nossa confusa nereida.

Alguma coisa – vejam só! – vem por aí.

Cecília cozinhará mil pratos e Santiago talvez desenhe a catástrofe. Santiago, o sobrinho que parece ter herdado o meu talento, coisa que mamãe comemora em silêncio depois de apagar a luz do quarto. Tiberius fará planos e listará estratégias sem perceber que a vida nos engana a todos, pois a vida é tão esperta quanto a morte e as duas andam de mãos dadas sobre os séculos.

E eu? Quando acontecer, quando desabrochar esse futuro, eu estarei aqui para contar tudo, a tragédia inteira e, depois dela, a redenção. Eu contarei o arco da trama em seus cento e oitenta graus – eu que, de personagem, fui alçado a narrador, já fora do palco dos acontecimentos, afastado finalmente da dor e da alegria.

Enquanto tudo se constrói e germina, enquanto Tomás e Coral avançam alegremente para o precipício, e mamãe tira mais uma torta do forno e Tiberius pendura em frente ao novo escritório a placa que mandou fazer, *Seguradora Godoy Ltda.*, Santiago vem correndo pela praia, vem correndo triste-feliz, metendo seus pés de menino na areia molhada.

Ele achou Coral, ele sabe onde ela se esconde e com quem. *Mas o que estavam fazendo na areia, agarrados daquele jeito, aqueles dois?*

**SANTIAGO NÃO DEIXOU ESCAPAR UMA** única palavra sobre o que vira do outro lado do farol. Ele sabia que Cecília não gostaria nada daquilo. Em primeiro lugar, tinha atravessado os molhes para o lado proibido, o lado agreste da ilha onde o oceano era fundo e furioso, onde os ventos davam a volta, levantando areia e descabelando os pinheirais. Santiago intuía também que aquelas brincadeiras entre Coral e o marinheiro não seriam apreciadas pela avó ou pelo pai, e o garoto amava Coral.

Ele voltou para a casa. Cecília estava ocupada com seus afazeres e sequer lhe perguntou sobre o paradeiro de Coral. O pai andava pela península, cuidando dos seus assuntos de trabalho. Então, o menino pegou seus materiais de desenho e se acomodou num canto da sala. Tinha a vaga esperança de que Ignácio estivesse por ali, mas soubera por Angus, com quem cruzara na praia, que o desenhista saíra para fazer esboços da ilha.

Santiago gostava de ficar sozinho. Na verdade, nunca se sentia solitário. Se apurasse os ouvidos, se fixasse seus olhos, sempre um deles estava por perto. Um dos tios, e até mesmo um velho negro que sorria um sorriso sem dentes. O homem que tinha ensinado vovó a ler quando ela era criança. *Ernest*. E Santiago gostava de se saber cercado pelos que tinham vindo antes.

Acomodou-se no sofá onde outrora ficara vendo a chuva por meses e começou a fazer rabiscos na folha em branco. Estava curioso, não tinha ideia do que os traços formariam, o desenho era para ele um mistério que se fazia sozinho. Mas estava triste. Coral lá na praia com o marinheiro... Não podia deixar de se lembrar do que tinha visto. Os dois se abraçando com tanto desespero, era como se estivessem morrendo. E o pai a amava tanto!

Santiago também a amava. Coral era a melhor pessoa do mundo, uma irmã – e tão dele, tão absolutamente dele, mesmo quando andava distraída por La Duiva e se esquecia de voltar para o almoço... Ele a achara na praia, sozinha na beira do mar, sem roupa, sem nome, sem nada. Salvara-a do frio e da solidão, salvando-se a si mesmo sem o saber.

Ah, como tudo era estranho, pensou o menino, se concentrando nos volteios que sua mão dava no papel.

Quando finalmente Coral chegou, um tanto esbaforida e com areia nos pés, e se sentou ao seu lado no sofá com um sorriso distraído e aquele seu rosto tão lindo, interessada nos seus progressos artísticos, Santiago olhou-a com um ar desamparado e a única coisa que soube dizer foi:

— Oh, Coral, não vá embora, por favor!

O espanto conferiu aos olhos de Coral um brilho noturno. Então, ela disse:

— Não irei a lugar nenhum, meu querido Santi! Eu apenas me atrasei para o almoço. Estava sem fome e fui caminhar. Só isso, só isso...

E sua voz parecia tão cheia de pesar e de culpa que Santiago chegou a achar que tinha se enganado, que seus olhos tinham inventado coisas, visto miragens, como dizia a avó.

Nos primeiros dias de janeiro, Ignácio Casares mudou-se para o sobrado na península, e ali depositou seus poucos pertences, olhando as peças vazias, o quarto com o armário e a cama enorme, que parecia um barco ancorado no azul que entrava pelas venezianas abertas.

Acreditou que estava começando a ser feliz. Caminhou até a janela e viu o porto ao longe, escutou o burburinho dos turistas na tarde quente e apreciou o mar que se estendia até o horizonte, liso e límpido. Podia pressentir La Duiva em meio àquela água, sabia que a pequena ilha estava lá, com suas praias de areia branca, as pedras do molhe e o promontório. Sabia que a casa pendurada na rocha, com sua larga varanda de sarrafos, estaria sempre aberta para ele e não se sentiu solitário.

Tinha feito uma longa viagem, uma viagem que não podia ser medida em quilômetros, uma viagem para dentro de si mesmo, através de domingos chuvosos, de cartas amassadas e gritos de raiva, uma viagem de noites secretas e gozos escondidos, e viu o cemitério onde a única mulher que amava recebera o seu refúgio, e viu ruas estreitas e mal iluminadas, viu suas antigas madrugadas de solidão, os rostos que se substituíam, as vozes, o cansaço...

Finalmente, deitava âncora. No quarto do sobrado havia uma pequena varanda, quase um balcão, e então ele saiu para a tarde, apoiou-se na balaustrada de metal e aspirou o ar morno e salgado. Não havia o cheiro pungente das rosas de La Duiva envolvendo pensamentos e provocando suspiros. Mas ele gostou da frescura da brisa, gostou dos odores que subiam a rua, vindos do porto, e se deixou ficar ali, ansiando pelo momento em que Angus cortasse as ondas no pequeno barco com o qual o trouxera e viesse estar com ele à noite, conforme tinha prometido.

Depois de algum tempo, foi desarrumar a pouca bagagem. Tinha comprado alguns móveis e logo viriam entregá-los, queria montar um pequeno ateliê na sala. Desembrulhou seus desenhos, um a um. Escolheu aquele que fizera Cecília suspirar logo quando se tinham conhecido, o jovem moreno, libidinoso e alegre. O filho de Cecília que ele intuíra.

Olhou o desenho, analisou os traços que ele mesmo fizera no papel, viu os olhos escuros e brincalhões. Colocou-o sobre a cama, apoiado à cabeceira. Ouviu o ruído de um motor subindo pela ruazinha estreita e depois o som de vozes. Ignácio sorriu, olhando em volta. A tarde cálida entrava pela pequena varanda, deixando uma luz granulosa e dourada espraiar-se pelo quarto. Ele ajeitou a camisa e saiu para o corredor, descendo até a sala, onde já tocavam a campainha. Os móveis tinham chegado.

Naquela noite, Angus pegou o barco a motor e navegou para a península. Junto com ele iam Apolo e Vico, pois a juventude e o cheiro desinquietante das rosas compeliam os dois ajudantes ao amor vigoroso das putas do porto. Angus dera carona aos rapazes, mas tratara de disfarçar os seus verdadeiros motivos para ir à península.

Sentindo a brisa fresca no rosto, Angus segurou um sorriso. *Dois jovens luminosos muito antigos.* O pedaço do poema veio à sua alma, solto no tempo e perdido da sua métrica original. Sophia, a poeta portuguesa que Orfeu amava. Ele também aprendera a querer a sua poeta por perto, trazia livros antigos e cópias de poemas entre seus pertences.

Agora, seguindo na noite tépida para a terra, as luzes brilhando na noite lá na frente, antecipando as gentes no porto e a suave algazarra da temporada de verão no vilarejo, Angus pensou em seu passado, em Orfeu, na sua morte, nos anos em Datitla com a mãe, nas suas viagens a Oedivetnom, na volta à ilha, em Tiberius...

Sentia-se serenado. Até mesmo a chegada de Ignácio, que tanto o assustara, agora o tranquilizava. Olhou os dois rapazes na popa dizendo tolices e tomando cerveja. O que falariam dele se soubessem que estava indo ver o desenhista? Eles, que almejavam as putas e suas promessas? Homens talhados na pedra, duros e másculos e violentos?

Angus riu baixinho. Ele também sabia ser violento como uma tempestade de verão. Usava uma faca como poucos. Mas, desde cedo, tinha descoberto seu ardor pelos outros marinheiros, músculos, coxas, peitos suados. Desfiladeiros de angústia, fogo e vergonha. Durante anos, aqueles segredos escusos, as noites roubadas. Até conhecer Orfeu... Uma tarde em La Duiva, era verão e o azul e a luz cegavam seus olhos quando ele viu aquela criatura volátil, esguia e encantadora, masculino-feminina. Orfeu... Como um elfo ou um sátiro, tão diferente de todos. E com aquela boca de dizer poemas.

— Chefe, a que horas nos encontramos no porto?

A voz de Apolo o roubou das suas memórias. Angus manobrou o barco para entrar nas docas. O ruído de vozes, vindo lá de cima, da passarela do porto, aumentava, borbulhante e alegre.

— Nos encontramos às duas — ele disse. — Assim vocês dormem algumas horas antes do batente. Há muito trabalho na oficina.

Os rapazes aquiesceram. Seus olhos brilhavam de concupiscência na noite de verão. Angus sorriu. Sentia um leve tremor na base do estômago quando desligou o motor. Sabia bem onde ficava o sobrado. No chão, numa sacola de lona com gelo, tinha trazido um vinho branco.

Pegou a sacola e ia saltar o barco quando Vico falou:

— Trouxe até bebida gelada... O encontro é dos bons, hein?

Angus piscou um olho para o rapaz:

— Divirtam-se — ele disse. — E não se atrasem. Não gosto de esperar.

Quando finalmente viu os dois subirem o caminho para a esplanada, agitados e rindo alto, foi que Angus tomou o lado oposto ao do pequeno centro do vilarejo, seguindo pelas ruazinhas mais silenciosas e familiares, com seus pequenos sobrados coloridos e as pousadas prometendo boas camas e *desayuno* completo.

Sabia que Ignácio estava esperando por ele.

**ALGUNS INICIADOS ESCOLHIDOS** a dedo neste mundo tiveram de descer à nona esfera e trabalhar o fogo e a água que são a origem dos mundos, dos homens e dos deuses. Tal aventura é a maior prova de coragem que pode existir, e, nos tempos antigos, chegar ao território de Vulcano se tratava de feito contado por gerações e gerações.

Na nona esfera, no centro ardente da Terra, é que se encontra a forja de Vulcano. Dizem dela que é também o coração palpitante do sexo, e o fogo e todo o calor que dela brotam alimentam os amantes deste mundo. Todas as grandes histórias de paixão passam por lá – Marte teve de descer à forja de Vulcano para retemperar a sua espada a fim de conquistar a bela Vênus. Mas também foi nessa forja mágica que Vulcano fez a malha com a qual prendeu os dois amantes, pois Vênus, sua esposa, o traía com o deus da guerra.

Ah, os triângulos amorosos pontuam a história dos homens e dos deuses.

Hércules e Teseu também desceram à nona esfera com outros fins. De tempos em tempos, alguns mortais passam por lá, e agora ele, o nosso pescador de olhos negros, marinheiro do Cabo, fez a sua travessia, metido até o umbigo no mangue da sua paixão por Coral.

Coral, que, assim como Vênus, nasceu das espumas marinhas e veio dar em La Duiva. Foram as suas lágrimas que trouxeram Tomás, embora o farol tenha sido a desculpa que o destino usou para atar os seus nós.

Coral, que nasceu de um poema... Ah, de fato, eram muitas as versões para a sua misteriosa aparição. Ela veio no ano da grande umidade, como contei lá no começo. Água e fogo, fogo e água. Tudo se mistura sempre.

E agora Tomás andava pela praia na mesma noite que levou Angus e seus dois ajudantes para o vilarejo. Era uma noite bonita, um céu alto de estrelas, o mar rumorejando seus segredos e vindo lamber a areia. Ele sentia que pareciam anos desde que chegara ali, trazido por Tobias. O tempo, em La Duiva, sempre foi muito peculiar.

Mas Tomás já sabia disso.

Como todas as pessoas silenciosas, ele tinha intuição. Andando pela praia, aspirava o cheiro do mar. As algas secas pontuavam o ar salgado e, lá de cima, dos jardins enlouquecidos de amor, descia o perfume das rosas.

Tomás tentava não pensar nas rosas, pois sentia fome delas. Tinha vergonha de confessar isso e, de fato, não contava as suas intimidades a ninguém, mas às vezes subia até a casa e colhia alguns botões. Noutras, nem era preciso: em certas noites, as rosas se espalhavam e chegavam até o alojamento. Ele saía na madrugada e se empanturrava de flores até que seus arrotos fragrantes o fizessem rir, abafando o fogo que lastimava a sua carne. O fogo que o abrasava, que o assolava, que o escravizava.

Tomás olhou o céu. Viu Órion brilhando na pele da noite. O velho caçador. O amor era a maior das armadilhas, ele tinha certeza disso. Não todos os amores, mas um certo tipo deles. Como esse, esse amor que o consumia, ardendo sempre. Caminhou até a beira da água e molhou os pés, tentando aplacar um pouco desse fogo. Estava sozinho na praia e parecia estar sozinho no mundo.

Mas Tomás sabia que não. O farol brilhava no seu lugar, zelando pelos barcos que passavam ao longe, escondidos pela noite. Angus e os outros tinham ido para a península, e os escritórios e alojamentos eram seus hoje. Tomás olhava para a casa lá no alto, a casa que também se ocultava na noite de verão.

Coral estava lá, e Tiberius a acompanhava. Ele tentou imaginar os dois... Tiberius tocando os longos cabelos de Coral, seus seios pálidos. Sob os mesmos lençóis, dentro dela. Ah, dentro dela... Não pôde pensar nisso sem sentir ódio, um profundo ódio maculado de vergonha. Órion, no céu, parecia mirá-lo com piedade. Ele sentiu os olhos molhados de lágrimas. Não queria que sentissem pena dele. *Não você, Caçador, não você. Eu estou enredado na mesma trama que o matou.*

Tomás pensou em partir, deixar La Duiva, esta praia, este farol, esta gente que o acolheu. Pensou, mas não conseguiu. Sabia que não poderia sair dali sem ela. E Coral lá na casa no alto do morro. Coral com Tiberius, misturando o seu gozo com o gozo de Tiberius, embora jurasse que o amava com desespero, que o mesmo fogo, o único fogo que forjava tudo, também ardia dentro dela, chamuscando seus pensamentos.

Tomás não queria chorar. Então, correu para o mar que era morno na noite, correu e deu um salto e mergulhou fundo, misturando o sal das suas lágrimas ao sal do oceano. Na ponta da praia, o farol se acendeu pacientemente. Doze segundos, como se a sua luz regesse todos os tempos do mundo.

# ORFEU.

Tiberius não interpelou Coral. De que adiantaria ouvir dos lábios da mulher que ele amava que sim, que estava apaixonada por outro? Ele não era tolo e podia adivinhar certas coisas.

Da mesma forma, não havia como despedir Tomás. Era um funcionário excelente, atento e dedicado, e não existia lei nenhuma que o proibisse de se enamorar da garota que vivia na casa do patrão. Além do mais, se Tomás partisse, poderia precipitar as coisas. Talvez Coral fosse embora também.

Ah, meu irmãozinho tinha certa experiência com as dúvidas femininas, pobre rapaz bonito... E o que ele fez? O que Tiberius fez foi abrir a empresa antes do tempo planejado. Ele era hábil com cronogramas e planilhas. Assim, numa manhã azul de janeiro, depois das festas de Natal, Coral foi solenemente informada de que tinha um emprego – não creio que seja necessário, nem mesmo producente, entrar aqui nas questões da ceia natalina, nem falar da noite da virada do ano, pois as coisas em La Duiva sempre tiveram o seu próprio ritmo.

Imaginem a pobre garota – ela havia mesmo pedido aquele emprego alguns meses atrás. Tinha dito que queria, que precisava trabalhar, ganhar o seu dinheiro e ocupar a cabeça. Nem uma única fímbria do passado se revelara nos últimos tempos, e Coral seguia igualmente confusa, mas agora não queria mais sair de La Duiva! A ilha eram também Tomás e as tardes roubadas do mundo na pequena praia agreste. A ilha eram as rosas que suspiravam quando eles caíam nos velhos jogos amorosos, deitados na areia da praia, nus como tinham vindo ao mundo, os dois amantes afoitos.

Como ela poderia passar manhãs e tardes longe de La Duiva?

Imaginem a pobre moça ao ouvir as palavras de Tiberius. Ela estava presa na rede das suas próprias juras. Tiberius se revelava um Vulcano esperto e também impiedoso. Ou apenas um homem lutando pelo seu quinhão de amor nesta vida...

Mas vamos aos fatos.

Na primeira semana de janeiro, quando o vilarejo estava cheio de turistas em férias e o sol ardia no céu sem nuvens, Tiberius abriu a empresa de seguros. Muito cedo, na primeira segunda-feira do ano, fez Coral e o menino saírem da cama, vestirem-se e tomarem o *desayuno* às pressas, deixando para trás as guloseimas que Cecília lhes preparara. As aulas de artes de Santiago seriam pela manhã, de modo que ele traria o menino de volta à ilha para o almoço, mas Coral precisava permanecer ainda a tarde inteira no trabalho, voltando para casa ao anoitecer.

Ela foi, não havia outro remédio.

Na tarde anterior, tivera de contar a Tomás sobre a teia onde se emaranhara: um emprego, a ilha, a empresa de Tiberius. Os dois amantes discutiram, Tomás mais uma vez ameaçara partir. Coral jurara que lhe daria parte das suas noites, que após o jantar sairia da casa para vê-lo na praia no mesmo lugar onde sempre se encontravam.

E, como era obediente e se sentia devedora aos Godoy, no dia combinado, Coral saiu cedo da cama, vestiu-se como uma secretária e rumou com Tiberius e Santiago para a península. No caminho, sentada na proa do pequeno barco a motor, olhando a espuma que a embarcação deixava atrás de si, sentiu o peito apertado de angústia. Como seria possível que em tão poucos meses se tivesse metido numa enrascada daquelas?

No manche, os cabelos loiros voando ao vento, Tiberius parecia feliz. De repente, ele virou o rosto e sorriu para Coral. Não havia mágoa no seu sorriso, sequer um brilho de maldade. Ele era um homem bom e estava cumprindo com a sua palavra. Coral recordou as últimas noites, as últimas semanas, quando se esquivara dos seus arroubos. Alegava cansaço ou dor de cabeça e uma vez chegara a chorar. Tiberius nunca a questionava. Como um caranguejo, ele sabia avançar de lado. E agora estavam ali.

O barco fez uma curva e Coral sentiu-se tonta. Já podiam ver a península, uma mancha colorida no horizonte – ah, como eu gostava desses momentos quando, ao me aproximar do vilarejo, podia identificar os seus contornos, o casario, a igreja plantada na elevação de terra, os mastros dos barcos num emaranhado de velas coloridas...

Mas Coral não amava a vila; La Duiva é que era importante para ela. La Duiva, Tomás e o menino, que, ao seu lado, levava uma sacola com seus materiais de desenho. E foi Santiago quem, notando sua súbita palidez, perguntou:

— Você está bem?

— Estou um pouco nervosa — ela disse, piscando um olho.

Santiago riu. Ele tinha um riso de cascata que se desdobrou na manhã azul como uma toalha que alguém estende ao sol:

— Eu também estou nervoso, Coral. Nunca tive uma professora.

— Nunca tive um emprego — ela respondeu.

Meu irmão ouviu as risadas dos dois, mas não sabia do que falavam. Ele chegara a roçar a límpida intimidade de Coral e do menino, mas logo isso se perdera. Tiberius nem sabia como. Manobrando o manche para entrar no porto, vendo os pescadores que se faziam ao mar, ele se sentiu subitamente solitário. Talvez, naquele momento, tenha lastimado a perda dos seus tão belos dons adivinhatórios. Mas nada podia ser feito para recuperá-los, e Tiberius manobrou o barco até o ancoradouro, encostando-o suavemente ao trapiche.

— Chegamos! — disse, tentando demonstrar animação.

Coral e o menino olharam para ele, de mãos dadas. Pareciam dois cativos. Mas a manhã era tão bonita, o sol surgia por detrás do casario, derramando uma luz dourada e morna sobre as ruas e o porto. Vozes ecoavam no ar límpido e fresco, a beleza que pairava sobre tudo acabou por tocar a mulher e o menino, que desceram do barco sorrindo.

Se Tiberius recuperasse os seus pressentimentos... Ah, pobre irmão caçula, creio que teria chorado ali, em pé no barco que pagava em trinta prestações com juros ao banco local. Tiberius teria chorado, certamente, mas o que poderia ter feito além disso? Quando os dados são lançados, ninguém mais pode evitar a dança dos números, ninguém mais.

**CORAL COMEÇOU A TRABALHAR** naquela mesma manhã depois de deixarem Santiago com a professorinha Lucília, que o levou para uma sala na qual outras três crianças desenhavam, concentradas em seus mundos imaginários.

O garoto sentiu falta de Ignácio e das vastidões da varanda em La Duiva, onde a paisagem era tão colorida e encantadora que seus dedos pareciam correr sozinhos sobre o papel. Ali, na peça decorada com cartazes de pinturas de Matisse e Gauguin, a beleza precisava ser evocada. Mas ele era um menino gentil, e Lucília era uma boa professora, de modo que se despediu do pai e de Coral, ocupando docilmente o lugar à mesa que lhe tinha sido indicado.

Coral viu-se sozinha com Tiberius, seguindo pela rua. Depois de algumas quadras, entraram na casa que ele alugara para a nova empresa. Era um sobradinho colorido e com vista para a praça. Mais duas pessoas, um homem e uma garota, cujos nomes ela não guardou, ocupavam uma sala no andar superior, resolvendo tarefas intrincadas do mundo da corretagem de seguros. Coral seria apenas a recepcionista, e Tiberius a acomodou na sua antessala como quem coloca um vaso de flores sobre uma mesa.

Suas obrigações foram descritas uma a uma, e, afinal de contas, nada havia de tão complicado, mas Coral ocupou seu posto e imediatamente começou a sentir falta das praias de La Duiva, da boca de Tomás e dos seus sussurros, das palavras violentas que ele dizia no amor e do modo como apanhava seus cabelos com uma única mão.

Sentia falta do vento nas árvores, do cheiro pungente das rosas, da varanda que Santiago evocava perto dali e dos jasmins-do-céu. E, de novo, pensou em Tomás e sentiu o seu gosto de sal marinho... Quando o primeiro cliente entrou, Coral lhe entregou um sorriso de plástico, mas cumpriu o seu papel naquele dia e nos dias subsequentes, voltando à ilha exausta, tristonha e acabrunhada.

Tiberius achou que logo tudo ficaria bem, e, aceitando os novos cansaços da sua garota adorada, as dores de cabeça e, afinal de contas, a justificada exaustão dos primeiros dias de trabalho, ele se recolhia cedo ao seu quarto e dormia um sono sem sonhos.

Se tivesse acordado uma única noite e vencido o corredor que outrora atravessava na ponta dos pés, Tiberius Godoy teria encontrado o quarto de Coral vazio. Todas as noites, depois que ceava na sala, forçando os olhos a se manterem atentos aos semblantes de Cecília e de Tiberius, que trocavam impressões cotidianas, comentavam os progressos do menino e falavam amenidades sobre o verão, Coral se arrastava para a sua cama, e dormia por algum tempo.

Quando a lua ia alta no céu, seu corpo todo acordava como que aceso por dentro. Ela pulava da cama, vestia uma roupa leve, saltava a janela e corria para a praia. Sob as estrelas, porque aquele foi um verão seco e quente, de noites de constelações esparramadas e luzidias, Coral vencia a praia em frente à casa, antecipando em seu corpo as delícias do amor. Caminhava rápido, molhando os pés no mar, misturando seu fogo à água da qual ela mesma surgira, se sentindo realmente viva pela primeira vez no dia. E então escalava as pedras do molhe com verdadeira leveza, como um felino, e descia para o outro lado da praia enquanto as rosas se regozijavam no jardim.

Todas as noites, Tomás estava esperando por ela, nu entre as dunas, como algum deus perdido entre os mortais, tão bonito e tão cheio de fome que as horas passavam como um sopro. Coral voltava para casa ao amanhecer, refeita de todas as tristezas, pronta para mais um dia no seu papel de secretária, entre clipes de metal e canetas esferográficas e cópias xerocadas de documentos de identificação pessoal.

\*\*

As coisas transcorreram assim por algumas semanas. Dias e noites idênticos. Cecília sozinha em casa outra vez, esperando que a tarde viesse para ter a companhia do neto.

Ela caprichava nos jantares, colocando no pão sovado os seus temores, temperando a carne com os seus ensejos, assando bolos e fervendo compotas. Também podava as rosas, mas era uma batalha muda. Todas as noites, enquanto dormia, as rosas pareciam se multiplicar, desabrochando feito desejos não realizados, exalando seu perfume de amor sem fim, tonteando as gentes da ilha, espalhando-se pelo terreno, vencendo pedras e areia como se quisessem chegar ao mar. Às vezes Cecília chamava Vico para ajudá-la e eles podavam e empilhavam botões, sobre os quais deitavam álcool e ateavam fogo. O cheiro então subia aos céus como um gozo, tão inebriante que provocava lágrimas, e o jovem ajudante sempre pensava que era melhor cavar um buraco na areia, como fizera aquela vez, e enterrar as flores.

Mas a patroa era teimosa, dizia que só o fogo resolvia certas coisas.

— O fogo e a água. Só eles apagam e limpam.

Vico voltava à oficina com os olhos ardentes depois de incinerar rosas por horas inteiras, sabendo que aquele era um trabalho vão: no dia seguinte, as flores teriam crescido novamente, alimentadas durante a madrugada sabe-se lá por qual mistério.

Angus e Apolo ouviam as narrativas de Vico. As flores, as podas, a angústia de Cecília Godoy. A ilha tinha as suas manias, dizia Apolo, aparafusando peças e azeitando engrenagens.

— Deve ser o sereno que faz as rosas crescerem assim — falava Angus. — O sereno do verão.

Mas era mesmo a paixão que as alimentava.

Ninguém visitava a praia para além do farol, muito menos durante as madrugadas. Se um dos três homens tivesse ido até lá, veria o verdadeiro motivo daqueles violentos arroubos florais.

**TODO MILAGRE TEM O SEU PREÇO**, e, numa tarde mormacenta de fevereiro, quando Tiberius se ausentou da empresa em razão de um salvamento marítimo para os lados de Datitla, Coral guardou seus papéis na gaveta, tomou um antiácido com água gelada, inventou umas desculpas para o colega que ficava na sala de cima e foi-se embora duas horas mais cedo.

Tomou a rua que levava ao porto, observando a algaravia da tarde de verão. Viu o mar imenso, a espuma das ondas morrendo suavemente na areia, escutou os gritos das crianças brincando na orla e a ladainha das gaivotas no céu, dobrou uma esquina e subiu uma ruazinha serpenteante até o sobrado cujo endereço Cecília lhe tinha dado havia alguns dias.

Um pouco ofegante da caminhada, tocou a campainha da casa de Ignácio Casares. Ele abriu a porta e viu a garota suada e um pouco pálida, tão linda como um camafeu. Ela parecia desconfortável e desacertada no seu vestido recatado, de botõezinhos perolados, e Ignácio recordou-a em La Duiva, andando de um lado para outro com suas saias largas e voláteis, os pés cheios de areia e os cabelos desfeitos pela brisa marinha.

— Entre — convidou, abrindo a porta que dava numa sala cheia de desenhos. — Fiz um ateliê aqui.

Coral olhou as paredes onde nereidas se espalhavam em franca alegria libidinosa e faunos suspiravam atrás de arbustos floridos. Num canto, perto da porta do corredor, um Netuno de olhos estrelados parecia seduzir uma jovem, e um barco azul cruzava célere entre as nuvens, seguido por peixes alados.

Ela suspirou de alegria diante de tanta beleza, sentindo-se subitamente tocada pelo frescor de praias desertas e ondas gentis, buscou o sofá num canto da sala de poucos móveis e, jogando-se ali, disse baixinho:

— Vim lhe pedir um conselho.

Ignácio serviu-lhe um copo de suco, mas o cheiro de morangos despertou nela um enjoo violento, e Coral rejeitou a oferta, aceitando apenas água gelada. Ignácio desapareceu por alguns instantes e voltou com um copo que tilintava, cheio de cubos de gelo.

— Você está abatida — ele observou.

— Sentimos sua falta em La Duiva... A ilha já não é a mesma sem você.

— Sou feliz aqui, sabe? Fui até La Duiva na semana passada, porém você não estava lá. Fiquei a tarde toda desenhando com Santi e conversando com Cecília.

— Eu sei — brincou a moça. — Santi me disse, ele estava tão feliz!

Ignácio riu. Gostava do garoto e pedia notícias cotidianas a Angus. Pensou em Angus, que vinha vê-lo em noites alternadas. Era um arranjo que agradava aos dois.

— Você sabe... Angus e eu...

Coral olhou-o nos olhos:

— Eu sei. Fico feliz por vocês.

Ignácio se sentou no chão, as pernas cruzadas. Coral era tão bonita e tão frágil! Estranho como antes, em La Duiva, não notara aquela fragilidade. Tão agreste, solta na ilha, ela era como uma manifestação da natureza; mas, agora, em cativeiro, trabalhando sete horas por dia, parecia nebulosa e trêmula, como uma bela paisagem sobre a qual descesse a espessa neblina invernal.

Ele disse por fim:

— Você veio me pedir um conselho.

— Estou grávida — respondeu Coral, sem rodeios.

Ela olhou-o nos olhos, e Ignácio viu as suas grandes retinas escuras, quase febris. Ele segurou o seu espanto, pois imaginava muitas coisas, menos aquilo. Ofertou-lhe um sorriso cuidadoso:

— Imagino que Tiberius ficará muito contente com a novidade... Mas você parece nervosa, minha querida Coral.

A moça baixou o rosto, mirando os ladrilhos do chão.

— Acontece — disse ela — que o filho não é dele, tenho certeza.

— Não é dele?

— Não. Este filho é de Tomás, você sabe... Tomás, do Cabo Lipônio.

Ignácio sentiu falta de um copo para si mesmo, algo que pudesse segurar e onde também pudesse esconder o seu espanto diante da garota. Ela parecia tão absoluta, sentada ali, aqueles enormes olhos tormentosos, tão cheia de segredos e de temores.

Ah, o jovem moreno do Cabo!

Sempre houvera alguma coisa, os atrasos para o almoço, os longos sumiços de Coral... Ignácio vira Tomás algumas vezes trabalhando nos barcos ou trilhando os caminhos de La Duiva. Chegara a esboçá-lo. Um homem bonito sem dúvida. Mas Ignácio tinha saído cedo demais da ilha, e deixara para trás as suas elucubrações sobre a garota e o marinheiro, mergulhando de cabeça na casa nova, no seu trabalho e na sua própria vida amorosa, agora revigorada pelo surgimento de Angus.

Eles estavam felizes, e agora era Angus quem lhe trazia as notícias de La Duiva. Mas o comedimento de Angus! Parecia que lhe passava um boletim, atendo-se aos fatos sem nunca tecer suposições. Ignácio sorriu, lembrando-se de Angus, forte e monossilábico, cheirando a mar e a ventos austrais.

Focou seu olhar em Coral. Ela ainda tinha o copo vazio nas mãos, mas seus dedos trêmulos pareciam tão instáveis que Ignácio tomou-o para si, largando-o sobre uma mesinha, e então a abraçou.

— Querida menina... — ele disse. — A verdade é sempre o melhor caminho nesta vida. Diga toda a verdade a Tiberius.

— E quanto a Tomás? — ela perguntou. — Ele também não sabe.

Coral contou como descobrira a gravidez. Que grande espanto tinha sido! Afinal, a vida era para ela uma surpresa constante, tudo sempre novo, aprendia sempre. O sangue mensal a apavorava no princípio, até que entendeu a sua relação com a lua... As quatro luas eram mais lógicas para ela do que o calendário cujas páginas Cecília virava solenemente na cozinha.

— Cecília... — balbuciou a garota. — Quando o sangue faltou, pensei em perguntar a ela. Mas, devido à natureza daquele sangramento, me contive. Eu já tinha segredos, então, você sabe.

— Faz tempo isso?

— Dois meses talvez... — Coral suspirou, seu corpo subiu e desceu no ritmo do ar que lhe escapava pela boca. — Então, quando vim até a cidade, quando Tiberius decidiu abrir a empresa e me deu o emprego... Bem, foi fácil.

Ela saíra mais cedo certa tarde e correra até a pequena livraria que ficava em frente à praça central. Era tão perto do trabalho, em pouco tempo estaria no barco de Tobias sem atraso algum. Ali, em meio aos turistas que buscavam livros sobre a península e a história de Oedivetnom, Coral achara as respostas de que precisava. *O sangue menstrual, a gestação, nove meses*. Lera as palavras em suspensão, como se estivesse alheia ao mundo. Estava grávida!

Coral olhava-o com aquele grande medo tingindo seu rosto bonito. Estava pálida e pequena gotas de suor brotavam na sua testa.

— Você quer mais água? — perguntou Ignácio.

— Não — ela disse, angustiada. — Você não entende? Eu não sei nada de mim. Tenho certeza de que o filho é de Tomás porque faz algum tempo que invento desculpas a Tiberius... É como uma doença, um desespero... Um desespero que traz em si a sua própria cura.

— A paixão pode ser um desespero.

— Mas agora estou grávida. Eu! E nem sei nada de mim, nada... Eu saí do mar, sou uma náufraga sem barco. E Tiberius foi tão generoso comigo, todos os Godoy... E ainda há o menino.

— Conte a verdade — repetiu Ignácio. — É o único caminho.

— Não há caminho — gemeu a garota.

— Você está cansada, está fraca. As coisas vão se ajeitar. Quer passar a noite aqui? Eu aviso os Godoy, aviso Tobias. Você está pálida, abatida. Precisa descansar um pouco... Amanhã tudo parecerá mais fácil.

Coral suspirou de alívio. Não tinha pensado naquilo, mas era mesmo tudo o que desejava! Não voltar à ilha por algumas horas, ficar longe aquela noite... Longe de Tomás e de Tiberius. E ela disse que sim, que aceitava o convite. Estava muito cansada, estava exausta!

De fato, a nossa nereida não dormia uma noite inteira havia semanas, entretida nos seus jogos amorosos à beira-mar, e então Ignácio a levou para cima, para o quarto ao lado do seu, onde havia um colchão de água e algumas pilhas de livros espalhadas pelo chão. Era um quarto limpo e quase desmobiliado, no qual havia uma janela para o porto, por onde entrava a brisa fresca do entardecer. Para Coral, a peça parecia um pequeno paraíso. Ela despiu-se sem pudores enquanto Ignácio arrumava a cama, e depois se meteu sob a colcha fina, dormindo tão rapidamente quanto uma criança exausta de um dia de correrias.

Ignácio desceu à cozinha e ligou para La Duiva, discando os números que sabia de cor. Quando Cecília atendeu, ele explicou em poucas palavras que Coral estava indisposta e que passaria a noite na península, na sua casa.

Naquela madrugada, as rosas murcharam no jardim dos Godoy sob os pesarosos brilhos de uma lua encoberta pelas nuvens. Tomás esperou por Coral na praia. As horas passaram, a madrugada veio e se fez alta, a nebulosidade se desfez e o céu ficou pontilhado de estrelas, mas a moça não apareceu. Quase ao alvorecer, Tomás refez seu caminho até o alojamento com o coração espinhoso e a alma triste feito um barco afundado, perdido nos séculos.

No dia seguinte, para espanto de Cecília, as roseiras haviam recuado misteriosamente. Deixaram a casa como um exército em retirada, e apenas um rastro de pétalas secas garantiu que um dia elas haviam passado pela cozinha e pelos corredores. No jardim, as rosas feneciam pacientemente, e aquela foi a primeira manhã em muitos meses na qual Cecília Godoy não podou nenhuma flor, nem lutou contra botões e espinhos.

Olhando as rosas da porta da cozinha, ela sentiu uma tristeza inexplicável ao compreender que morriam, que a infestação rubra e violenta que tanto a irritara de fato já fazia parte de La Duiva. Agora que as rosas estavam doentes, pouco havia a ser feito. Cecília não entendera a mágica que as tinha posto em movimento, que as alimentava em sua fúria de expansão e beleza, e nada podia fazer contra o seu súbito fenecimento.

Ela ficou ali, esfregando as mãos no avental, os olhos úmidos. Sentia-se triste como no dia em que seu marido Ivan morrera. Só podia ser a velhice. Fazia uma manhã radiante, e com muito custo lutou contra aquela melancolia e foi preparar o café, sem saber que, em algumas horas, tudo se transformaria para sempre em La Duiva.

O relógio do tempo estava por completar mais uma volta, mas Cecília Godoy se ocupava de tostar o pão e em preparar os ovos mexidos.

Na península, as coisas pareciam ocorrer em plena normalidade. A campainha do sobrado de Ignácio soou às vinte e uma horas. Ele abriu a porta, era Angus. Ignácio pediu-lhe que falasse baixo; porém, já o esperava com o vinho branco no balde de gelo e petiscos sobre a mesa.

Pelas janelas abertas, entrava a brisa de verão noturna. Os dois se acomodaram no sofá.

— Qual o motivo dos nossos sussurros? — quis saber Angus.

Ignácio contou toda a história de Coral.

— Ela dorme lá em cima agora — disse, os olhos pesarosos.

Angus manteve a sua costumeira calma. Sempre tivera uma intuição estranha a respeito da garota diáfana e misteriosa, algo que nunca pudera explicar nem a si mesmo... Coral misturava-se dentro dele aos poemas de Sophia que ele tinha copiado num caderno naquelas tardes em Oedivetnom, tardes nas quais vagara pelos corredores da grande biblioteca aprendendo a beleza das palavras, deslumbrando-se com aquela poesia repleta de mar e de navegadores, de tormentas e de deuses. Ouvindo a narrativa de Ignácio, parecia muito claro que a garota era o cerne de mais uma revolução em La Duiva.

— Vamos esperar para ver — disse Angus.

Na sua mente, as palavras esquecidas brotavam como um vaticínio. *E a noite transparente e distraída, com seu sabor de rosa densa e breve, onde me lembro amor de ter morrido.*

Sophia vinha-lhe à cabeça mais uma vez, como se adiantasse segredos de futuro.

Angus pensou na garota que dormia no andar de cima e em tudo que viera no seu rastro. As rosas, o amor de Tiberius, a tempestade furiosa, a alegria de Santiago, a chegada de Tomás. Coral precisava descansar um pouco; mas, no dia seguinte, ele mesmo a levaria até La Duiva. Queria-a em segurança lá.

Angus nada disse desses seus pensamentos a Ignácio, que servia o vinho em taças altas, contando do seu progresso nos desenhos. A noite bonita se espraiava em risos perdidos pelas ruas, pequenas alegrias mundanas tragadas pelo suave ronronar do oceano. Angus tentou aquietar as suas angústias infundadas, e os dois beberam a garrafa inteira de vinho branco enquanto as rosas morriam lá na ilha,

e Tomás chorava à beira do mar,

e Tiberius se revirava em sua cama,

e a própria Coral despertava no meio da madrugada plena da certeza de que havia um único caminho a ser trilhado.

**A NOITE IA ALTA.** Coral aspirou seu cheiro salgado, lúbrico e marinho. Estava no quarto de hóspedes de Ignácio. Sentou-se no colchão, sentindo a água que dançava sob a superfície de borracha, e entendeu que a água era o seu elemento. Uma súbita certeza pesou-lhe na alma. Estava do lado errado da coisa toda e só havia um caminho a seguir.

Tocou o seu ventre ainda liso. Os mistérios da vida a assombravam de modos inusitados: a gravidez era uma faca sobre a sua cabeça, um desfecho tão inesperado quanto a recuperação da sua memória, o retorno súbito de um passado que inventava diligentemente quando estava sozinha, passeando pela praia em La Duiva ou cuidando do jardim.

Pensou em Tiberius e em Tomás. Sentiu as lágrimas quentes que escorriam pelo seu rosto como se viessem de dentro do seu ventre. Pensou em Santiago, mas soube que ele era o mais sábio dos três homens em torno dos quais girava a sua vida – Santiago resolveria as coisas ao seu jeito.

Decidida, ela saiu da cama e vestiu-se sob a luz da lua. Ainda as estrelas luziam no céu noturno e a noite era cálida, sem vento. Desceu as escadas sem fazer ruído. Sabia que Ignácio dormia com Angus no quarto ao final do pequeno corredor, e então estava tudo certo ali também.

O ar da noite era fresco no seu rosto. As ruas da península estavam desertas, com a exceção de um ou dois casais que se beijavam nas sombras da noite. Coral recordou-se de Tomás e dos seus beijos e sentiu o próprio corpo em chamas. Mas respirou o ar noturno como um bálsamo, aquietou seu coração, que era uma corsa agitada, e tomou o caminho da casinha onde vivia o barqueiro Tobias. Já estivera lá antes em companhia de Tiberius, conhecia o lugar. Bateu à porta com delicadeza, com tanta delicadeza que era como se não tivesse mesmo a intenção de acordar Tobias.

Porém, em alguns segundos, o velho surgiu diante dela, os olhos esbugalhados de sono. Coral disse algumas desculpas, que passara mal ao final do dia, mas precisava voltar com urgência para a ilha. Tobias, preso do fado eterno das travessias, aprontou-se sem fazer muitas perguntas.

Coral se viu no mar como se por mágica. Fazia tão pouco, despertara assustada e decidida na casa de Ignácio... Ela olhou a água que se abria num sulco espumoso à passagem do barco, o céu já deixava ver as primeiras tintas de luz lá no horizonte. Suspirou fundo. Aquele era o único jeito. Ela sabia. Olhou o mar e sentiu o seu chamado, a sua paz. Mas ainda não, precisava voltar à ilha.

E então ela esperou com paciência. Viu a paisagem conhecida, viu o barco contornar as pedras do molhe e ancorar no píer que Tiberius refizera ao voltar de Almeria. O farol acendia e apagava, o farol que a chamara naquela outra madrugada, tão distante e tão fugaz que parecia fazer parte de uma existência anterior.

Coral se despediu de Tobias e pagou o trajeto em dobro, pois tinha o dinheiro do seu trabalho guardado no bolso interno do vestido e não via nenhuma utilidade para ele agora que tudo estava finalmente decidido. Não precisou de ajuda para deixar o barco, e não olhou para trás enquanto subia pelo caminhozinho entre as sarças bailarinas, aspirando o ar do alvorecer e sentindo falta do furioso perfume das rosas. Mas ela sabia, o ponteiro dos minutos, quando girava no relógio, levava consigo o ponteiro dos segundos, e uma coisa sempre puxava outra nesta vida.

Venceu a trilha. No alto, perto dos escritórios e do alojamento, ela acelerou decididamente o passo para não ter uma recaída. Se encontrasse Tomás, não poderia resistir à tentação. Assim, seguiu pelo caminho que levava à casa enquanto o céu alaranjava-se suavemente.

Coral tinha pressa. Entrou na casa sem fazer ruído. Em La Duiva, não havia chaves. Foi até o quarto do menino e, na ponta dos pés, caminhou até a sua cama – eu já lhes disse que ela sabia ser silenciosa... Santiago dormia a sono solto, seus lindos cabelos de ouro espalhados pelo travesseiro.

Ela se despediu dele em silêncio, amando-o mais do que a semente que carregava dentro de si, aquela semente ansiosa, que precipitava as coisas com tamanha falta de jeito. Sentiu um grande desejo de tocar a fronte morna do garoto, mas recuou até a janela, olhando o mar e o farol, e se despediu da ilha com umas poucas lágrimas.

Sabia que Cecília cuidaria de todos e que também a perdoaria.

As coisas mais bonitas eram breves.

Ela olhou os primeiros brilhos da manhã lá embaixo na praia e soube que já era tempo. Antes que todos acordassem. Não havia necessidade de dramas. Deixou o quarto do menino, fechando a porta suavemente atrás de si.

No corredor, Coral despiu-se.

Era como se se desnudasse uma última vez para Tomás. Dobrou e ajeitou as roupas numa pilha perfeita antes de seguir pelo sentido oposto ao do que trilhara havia alguns minutos, cruzando a sala e a larga varanda de tábuas, descendo a escada de pedras, íngreme e linda, com o sopro da alvorada acarinhando seus cabelos escuros.

Nua.

Os olhos secos.

(Coral caminhou pela praia, a areia fria sob seus pés. Mas a água do mar estava morna como se guardasse o calor do dia já passado e já vivido. Ela entrou devagar, a espuma nas canelas, depois nas coxas, a água fazendo-lhe cócegas. Quando o mar tocou o seu sexo, um arrepio percorreu-lhe espinha. Ela avançou serenamente e foi entrando, a água na cintura, a água nos seios, abraçando seu pescoço, a boca...

A água. O sal.

Seus cabelos dançaram como anêmonas, e então ela submergiu.)

**NÃO TENHO BEM CERTEZA** de como as coisas sucederam depois disso... Acho que o menino foi o primeiro a acordar. Ele teve um sonho. Sangue não é água, teria dito Cecília mais tarde, quando costurou todas as pontas da história.

Mas Santiago não chorou, embora, no sonho, Coral tivesse entrado no mar até desaparecer do mesmo modo que chegara em La Duiva, sem avisos nem motivo aparente. Não havia um barco esperando por ela na linha do horizonte. Jamais houvera um barco.

Santiago se sentia triste, vestido com seu pijama, na manhã que alvorecia. Ele gostaria que os avisos de futuro viessem com mais antecedência, pois desejava ter se despedido da amiga. Mas as coisas eram assim, e os pássaros cantavam nas árvores quando trocou a sua roupa, penteou os cabelos e foi até o quarto do pai, sério como convinha à ocasião. Afinal, precisava dar o aviso.

Era a sua vez agora.

Tiberius ainda dormia, agarrado ao travesseiro. Santiago tocou-o com infinita doçura, pois sabia que o pai haveria de sofrer mais do que ele com aquela partida sem adeus. O garoto não tinha mágoas de Coral, ela era como um peixe que mordia o anzol, ela era como o verão que chegava porque tinha de vir, sucedendo a primavera, partindo depois para dar lugar ao outono. Coral era como o mar lá fora, *shiss, shass, shiss, shass,* cantando no alvorecer como um pássaro infinito.

Quando Tiberius abriu os olhos, assustado, Santiago disse baixinho:

— Papai, não se assuste... Vim avisar que Coral foi embora.

— Foi embora? — gemeu Tiberius, ainda tonto de sono.

O menino esperou que o pai sentasse na cama, que recuperasse a consciência do dia e das coisas, para só então contar o que sabia. Coral partira do mesmo jeito que chegara a La Duiva: pelo mar.

Tiberius se desesperou, pensando na garota dos seus amores afogada.

— Ela se jogou no mar? — Sua voz era torturada.

O menino sorriu da confusão do pai. Tranquilizou-o:

— Coral não morreu. Ela só foi embora. Acho que tinha de ir, que era o tempo de ir — disse ele, dando de ombros na sua tristeza conformada.

Tiberius deve ter chorado, não tenho certeza. As histórias mudam a cada vez que alguém as conta; desde a península até Oedivetnom, a história de Coral correu estradas e rios, avançou com barcos e foi repetida nas bancas de peixe das sextas-feiras santas e nas quermesses de Natal. A história foi contada por vovós aos seus netinhos insones e por amantes entre beijos e goles de vinho, e varou dias e noites e meses e anos causando espanto, pois nunca alguém jamais ouvira de uma nereida desde os antiquíssimos tempos olímpicos de Troia. E até mesmo as aventuras dos deuses e das suas paixões desenfreadas e traições titânicas pareciam pálidas perto do acontecido em La Duiva.

O que eu sei é que Tiberius lançou todos os seus barcos ao mar e mandou mensagens às pressas para a Marinha e para os marinheiros de toda a costa, mas nenhuma pista de Coral jamais foi encontrada, a não ser as roupas cuidadosamente dobradas e empilhadas no corredor da casa dos Godoy em La Duiva... E se podia até mesmo considerar que Coral tinha sido uma alucinação se tanta gente não a tivesse visto e conversado com ela, e com ela rido e bebido e se alegrado.

Podia-se considerá-la uma alucinação se tanta gente não a tivesse amado...

Pois até mesmo Cecília chorou a partida da moça enquanto recolhia as rosas mortas no jardim e as queimava em uma fogueira no fundo do pomar, sentindo o estômago revirar-se com aquele insidioso perfume de amores perdidos.

# ORFEU.

A semente germinada no ventre da nereida era de Tomás Acuña, e não do meu irmão Tiberius.

Tenho para mim que, do outro lado do mar, na sua casa sobre o Tejo, a poeta recuperou a palavra e voltou a escrever. E a sua súbita inspiração, o nascimento de um novo poema naquela sala de silêncios de Sophia, engravidou Coral de seu futuro.

Mas havia uma outra ponta nesta história...

E era Tomás, filho de Gedeel.

Tomás esperou por Coral na praia agreste de La Duiva. Esperou-a como esperam os amantes, entre as lavas de um vulcão interior, abrasado pelo fogo do seu ventre. Esperou-a entre as pedras naquele lado da ilha onde os deuses gostavam de passear com seus cães alados.

Tomás esperou pela noite afora, sentindo a brisa fria e a novidade de todas as coisas sem a maravilhosa presença dela. Sentado numa pedra, hora após hora, Tomás Acuña esperou.

Então, em algum momento, ele soube.

Era um desses homens que entendem os mistérios da vida. Conhecia as marés e as estrelas. E, assim, pôde reconhecer aquela profunda ausência e os seus sinais. Durante largas horas, Tomás pensou na boca de Coral e nos seus beijos, sentiu-lhe o cheiro de relva e de maresia, recordou-a entre seus braços, úmida e palpitante feito uma flor de puro orvalho. Ele repetiu as palavras já ditas, reprisou suas memórias, lambeu o vento e beijou a noite.

Depois, voltou para sua cama fria lá no alojamento, mas sentia-se tão vazio como um porto sem nenhum barco.

Eu gostei de Tomás Acuña desde o princípio, vocês sabem. Ele era como um desses jovens cavalos afoitos que correm por fora numa carreira. Viril e valente, indômito e silencioso. E tinha aqueles olhos pequenos e escuros, fascinantes.

Ah, tenho-lhe pena... Pobre jovem pescador apaixonado por um milagre.

Preso do vendaval de um amor, Tomás, que já tinha vivido tantas tormentas, que cruzara oceanos e terras, ali estava, derribado pela ausência de Coral.

E o que ele fez depois daquela noite?

Tomás dormiu um sono sem sonhos — sabemos que a juventude tem esses pequenos bálsamos. Quando acordou ao raiar do dia seguinte, foi com a azáfama de Apolo e de Vico. No quarto ao lado, os dois rapazes falavam alto, preparando-se para alguma tarefa urgente.

Ele levantou a contragosto e foi ver o que acontecia.

— A moça — disse Vico, apressado. — Coral... Ela se fez ao mar, dizem que se afogou. Vamos sair com os barcos, Tiberius já passou um SOS.

A notícia foi como um soco no seu estômago.

Tomás se vestiu em segundos e partiu no primeiro barco de buscas com o coração por um fio. Por horas e horas, vasculhou o mar e as redondezas. Deu dez voltas ao redor da ilha, chamando por Coral com a voz rouca de lágrimas. Ele não podia acreditar. No entanto, na noite anterior, sentira no ar marinho a sua ausência, e vira no pouco brilho das estrelas a sua partida silenciosa.

Durante um dia inteiro, Tomás pranteou Coral.

Navegava cegamente, vasculhando as profundezas do mar como se pudesse resgatar a mulher dos seus amores dos braços ciumentos de Poseidon. Mas, quando jogava a sua rede, o mar lhe devolvia apenas peixes e anêmonas, restos de antigos naufrágios esquecidos pelo tempo e destroços diligentemente recobertos de conchas.

Coral desaparecera sem deixar rastros. Ficara apenas aquele mar cantando no dia azul, no dia tão azul que doía, e Tomás chamou por ela até perder a voz, chamou-a com o seu amor e com a sua raiva, com o seu desejo e com o seu desespero.

Quando a noite desceu sobre o mundo, ele voltou em desespero ao atracadouro de La Duiva. Nada tinha encontrado que pudesse dar pistas da garota, e os outros barcos haviam tido um dia igualmente infrutífero. As gentes da ilha estavam tristes, muito embora o pequeno Santiago não parasse de repetir para quem quisesse ouvir que Coral não tinha morrido coisa nenhuma, ela apenas partira, voltando ao lugar de onde viera.

Naquela noite, nem a juventude fez Tomás Acuña conciliar o sono. Ele rolou na cama por algumas horas, um pobre Páris sem a sua Helena. Creio que, lá na nossa casa, meu irmão padecesse de igual sofrimento – mas, no amor malfadado, até mesmo os mais furiosos rivais acabam solidários.

No meio da madrugada, Tomás foi para os molhes. O farol iluminava as ondas no seu antigo ritmo e tudo parecia igual a antes, mas a ausência de Coral desbotava os sentidos do jovem pescador. Ele tinha visto e vivido muitas coisas, varara o mundo e conhecera gentes de todos os tipos. Porém, um amor como aquele, era a primeira vez que experimentava.

Sentado nas pedras, sentindo a brisa fria da noite e vendo as ondas estourarem na areia, Tomás chorou e gritou e se reconciliou com a vida. Em certo momento, teve certeza de que Coral não morrera. Ela era do mar, tinha vindo das espumas de Afrodite, portanto poderia voltar à ilha a qualquer momento.

E, se Coral voltasse, ele jurou que estaria esperando por ela.

Creio que Tiberius tenha surgido no molhe quando já alvorecia. Meu irmão também não dormira. Não lhe pareceu estranho encontrar o jovem de Cabo Lipônio lá, pranteando Coral. Tiberius sempre soubera de tudo, o que ele tinha feito era lutar pela garota, lutar com armas justas e respeitando as regras do jogo.

Então, sob a luz da lua, os dois homens conversaram.

Coral partira e os deixara ali, e a ambos pareceu natural que a amizade fosse mantida, afinal de contas. A história do suposto afogamento de Coral já tinha varado a península e corria pelas areias de todo o litoral. Mas ninguém, nem mesmo Tomás ou Tiberius, chegara a saber da sua gravidez. Angus e Ignácio guardaram esse segredo até o fim – Angus, como vocês sabem, era um homem com um cadeado.

Muitos dias se passaram, mas Tomás Acuña não arredava pé dos molhes. Ele tinha certeza de que Coral voltaria, e somente esse pensamento o mantinha são. Deixou de lado os seus afazeres em La Duiva e empreendia largas vigílias no alto da pedra mais alta, na ponta da praia. Se Coral voltasse, seria o primeiro a vê-la.

Sob o sol e o vento, e mesmo quando a chuva caía, Tomás se mantinha firme, sentado nas pedras, abraçado aos joelhos, esquadrinhando as lonjuras marinhas com uma perseverança infinita. Cecília lhe teve pena e passou a levar suas refeições até a praia, como medo de que o rapaz adoecesse de vez. Ele era educado com todos, comia as porções que minha mãe entregava numa bandeja, conversava com ela sobre o tempo e sobre as novidades na península, perguntava de Santiago e falava das marés, mas não parecia nem um pouco interessado em abandonar a sua vigília.

— Ele perdeu a razão — disse Tiberius numa noite.

Mas Cecília sabia que era apenas a paixão que mantinha Tomás sob a intempérie e retrucou:

— Ele está perfeitamente lúcido, meu filho. São os labirintos do amor. Mais dia, menos dia, Tomás achará o fio que o conduzirá de volta ao trabalho.

Porém, passadas algumas semanas, Cecília já não tinha mais tanta certeza. As bandejas iam e voltavam da ponta do molhe. O sol nascia e se punha. Mas nada de Tomás deixar o seu posto na pedra. Estava barbudo, queimado de sol. E ela via, nos olhos dele, o brilho do desespero.

Embora ninguém mais esperasse pela súbita volta de Coral, e mesmo que Santiago tivesse deixado de frequentar a escola de artes, e Tiberius chorasse às escondidas entre um compromisso e outro, Cecília sabia que seria Tomás o último a prantear o sumiço da garota. Ele seguia lá na praia, na ponta do molhe, esperando como um Atlas condenado ao esforço eterno.

E muitos dias se passaram.

O verão começou a declinar. Ignácio fez dezenas de esboços de Coral, tentando atenuar a sua culpa, pois a garota lhe escapara pelos dedos feito areia e nem todas as argumentações de Angus podiam acalmá-lo. Quisera tê-la ajudado, e não se conformava com o seu desaparecimento. Mas tal desolação rendeu a Ignácio os seus mais belos trabalhos, os quais foram vendidos para um colecionador da Europa alguns meses mais tarde.

Em La Duiva, Tomás deixou de aceitar o seu salário. Ele já não trabalhava mais, e Tiberius decidiu buscar na península um novo ajudante. Na vila, o desaparecimento da garota linda começou a perder a primazia das conversas, cedendo lugar às pequenas novidades cotidianas: um turista que fugira com uma moça de Datitla, um casamento iminente, um barco de pescadores desaparecido numa noite de tempestade, o incêndio que devastara um armazém... A vida seguia o seu fluxo e a língua das gentes também.

Mas a história da eterna vigília de Tomás chegou ao Cabo Lipônio. Arquimedes, muito preocupado, mandou seu filho com o barco dos Acuña até La Duiva. O velho pescador queria que Tomás fosse trazido de volta, pois tudo aquilo não passara de um plano seu para que o rapaz ganhasse novos horizontes, e a tragédia que se sucedera precisava ser revertida antes que fosse tarde demais. Arquimedes era inculto, mas as histórias dos homens e dos seus amores violentos ele as conhecia de cor... Sabia, portanto, que, se nada fosse feito, Tomás viraria pedra no alto do molhe, esperando eternamente pela amada desaparecida.

Numa manhã límpida de começo de abril, quando as rosas já tinham havia muito desaparecido da ilha e o seu perfume se perdera na memória de seus habitantes, o barquinho de Tomás atracou mansamente no ancoradouro de La Duiva. Pancho, filho de Arquimedes, tinha vindo buscar o jovem pescador desconsolado.

Houve alguma negociação, Tomás não queria deixar o seu privilegiado ponto de observação. Embora estivesse muito queimado de sol, com os cabelos mais compridos e a barba cerrada, parecia lúcido e perfeitamente certo da volta de Coral.

— Vou esperar por ela o tempo que for — ele disse ao amigo.

Pancho não retrucou.

Com a ajuda de Angus, recolheu as suas poucas coisas e as acomodou no barco. Todos em La Duiva foram se despedir de Tomás. Cecília levou-lhe sanduíches e pêssegos, Santiago o presenteou com um desenho que fizera de Coral, Angus e os ajudantes abraçaram-no em fraterno silêncio, e Tiberius, que seguiria sendo o melhor Godoy de todos nós, enfiou no seu bolso um grosso bolo de notas com todos os salários que Tomás se recusara a receber.

Eles partiram de La Duiva no meio da tarde pálida de outono e todos viram o barquinho se afastando no azul, como que engolido pelas ondas. Mas, o que se soube depois, a história que se espalhou do Cabo até a península, foi que Tomás convenceu Pancho a descer num porto entre La Duiva e o Cabo Lipônio.

Tomás deu-lhe todo o seu dinheiro e suas provisões, mas não foram as notas que compraram a fidelidade do filho de Arquimedes. Acontece que Pancho nunca vira um homem tão enamorado, e nenhuma das histórias de amor que tinha ouvido nos seus anos de pescaria e de labuta chegava sequer aos pés da paixão que o amigo sentia por Coral.

Tomás dissera-lhe que Coral era uma nereida. Ela sumira nas águas, mas um dia voltaria por ele. Voltaria como dezenas de sereias e nereidas tinham voltado desde que o mundo era mundo, abrindo mão da sua vida imortal por amor. Países e cidades tinham sido fundados com histórias assim, e Tomás jurava que Coral e ele também escreveriam o seu fado no Livro dos Homens, construindo a sua própria mitologia de amor.

Assim, Pancho voltou para o Cabo Lipônio de mãos abanando. Arquimedes ralhou com ele por vários dias, depois simplesmente aceitou que cada um tecia o seu fado e que ninguém poderia jamais mudar o misterioso destino do filho de seu amigo Gedeel.


E assim, meus amigos, chegou a hora da deriva.

Pois Tomás Acuña, o jovem pescador, se dedicou a navegar em busca de sua amada Coral.

Sozinho em pleno vento, um viajante eterno.

Com seus conhecimentos náuticos, traçou um mapa do provável limite das aparições da sua nereida, e navegava dia e noite ao sabor do vento quando havia vento, ou com a força do motor nos longos e diáfanos dias de calmaria.

Da varanda no alto do promontório da nossa casa, ele sempre podia ser visto passando com seu barco. Cecília se acostumou a vê-lo cruzando as águas, pontual como um relógio que medisse o amor, e não a passagem dos dias. Aos poucos, ver o barco de Tomás lá longe, no horizonte, esquadrinhando as águas à espera de sua amada, passou a ser um bálsamo para minha mãe. Cecília chegou a achar que aquele eterno viajante enamorado é que mantinha o mundo nos seus eixos.

A história de Tomás, o viajante eterno, foi virando lenda, assim como a história da garota que surgira das espumas de Afrodite.

Tomás nunca aportava... Quando o combustível estava por acabar, parava num porto. Abastecia sem deixar o barco. E o misterioso navegante apaixonado foi ganhando a simpatia das pessoas, que o obsequiavam com presentes: comidas, livros, roupas... Tomás ia e vinha, cruzando o mar desde Cabo Lipônio até Oedivetnom, sempre em vigília por Coral.

Ele era o amante inquieto, o navegador das paixões, o pirata domesticado. As moças começaram a suspirar por ele e a sonhá-lo nas suas noites secretas, virgens acendiam-lhe velas e mulheres apaixonadas rezavam novenas para ele. Quando chegava a um porto, sempre havia alguma bela dama a oferecer a sua companhia para a próxima etapa daquela viagem eterna, mas dizem por aí que Tomás manteve a sua castidade.

E dizem também que, em certas noites de lua cheia, uma belíssima jovem de longos cabelos castanhos saía das águas e subia em seu barco. E que, nessas noites mágicas, os seus gemidos de amor podiam ser ouvidos nas praias, fazendo coro às ondas do mar.

Mas as pessoas dizem muitas coisas, vocês sabem...

**QUANDO O PERÍODO LETIVO COMEÇOU,** Santiago não voltou ao colégio. Todos em La Duiva ainda estavam chocados com o desaparecimento de Coral, e até mesmo Tiberius, tão centrado e fiel aos seus afazeres cotidianos, entendera que o garoto merecia um pouco de paz. Era preciso que a tristeza e a saudade arrefecessem.

Santiago era o menos triste de todos. Ele sabia coisas que os outros nem sequer imaginavam, e lhe pareceu totalmente natural que Coral voltasse do mesmo modo que chegara: pelo mar. Ah, sim, ele sentia uma imensa falta da moça e dos seus risos de cascata, sentia saudades dos banhos de mar e das longas caminhadas na praia, lamentava a morte das rosas vermelhas e sofria por Tomás a fenecer lá no molhe, mas Santiago aceitava que, assim como o verão, Coral também precisava partir.

Talvez, um dia, ela voltasse – e nisso o garoto concordava com Tomás. Mas, como era um menino e desconhecia as agruras da paixão e os seus volteios de delírio e sofrimento, achou que era justo esperar pela volta de Coral levando a vida do exato modo como a levara antes.

Ele não insistiu em retornar à escola. Tinha gostado dos breves dias de desenhos, de pinturas a óleo e trabalhos com argila quando o pai o colocara na oficina de verão. Mas não morria de amores pela matemática, nem desejava passar horas treinando caligrafia – se Tiberius o liberava da escola, tanto melhor.

Assim, Santiago voltou às suas tardes de pescaria, às suas negociações com os peixes e aos seus desenhos. Esperava as visitas de

Ignácio, que vinha duas vezes por semana, fazia piqueniques na praia com a avó, pois o desaparecimento de Coral obrigara Cecília a abandonar a reclusão da varanda e descer à areia em companhia do neto.

Semanas se passaram. Tiberius estava tão preocupado em reorganizar os seus negócios, deixados de lado nos primeiros tempos do seu luto, que achou por bem o menino voltar às aulas apenas no segundo semestre. Até lá, as coisas serenariam de vez.

Na península, falava-se muito de Coral. E, quando as pessoas se cansaram dela, Tomás se fez ao mar nas suas buscas tresloucadas. Assim, os Godoy, as suas estranhezas e a sina de arrumar agregados doidos voltaram às bocas das gentes da região.

Mas, uma tarde, quando abril já tinha findado e as nuvens de outono se acumulavam no horizonte, quando o mar já recobrara uma cor de safiras escuras e o vento se enclausurava nos corredores da casa no alto do penhasco, Tobias atracou em La Duiva trazendo uma jovem loira de óculos.

Era Lucília, a professora da escola na península.

Sob as lentes, os belos olhos azuis de Lucília brilhavam de ansiedade. Como todos os outros moradores da vila, ela acompanhara de longe os acontecimentos na ilha. Mas Lucília não tinha chorado por Coral, nem acendera velas para Tomás. Sua angústia era por Tiberius...

Os cavalos de vento do destino galopavam à solta no ar. Lucília pensava em Tiberius, agora sem a namorada, com o filho pequeno em La Duiva, e o peso de toda aquela incrível história nas suas costas. Ela sabia que os Godoy eram dados a estranhezas, que grandes amores e violentas mágoas assolavam a gente daquele sangue, mas Lucília era fascinada por hipérboles, e não pudera se esquecer da beleza pura e límpida de Tiberius Godoy quando ele fora matricular o garotinho na escola numa tarde de primavera.

Havia Santiago também, Lucília gostara do menino. Portanto, quando as aulas iniciaram e ele não apareceu, ela se preocupou. Deixou passar alguns dias, envolvida com a classe nova e as crianças barulhentas e animadas. Os dias viraram semanas, mas, quando o outono se instalou no mundo, as folhas amarelecendo nas árvores e os turistas partindo no rumo das aves que migravam, Lucília achou que já tinha passado tempo demais. Decidida, vestiu um agasalho, pegou a bolsa e desceu a ruazinha estreita que levava da escola ao porto.

Foi Tobias quem a levou até La Duiva, contando na viagem os detalhes das últimas histórias dos Godoy. Diziam à boca pequena que Coral era uma nereida ou uma sereia, algum desses seres mágicos das histórias que se tinha materializado na ilha. Diziam, também, que o jovem pescador do Cabo Lipônio fora enfeitiçado por ela e seguia navegando de uma ponta a outra do litoral, perseguindo a sereia dos seus amores loucos.

— Talvez a gente cruze com ele — falou Tobias, piscando um olho. — Com o filho de Gedeel. Ele está sempre no mar, numa eterna viagem.

Fizeram a travessia em pouco tempo com o vento favorável, e não cruzaram o barco de Tomás. Quando a casa branca já era visível na tarde, e Lucília já podia ouvir as ondas quebrando contra os molhes de La Duiva, foi que ela perguntou:

— E Tiberius Godoy, como está?

Tobias soube que a professorinha amava Tiberius apenas pelo rubor que lhe nasceu no rosto ao fazer aquela pergunta. Ele disfarçou a sua alegria. Desejava que os Godoy achassem o seu quinhão de felicidade.

Rejubilando-se porque, afinal de contas, os deuses não eram assim tão sombrios, Tobias respondeu:

— Ele está bem, professora. A senhora vai achá-lo no escritório, cuidando das coisas deste mundo.

— O menino não voltou à escola. Por isso eu vim — explicou-se Lucília, quando aportavam.

Tobias aquiesceu, sério:

— A senhora fez muito bem. — E, ao ajudar a moça a descer do barco, perguntou: — Quer que eu a acompanhe até a casa?

— Irei sozinha, obrigada — disse Lucília, com seu sorriso de porcelana, parada no píer sob o vento frio da tarde.

Tobias entendeu que a professora, de frágil, só tinha a aparência. Deixou-se ficar ali no barco, quieto, torcendo para que Tiberius Godoy tivesse ao menos um pingo de sabedoria e desse uma chance para a professorinha fazer a sua mágica.

Ele esperou e esperou, e, sentado ali sob o pesado manto de nuvens que anunciava chuva para o dia seguinte, ficou desfiando lembranças tão antigas como o velho Ernest, o faroleiro negro, e Don Evandro, o pai de Ivan Godoy.

Quando Lucília chegou à grande casa branca, encontrou Tiberius e o filho na varanda. Ela estava ofegante da longa subida nas pedras e nervosa pela intromissão inesperada. Mas era mesmo uma dessas mulheres de fibra que, com paciência e harmonia, constroem pontes e desbravam abismos.

Ela surgiu na varanda com o seu melhor sorriso, dizendo:

— Desculpem a visita sem avisos, mas vim buscar o meu aluno desaparecido!

Tiberius foi pego de surpresa.

Santiago riu dos jeitos do pai. Ele não tinha mesmo muita facilidade com as mulheres, corava e gaguejava desde os tempos de Almeria quando uma garota o pegava desprevenido.

Mas, depois de balbuciar algumas frases desconexas, Tiberius acomodou Lucília numa cadeira e lhe explicou que o menino não fora às classes porque muitas coisas tinham acontecido em La Duiva.

— Eu sei perfeitamente — disse a professora. — Mas agora é hora de voltar. Vamos começar a estudar os oceanos e também a África. Achei que Santiago adoraria desenhar alguns leões para nós. — Ela olhou para o menino: — Você quer voltar?

Santiago respondeu simplesmente:

— Quero sim!

— Então, prometo levá-lo amanhã — garantiu Tiberius.

O acordo foi fechado ali mesmo, na varanda, enquanto Cecília passava um café e servia pedaços de bolo, tecendo bons juízos sobre a professorinha com o seu vestido de organdi e seus sapatos elegantes.

Ela tinha vencido as sarças e a longa escadaria. Embora suas panturrilhas estivessem lanhadas pelos espinhos e aqueles sapatos não combinassem com La Duiva e os seus caminhos de areia, Cecília entendeu que já era hora de um pouco de sobriedade, e que Lucília, de fato, não tinha vindo apenas pelo menino.

Havia um brilho nos olhos da moça, e ninguém sabe melhor reconhecer uma mulher apaixonada do que outra, mais velha, que já tenha amado de verdade.

Santiago não chegou a lamentar seu retorno às aulas. De fato, talvez fosse bom sair da ilha um pouco agora que o verão tinha mesmo ido embora. O mar estava gélido outra vez e o vento inibia as caminhadas.

Foi sob o vento que ele e Tiberius acompanharam a professora até o ancoradouro, onde Tobias a esperava. A tarde caía. Sombras de um azul-escuro dançavam no céu, formando mosaicos na areia. As nuvens pesadas eram, às vezes, riscadas de raios de sol, criando cores tão bonitas que Santiago lamentou não ter trazido os seus cadernos.

No píer, os três se despediram.

Nenhuma palavra foi dita sobre Coral. Mas, ao longe, Tiberius viu o vulto do barco de Tomás nas suas navegações intermináveis, tão exato quanto o ponteiro de um relógio bem regulado. Lá longe, passava ele na busca pela amada desaparecida.

Tiberius sentiu uma pontada de tristeza, pois já tinha amado e perdido muitas coisas nesta vida. Lucília e o menino se acenavam de longe... E, mesmo que a garota subisse desajeitadamente no barco de Tobias, mesmo que usasse pérolas e aqueles sapatos da cidade, havia alguma coisa de agreste e de teimosa nela. Não parecia ter medo da volta para a vila, embora o mar estivesse escuro e revolto.

Assim, mais uma embarcação deixou La Duiva.

E mais uma volta no relógio do tempo se deu.

Tiberius Godoy voltou à casa com Santiago pela mão, o vento dançava ao redor deles levantando areia e trazendo odores perdidos de antigos verões e de primaveras esquecidas. Mas eles seguiram em paz, pai e filho, trilhando o caminho de areia pela praia, sob os auspícios serenos do grande farol que estava na família Godoy havia mais de trezentos anos.

(No dia seguinte, quando uma roseira amanheceu cheia de botões em plena areia da praia, houve algum espanto entre as gentes de La Duiva. Ela tinha crescido no lugar exato onde, havia muitos meses, Vico enterrara as antigas flores vermelhas que Cecília o mandara queimar.

Sob a garoa da manhã, a pequena roseira parecia um milagre. Ao contrário das outras, ela tinha botões de brancas pétalas e exalava um perfume suave. Além disso, exposta ao vento do outono, não parecia guardar a furiosa vontade das rosas vermelhas que se espalharam desesperadamente pela ilha.

Cecília desceu à praia para conferir a novidade e o que fez foi retirar a planta com as suas raízes, salvando-a do vendaval, da chuva e da força das ondas. Ela replantou a roseira branca num canto do seu jardim, e ali ela cresceu lindamente, sem desesperos nem fúrias, mas oferecendo-lhes muitos botões e nunca, absolutamente nunca, deixou de florir.

Foi com as suas rosas, brancas e polpudas, que Cecília preparou o buquê de Lucília, muitos meses mais tarde, quando o verão finalmente voltou à ilha e Tiberius Godoy se casou com a professorinha.)

# AGRADECIMENTO

A Monica Maligo, pela leitura atenta e carinhosa.
E pela amizade de sempre.

**Acreditamos
nos livros**

Este livro foi composto em Bodoni Std e impresso pela Geográfica para a Editora Planeta do Brasil em junho de 2022.